달달 읽고 곰곰 생각하는

달곰한 문해력

초등 독해

달곰한 문해력 초등 독해
교과 연계 필독 도서를 수록했어요

📖 1단계

도서	출판사	교과 연계
안데르센 동화집 2	시공주니어	과학 3-1 동물의 한살이
책이 사라진 날	한솔수북	국어 1-2 소중한 책을 소개해요
또박또박 반갑게 인사해요	상상스쿨	국어 1-1 다정하게 인사해요
내가 하는 말이 왜 나빠?	리틀씨앤톡	국어 1-1 고운 말을 해요
말놀이 동시집	비룡소	국어 1-2 재미있게 ㄱㄴㄷ
광개토 대왕	비룡소	국어 2-2 인물의 마음을 짐작해요
허난설헌	비룡소	사회 3-2 시대마다 다른 삶의 모습

📖 2단계

도서	출판사	교과 연계
춘향전	보리	국어 3-1 내 마음을 편지에 담아
멋지다! 얀별 가족	노루궁뎅이	사회 3-2 가족의 구성과 역할 변화
빨간 머리 앤	시공주니어	도덕 3 친구는 왜 소중할까요
아홉 살 마음 사전	창비	국어 2-1 마음을 나타내는 말
큰 기와집의 오래된 소원	키와북스	사회 3-2 시대마다 다른 삶의 모습
선덕 여왕	비룡소	국어 2-2 인물의 마음을 짐작해요
이순신	비룡소	국어 2-2 인물의 마음을 짐작해요
내일도 발레	별숲	체육 3 건강 활동

📖 3단계 Ⓐ, Ⓑ

도서	출판사	교과 연계
간서치 형제의 책 읽는 집	개암나무	국어 4-2 독서 감상문을 써요
엉뚱이 소피의 못 말리는 패션	비룡소	도덕 4 아름다운 사람이 되는 길
어린이를 위한 슬기로운 미디어 생활	우리학교	국어 1-2 여러 가지 매체
꼴찌 없는 운동회	내인생의책	도덕 4-2 힘과 마음을 모아서
우리 동네 별별 가족	아르볼	사회 4-2 사회 변화와 문화의 다양성
날씬해지고 말 거야!	팜파스	도덕 4-1 아름다운 사람이 되는 길
세상을 바꾼 착한 부자들	상상의집	국어 2-2 자세하게 소개해요
옛날 관청과 공공시설	주니어중앙	사회 5-2 옛사람들의 삶과 문화
단추 마녀의 수상한 식당	키다리	체육 4 건강 활동
생각하는 올림픽 교과서	천개의바람	체육 4 경쟁
내 용돈, 다 어디 갔어?	팜파스	사회 4-2 필요한 것의 생산과 교환
거인 부벨라와 지렁이 친구	주니어RHK	도덕 3 나와 너, 우리 함께
이중섭	시공주니어	미술 3 미술가와 작품 이야기
행복한 왕자	비룡소	국어 3-1 문학의 향기
모차르트	비룡소	음악 5 음악으로 만드는 어울림
따끔따끔 우리가 전기에 중독되었다고?	영수책방	과학 3-1 물질의 성질
김홍도	주니어RHK	미술 4 다양한 미술과의 만남
존댓말을 잡아라	파란정원	국어 3-1 알맞은 높임 표현
퓰리처 선생님네 방송반	주니어김영사	국어 3-1 어떤 내용일까
알면 보물 모르면 고물, 지도	아르볼	사회 4-1 지역의 위치와 특성
지역 이기주의 님비 현상	뭉치	사회 4-1 지역의 공공기관과 주민 참여
다른 게 틀린 건 아니잖아?	양철북	사회 4-2 사회 변화와 문화의 다양성
조선 선비 유길준의 세계 여행	비룡소	사회 4-2 사회 변화와 문화의 다양성
자석 총각, 끌리스	해와나무	과학 3-1 자석의 이용
그해 유월은	스푼북	사회 5-2 사회의 새로운 변화와 오늘날의 우리
경국대전을 펼쳐라	책과함께어린이	사회 5-2 옛사람들의 삶과 문화

📖 4단계 Ⓐ, Ⓑ

도서	출판사	교과 연계
애덤 스미스 아저씨네 경제 문구점	주니어김영사	사회 4-2 필요한 것의 생산과 교환
코피 아난 아저씨네 푸드 트럭	주니어김영사	사회 5-2 사회의 새로운 변화와 오늘날의 우리
과학관으로 온 엉뚱한 질문들	정은문고	과학 5-2 생물과 환경
어린이를 위한 슬기로운 미디어 생활	우리학교	도덕 5 밝고 건전한 사이버 생활
은하 마을 수비대의 꿈꾸는 도시 연구소	주니어김영사	사회 4-2 촌락과 도시의 생활 모습
똥 묻은 세계사	다림	사회 5-2 함께 살아가는 지구촌
조선의 여걸 박씨부인	한겨레아이들	사회 5-2 옛사람들의 삶과 문화
뺑이오, 뺑	문학동네	도덕 5 갈등을 해결하는 지혜
사자와 마녀와 옷장	시공주니어	국어 4-2 이야기 속 세상
모모	비룡소	도덕 3 아껴 쓰는 우리
악플 바이러스	좋은꿈	도덕 5 밝고 건전한 사이버 생활
후설	한국고전번역원 승정원일기번역팀	사회 5-2 옛사람들의 삶과 문화

📖 4단계 Ⓐ, Ⓑ

도서	출판사	교과 연계
칠 대 독자 동넷개	창비	국어 5-2 함께 연극을 즐겨요
오즈의 마법사	비룡소	과학 6-2 우리 몸의 구조와 기능
이모와 함께 도란도란 음악 여행	토토북	음악 4 음악, 모락모락 사랑
로봇 박사 데니스 홍의 꿈 설계도	샘터	과학 5-2 생물과 환경
좋은 돈, 나쁜 돈, 이상한 돈	창비	사회 4-2 필요한 것의 생산과 교환
팔만대장경과 불타는 사자	리틀씨앤톡	사회 5-2 옛사람들의 삶과 문화
프린들 주세요	사계절	국어 4-1 사전은 내 친구
한국사편지 1	책과함께어린이	사회 5-2 옛사람들의 삶과 문화
안네의 일기	효리원	도덕 5 갈등을 해결하는 지혜

📖 5단계 Ⓐ, Ⓑ

도서	출판사	교과 연계
모로 박사의 섬	-	도덕 3 생명을 존중하는 우리
몬스터 차일드	사계절	도덕 5 인권을 존중하며 함께 사는 우리
담배 피우는 엄마	시공주니어	국어활동 4 수록 도서
맛의 과학	처음북스	과학 6-2 연소와 소화
우리 문화 박물지	디자인하우스	미술 5 아름다운 전통 미술
잘못 뽑은 반장	주니어김영사	사회 6-1 우리나라의 정치 발전
내가 사랑한 서양 고전	연암서가	국어 5-1 작품을 감상해요
허생전	-	사회 6-1 우리나라의 경제 발전
레 미제라블	비룡소	국어 5-1 작품을 감상해요
너의 운명은	푸른숲주니어	사회 5-2 사회의 새로운 변화와 오늘날의 우리
청소년을 위한 삼국유사	서해문집	사회 5-2 옛사람들의 삶과 문화
내가 사랑한 동양 고전	연암서가	국어 5-1 작품을 감상해요
내 이름을 들려줄게	단비어린이	사회 5-1 인권 존중과 정의로운 사회
과학관으로 온 엉뚱한 질문들	정은문고	도덕 5 긍정적인 생활
인형의 집	비룡소	국어 5-1 작품을 감상해요
우리 학교가 사라진대요!	마음이음	사회 5-2 사회의 새로운 변화와 오늘날의 우리
외로우니까 사람이다	창비	국어 5-1 작품을 감상해요
파브르 곤충기	현암사	과학 5-1 다양한 생물과 우리 생활
우리말 모으기 대작전 말모이	푸른숲주니어	국어 5-2 우리말 지킴이
왕자와 거지	시공주니어	국어 5-1 작품을 감상해요
톰 아저씨의 오두막집	효리원	도덕 5 인권을 존중하며 함께 사는 우리
101가지 세계사 질문사전 2	북멘토	사회 5-1 인권 존중과 정의로운 사회
사피엔스	김영사	과학 5-2 생물과 환경
변신	푸른숲주니어	국어 5-1 주인공이 되어
유토피아	-	사회 6-2 세계 여러 나라의 자연과 문화
베니스의 상인	-	도덕 5 갈등을 해결하는 지혜
그리스 로마 신화	-	국어 5-1 작품을 감상해요

📖 6단계 Ⓐ, Ⓑ

도서	출판사	교과 연계
돈키호테	비룡소	사회 5-2 옛사람들의 삶과 문화
사피엔스	김영사	도덕 5 내 안의 소중한 친구
아이, 로봇	우리교육	실과 6 발명과 로봇
가자에 띄운 편지	바람의아이들	사회 6-2 통일 한국의 미래와 지구촌의 평화
동물 농장	비룡소	사회 6-1 우리나라의 정치 발전
위대한 철학 고전 30권을 1권으로 읽는 책	빅피시	사회 6-1 우리나라의 정치 발전
101가지 세계사 질문사전 2	북멘토	사회 6-2 통일 한국의 미래와 지구촌의 평화
이기적 유전자	을유문화사	과학 5-1 다양한 생물과 우리 생활
내가 사랑한 동양 고전	연암서가	국어 6-1 비유하는 표현
5번 레인	문학동네	도덕 5 갈등을 해결하는 지혜
모럴 컴뱃	스타비즈	도덕 5 밝고 건전한 사이버 생활
너의 운명은	푸른숲주니어	사회 5-2 사회의 새로운 변화와 오늘날의 우리
담을 넘은 아이	비룡소	사회 5-2 옛사람들의 삶과 문화
셰익스피어 이야기	비룡소	국어 6-2 함께 연극을 즐겨요
왕자와 거지	시공주니어	사회 5-1 인권 존중과 정의로운 사회
참을 수 없는 존재의 MBTI	디페랑스	도덕 4 함께 꿈꾸는 무지개 세상
체르노빌의 아이들	프로메테우스	사회 6-2 통일 한국의 미래와 지구촌의 평화
체리새우: 비밀글입니다	문학동네	도덕 5 내 안의 소중한 친구
우리 문화 박물지	디자인하우스	사회 5-2 옛사람들의 삶과 문화
프랑켄슈타인	-	도덕 5-1 인권 존중과 정의로운 사회
진달래꽃	-	국어 6-1 비유하는 표현
내가 사랑한 서양 고전	연암서가	국어 6-1 인물의 삶을 찾아서

책을 많이 읽으면 문해력이 저절로 높아질까요?

독해 교재를 여러 권 풀어 보면 해결될까요?

'달곰한 문해력'이 방법을 알려 줄게요.

흥미로운 생각주제로 연결된 두 개의 글을 읽어 보세요.

재미난 문학 글을 먼저 읽고~ 비문학 글을 읽으며 정리해 보세요.

우리에게 필요한 생각과 지식이 차곡차곡 쌓입니다.

달달 읽고 곰곰 생각하는 힘!

이제 '달곰한 문해력'으로 길러 볼까요?

이 책의 구성과 특장

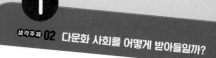

❶ 생각주제

질문형으로 주제를 제시하여 읽을 글에 대한 호기심을 가질 수 있어요.

❷ 주제 연결 독해

하나의 주제로 연결된 2개의 글 읽기로 생각하는 힘이 자라요.

❸ 생각글 1

생각주제에 관한 문학, 고전, 사회 현상 등의 다양한 글을 읽어요.

❹ 생각글 2

생각주제와 관련된 꼭 알아야 할 개념을 읽고 생각을 넓혀요.

❺ 내용 요약

생각글의 중심 내용을 정리하고 핵심 어휘를 익혀요.

❻ 독해 문제 학습

내용 이해, 글의 구조 파악, 적용, 추론 등 독해 활동 문제를 풀어요.

❼ 주제 문해력 학습

2개의 생각글을 바탕으로 생각주제를 정리하고, 문제를 풀며 문해력을 키워요.

❽ 주제 어휘 학습

생각글에 나온 주제 어휘만 모아서 뜻을 익히고 활용해 보아요.

생각주제 02 다문화 사회를 어떻게 받아들일까?

내 이름을 들려줄게

내 이름을 들려줄게
글 초현화
단비어린이

강뉴는 머리가 하얘졌다.
가장 싫은 숙제, 가족 이야기. 게다가 자랑거리라니! 온몸의 기운이 빠져나가는 것 같다.
'올해는 그냥 좀 지나가면 내일만 지나면 5월도 끝나는데.'
작년에도 5월 내내 ~~~만 해서 학교 오는 게 죽을 맛이었다.
"우리 집도 자랑~~~
채리가 다가와서 강뉴 책상 위에 걸터앉았다. 강뉴에게 말하는 것은 ~~~는 건너편 아이들을 보며 수다를 떨었다.
우유처럼 ㉠뽀얀 얼굴, 크고 짙은 쌍꺼풀에 밝은 ㉡밤색의 빛나는 머릿~~~
다도 채리는 인기 예능 프로그램에 온 가족이 출연 중이다.
㉢같은 **다문화** 자녀지만, 만날 놀림 받는 강뉴와는 **처지**가 완전히 ~~~
뉴는 ㉣~~~

생각주제 02 다문화 사회를 어떻게 받아들일까?

다문화 사회와 다문화 정책

이전에는 서울의 이태원에 가야 여러 **인종**의 외국인들을 볼 수 있었다. 하지만 최근에는 우리나라에서 외국인을 마주치는 것이 어렵지 않은 일이 되었다. 또 다문화 가정도 늘어나서, 피부색이 다른 아이들도 흔히 볼 수 있게 되었다. 이렇게 한 나라 안에 다양한 인종과 문화가 공존하는 사회를 '다문화 사회'라고 부른다. 우리나라는 개방화와 세계화로 인해 빠르게 다문화 사회로 진입하고 있다.

다문화 사회는 여러 나라의 다양한 문화를 경험할 기회를 제공하고, 문화의 질적 수준을 높인다는 장점이 있다. 또 국내의 노동력 부족 문제를 해결해 주기도 한다. 외국인 근로자들은 우리나라 사람들이 기피하는 일들을 비교적 낮은 임금을 받고도 하는 경우가 많다. 또 ~~~려는 사람들이 배우자를 구하는 데 도움을 주어 인구 감소를 막는 효~~~

하지만 아직 다문화 사회 ~~~ 우리나라에서는 서로 다른 문화 사이에 가치관과 생활 방식의 차이로 인해 **갈등**이 발생하기도 한다. 다문화 가정의 자녀는 외모와 언어의 차이로 차별을 당하거나 학교에서 친구들로부터 소외되기도 한다. 이는 서로의 문화에 대한 이해가 부족하기 때문에 벌어진다. 이제 우리도 다문화 사회를 자연스럽게 받아들이는 인식의 변화가 필요하다.

이런 문제들을 해결하기 위해 정부에서는 크게 두 가지 방식으로 다문화 **정책**을 펴고 있다. 하나는 새로 이주해 온 이주민이 자신의 문화를 포기하고 기존 문화에 **동화**되어야 한다는 '동화주의'이고, 다른 하나는 이주민의 다양한 문화나 가치, 풍습 등을 인정하고 **공존**하는 방향으로 가야 한다는 '다문화주의'이다. 쉽게 말해 동화주의는 하나로 합쳐져 녹는 '용광로'에, 다문화주의는 여러 가지가 섞인 '샐러드'에 비유할 수 있다. 이 두 가지 정책은 다 외국인 이주민이 차별받는 것을 방지하고 인간으로서의 권리를 누릴 수 있도록 하는 목표를 가지고 있다.

어휘사전
- **인종**(人 사람 인, 種 씨 종) 인류를 지역과 신체적 특징에 따라 구분한 종류.
- **갈등**(葛 칡 갈, 藤 등나무 등) 서로 반대되는 입장 때문에 생기는 충돌.
- **정책**(政 정사 정, 策 꾀 책) 사회적인 문제를 해결하기 위한 방법.
- **동화**(同 같을 동, 化 될 화) 서로 닮게 되어 성질이 같아지는 것.
- **공존**(共 함께 공, 存 있을 존) 서로 다른 여러 가지가 함께 있는 것.

내용요약

글의 중심 내용을 생각하며 빈칸의 낱말을 써 보세요.

ㄷ ㅁ ㅎ ㅅ ㅎ 는 노동력 부족과 인구 감소 문제를 해결한다는 장점이 있지만 여러 갈등도 일으킨다. 이를 해결하기 위해 다문화 정책을 ~~~
다문화주의가 ~~~

자란다 문해력

생각주제 02

1 생각주제와 관련된 앞의 두 글을 읽고 내용을 정리해 보세요.

다문화 사회

한 나라 안에 다양한 인종과 문화가 공존하는 사회를 ㄷ ㅁ ㅎ ㅅ ㅎ 라 한다. 개방화와 세계화로 우리나라도 빠르게 다문화 사회에 진입하고 있다.

내 이름을 들려줄게

~~~인 강뉴는 피부가 까맣고 머리카락도 꼬불거린다. 뽀~~~
얼굴~~~을 가진 채리처럼 다문화 자녀지만 처지가 완전히 다르다~~~
외모~~~들의 눈총을 받는 강뉴는 슬프지만 눈물을 꾹 참는다.

다문화 사회를 받아들이는 자세

우리나라는 아직 다문화 사회 초기라 갈등이 발생하기도 한다. 그래~~~
다문화 사회를 자연스럽게 받아들이는 인식의 변화가 필요하다.
다문화 정책의 방식에는 크게 동화주의와 다문화주의가 있는데, 두~~~
정책은 모두 이주민이 ㅊ ㅂ 받는 것을 방지하는 것이 목표이다.

2 다음 그림에서 공통적으로 설명하고 있는 현상으로 알맞은 것에 ○표 하세요.

피부색과 외모가 다르다는 이유로 놀려선 안 돼.

문화를 존~~~
때문에 ~~~
강요되~~~

~~~문화 사회가 진행 중인 곳에서 겪~~~

(2) 다문화 사회가 이미 정~~~
겪는 이주민들의 어려움~~~

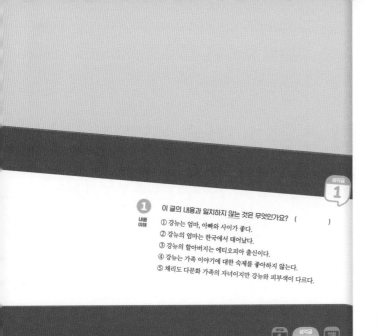

1 이 글의 내용과 일치하지 <u>않는</u> 것은 무엇인가요? (   )
내용
이해
① 강뉴는 엄마, 아빠와 사이가 좋다.
② 강뉴의 엄마는 한국에서 태어났다.
③ 강뉴의 할아버지는 에티오피아 출신이다.
④ 강뉴는 가족 이야기에 대한 숙제를 좋아하지 않는다.
⑤ 채리도 다문화 가족의 자녀이지만 강뉴와 피부색이 다르다.

1 이 글의 내용과 일치하지 <u>않는</u> 것은 무엇인가요? (   )
내용
이해
① 우리나라는 개방화로 인해 빠르게 다문화 사회로 진입 중이다.
② 동화주의는 용광로에, 다문화주의는 샐러드에 비유할 수 있다.
③ 다문화 사회를 자연스럽게 받아들이는 인식의 변화가 필요하다.
④ 동화주의는 이주민의 다양한 문화나 풍습을 인정하는 정책이다.
⑤ 한 나라 안에 다양한 인종과 문화가 공존하는 사회를 다문화 사회라고 부른다.

2 다음 보기와 연관 지어 이 글 ⑥ 해하지 <u>못한</u> 것은 무엇인가요? (   )
추론
하기
> **보기**
> 우리나라에서 이주민에 대한 혐오 문제는 아직까지 심각하다. 다문화 자녀들은 학업
> 어려움과 따돌림에 노출되어 있으며, 학업 중단 비율도 높은 편이다. 또한, '다문화'라는
> 호칭에도 문제가 있다는 지적이 나온다. 똑같은 한국 국적인데도, '다문화'라고 불리는
> 순간 같은 한국 국적의 사람이 아닌, '다른 존재'로 여겨진다는 것이다.

① 우리나라 사람들은 이주민에 대한 부정적 인식이 여전히 높다.
② 성숙한 다문화 사회로 나아가기 위한 정책적 지원이 필요하다.
③ '다문화'라는 호칭보다는 차별의 의미가 적은 말을 찾아 사용해야 한다.
④ 다문화 자녀들은 학교에서 겪는 어려움이 많아서 교육적 지원이 필요하다.
⑤ 이주민과 다문화에 대한 혐오와 차별은 정책만 바꾸면 해결할 수 있는 문제다.

3 다음 보기에 해당하는 다문화 정책의 방식을 이 글에서 찾아 쓰세요.
적용
하기
> **보기**
> ⑦ 유럽에서는 이슬람 사원 건설이 많아...

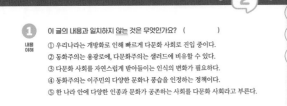

주제 어휘	다문화	처지	갈등	정책	동화	공존

4 다음 주제 어휘와 뜻을 알맞게 연결하세요.
(1) 다문화 ·   · ㉠ 주어진 사정이나 형편.
(2) 동화 ·   · ㉡ 서로 반대되는 입장 때문에 생기는 충돌...
(3) 갈등 ·   · ㉢ 서로 닮게 되어 성질이 같아지는 것.
(4) 처지 ·   · ㉣ 여러 인종이 어우러져 다양한 생활 양... 나타나는 문화.

⑧

5 다음 빈칸에 들어갈 낱말을 주제 어휘에서 찾아 쓰세요.
(1) 개방화와 세계화로 인해 우리나라는 (   ) 사회가 되었다.
(2) 인간은 자연 파괴를 멈추고 자연과 (   )하며 살아가야 한다.
(3) 미국에서 온 친구는 그새 완전히 우리나라 문화에 (   )되었다...
(4) 정부는 국민의 세금 부담을 낮추기 위해 새로운 (   )을 내놓았...

6 다음 문장의 밑줄 친 말과 바꾸어 쓸 수 있는 낱말에 ○표 하세요.

하나의 주제로 연결된
2개의 글 읽기로
진짜 문해력을 키워 보세요~!

Q '주제 연결 독해' 란 무엇인가요?

초등학교 교과 과정의 주요 주제를 바탕으로 연결된 2개의 글을 읽고 문제를 푸는 독해 학습 방법이에요.

Q '주제 연결 독해' 의 학습 효과는 무엇인가요?

주제 연결 독해를 반복하면 생각하는 힘이 길러지고, 이를 통해 진정한 문해력을 키울 수 있답니다.

Q 왜 문학과 비문학을 함께 수록했나요?

초등 과정에서는 문학, 현상, 개념 등의 다양한 글을 읽음으로써 지식을 쌓는 연습이 필요해요.

Q '생각주제'가 질문형인 이유는 무엇인가요?

질문형 주제를 보면 주제에 대한 흥미가 생기고, 주제에 대한 답을 찾는다는 목적을 가지고 글을 읽으면 집중도가 높아집니다.

Q 짧은 글 읽기로도 문해력이 길러지나요?

주제별 2개의 글을 읽고 익힘 학습으로 두 글을 정리하면 생각하고 표현하는 힘, 즉 '문해력'이 길러집니다.

이 책의 활용법

독해 **성취 수준**과 **학습 방법**에 따라
자신만의 **학습 계획**을 세워 공부할 수 있어요.

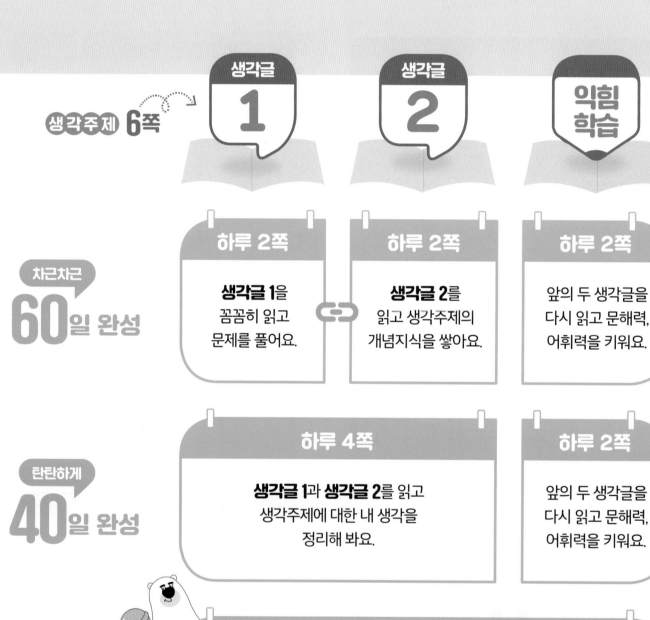

생각주제 6쪽

| 생각글 1 | 생각글 2 | 익힘학습 |

차근차근 60일 완성

하루 2쪽
생각글 1을 꼼꼼히 읽고 문제를 풀어요.

하루 2쪽
생각글 2를 읽고 생각주제의 개념지식을 쌓아요.

하루 2쪽
앞의 두 생각글을 다시 읽고 문해력, 어휘력을 키워요.

탄탄하게 40일 완성

하루 4쪽
생각글 1과 **생각글 2**를 읽고 생각주제에 대한 내 생각을 정리해 봐요.

하루 2쪽
앞의 두 생각글을 다시 읽고 문해력, 어휘력을 키워요.

빠르게 20일 완성

하루 6쪽
생각글 1과 **생각글 2**를 읽고 생각주제에 대한 내 생각을 정리해 봐요. 익힘학습을 할 때는 생각글의 내용을 떠올리며 문제를 풀어 보아요.

4

이 책을 만든
사람들

초등 국어 **교과서 기획위원**과
현직 초등교사가 만들었어요.

기획진
- **방은수 교수님** 서울교육대학교 국어교육과 교수 | 초등 국어 교과서 기획위원
- **김차명 선생님** 광명서초등학교 교사 | 참쌤스쿨 대표 | 경기실천교육교사모임 회장 | (전) 경기도교육청 장학사
- **김택수 교수님** 경희사이버대학교 한국어문화학부 교수 | 경인교육대학교 유아교육과 강사 | 전국교사교육마술연구회 스텝매직 대표
 | (전) 초등학교 교사
- **정미선 선생님** 서울시교육청 자문관 (독서토론 분야) | (전) 중학교 국어 교사
- **최고봉 선생님** 인제남초등학교 교사 | 독서교육 전문가 | Yes24 한 학기 한 권 읽기 선정위원

집필진
- **강서희 선생님** 서울신흥초등학교 교사 | 한국교원대학교 국어교육 학사, 석사, 박사 | 2015, 2022 개정교육과정 국어 교과서 집필
- **공은혜 선생님** 서울보라매초등학교 교사 | 서울교육대학교 국어교육 학사, 서울교육대학교 초등국어교육 석사 | 2009 개정교육과정 국어 교과서 집필
- **김경애 선생님** 서울목동초등학교 교사 | 서울교육대학교 국어교육 학사, 서울교육대학교 초등국어교육 석사 | 2015 개정교육과정 국어 교과서 집필
- **김나영 선생님** 대전반석초등학교 교사 | 목원대학교 음악교육 학사, 한국교원대학교 음악교육 석사, 서울교육대학교 초등음악교육 박사 과정
- **김성은 선생님** 서울역촌초등학교 교사 | 서울교육대학교 국어교육 학사, 서울교육대학교 초등국어교육 석사
- **김일두 선생님** 용인백암초수정분교장 교사 | 한국교원대학교 초등교육 학사, 한국교원대학교 초등사회과교육 석사
- **박다빈 선생님** 서울연은초등학교 교사 | 서울교육대학교 초등교육 학사, 서울교육대학교 인공지능교육 석사
- **신다솔 선생님** 숙명여자대학교 국어국문학 학사, 서울대학교 국어교육 석사, 박사 과정
- **양수영 선생님** 서울계남초등학교 교사 | 서울교육대학교 국어교육 학사, 서울교육대학교 초등국어교육 석사 | KERIS 초등국어교육 영상콘텐츠 제작
- **윤주경 선생님** 서울역촌초등학교 교사 | 경인교육대학교 영어교육 학사, 서울교육대학교 초등사회과교육 석사
- **윤혜원 선생님** 서울대명초등학교 교사 | 서울교육대학교 초등교육 학사 | 2019~2022년 전국 기초학력평가 국어과 문항 검토위원 팀장
- **이지윤 선생님** 대구새론초등학교 교사 | 한국교원대학교 초등교육 학사, 한국교원대학교 문학교육 석사 | 2022 개정교육과정 국어 교과서 집필
- **이지현 선생님** 서울석관초등학교 교사 | 서울교육대학교 초등교육 학사, 서울교육대학교 초등국어교육 석사
 | 2015, 2022 개정교육과정 국어 교과서 집필
- **이혜경 선생님** 군산초등학교 교사 | 서울교육대학교 과학교육 학사
- **이희송 선생님** 서울명원초등학교 교사 | 서울교육대학교 초등교육 학사, 서울교육대학교 초등교육행정 석사
- **정혜린 선생님** 서울구룡초등학교 교사 | 서울교육대학교 국어교육 학사, 서울교육대학교 초등국어교육 석사
 | 2015 개정교육과정 부록 '순화어 지도 자료' 집필, 2022 개정교육과정 국어 교과서 집필
- **진　솔 선생님** 청주금천초등학교 교사 | 한국교원대학교 국어교육 학사, 한국교원대학교 초등국어교육 석사, 박사
 | 2022 개정교육과정 국어 교과서 집필

이 책의 차례

1 장

2개의 글을 연결해
재미있게 읽어요~

왕자와 거지

왕자와 거지
글 마크 트웨인
시공주니어

▲ 마크 트웨인(1835~1910)

어휘사전

* **구걸**(求 구할 구, 乞 빌 걸) 돈이나 곡식 등을 거저 달라고 하는 것.

* **풀칠하다** 겨우 끼니를 이어 가다.

* **전설**(傳 전할 전, 說 말씀 설) 오래전부터 전하여 내려오는 이야기.

* **누추**(陋 좁을 누, 醜 추할 추) 지저분하고 더러움.

옛날 런던에서, 1500년대를 넷으로 나누었을 때 둘째 토막에 해당하는 시대의 어느 가을날, 한 사내아이가 가난한 캔티 집안에 태어났다. 그 집은 아이를 반기지 않았다. 바로 같은 날 또 한 명의 아이가 영국의 부유한 튜더 가문에서 태어났다. 그 집안은 아이를 반겼고, 온 나라가 함께 그 아이를 반겼다.

톰의 생활은 물 흐르듯 흘러갔다. 특히 여름이 괜찮았다. **구걸***을 금지하는 법이 엄격한데다 벌금도 많았기 때문에 자기 한 입 **풀칠할*** 정도만 구걸하면 되었다. 그래서 톰은 마음씨 좋은 앤드루 신부님이 들려주는 거인과 요정, 난쟁이와 도깨비, 마법에 걸린 성과 멋진 임금님과 왕자가 나오는 옛날이야기와 **전설***을 마음껏 들을 수 있었다. 커 갈수록 톰의 머릿속은 이런 놀라운 주인공들로 가득 차게 되었다. 톰은 어둠 속에서 피로와 허기에 지치고, 매를 맞아 욱신거리는 몸을 얼마 안 되는 까칠까칠한 지푸라기 위에 누이고 상상의 나래를 폈다. ㉠자신이 왕실에서 사랑을 독차지하는 왕자였으면 하는 달콤한 상상에 젖다 보면 아픔과 고통은 금세 사라져 버렸다.

톰은 틈나는 대로 신부님의 낡은 책을 읽었다. 모르는 내용이 있을 때는 신부님께 설명해 달라고 졸랐다. 이렇게 책을 읽고 꿈을 꾸는 가운데 톰은 조금씩 달라져 갔다. 꿈속에 나오는 사람들은 모두들 깨끗했기 때문에 톰은 ㉡자기가 걸친 **누추***한 옷과 몸에 덕지덕지 붙은 때를 부끄럽게 여기게 되었다. 그리고 ㉢자신도 깨끗하고 좋은 옷을 입어 보고 싶어 했다. 그러나 진흙탕에서 뒹굴며 노는 것은 여전했다. 톰도 그게 싫지는 않았다. 예전 같으면 그냥 재미로 템스 강가에서 물장구를 치며 놀았지만, 이제는 그러는 동안 옷과 몸을 깨끗하게 씻을 줄 알게 되었다.

왕자의 생활을 꿈꾸며 ㉣자신의 상상에 걸맞은 책만 읽다 보니 어느새 톰은 자기도 모르게 진짜 왕자처럼 생각하고 행동하기 시작했다. 그래서 ㉮톰의 말투와 몸짓은 눈에 띄게 예의 바르고 점잖아졌다. 친구들은 그런 톰의 모습을 재미있어하면서도 속으로는 감탄했다. 하루하루 시간이 흐를수록 톰의 영향력은 커져만 갔다. 아이들이 점점 톰을 우러러보게 된 것이다. 아이들은 톰을 ㉤자기들과는 바탕이 다른, 아주 뛰어난 사람으로 여기기도 했다. 톰은 아는 것이 많았다. 말하는 것, 행동하는 것도 근사했다. 게다가 생각도 깊고 넓었다.

1 이 글의 내용과 일치하지 <u>않는</u> 것은 무엇인가요? (   )

내용
이해

① 친구들은 점점 톰을 우러러보게 되었다.

② 톰은 구걸을 통해 생계를 유지해야 했다.

③ 톰은 책을 읽으며 여러 가지 상상을 하곤 했다.

④ 앤드루 신부님은 톰에게 여러 가지 이야기를 해 주었다.

⑤ 왕자의 생활을 꿈꾸던 톰의 행동은 여전히 예전과 같았다.

2 톰이 ㉮와 같이 변화한 이유는 무엇인가요? (   )

추론
하기

① 책을 열심히 읽었기 때문에

② 구걸을 남들보다 잘했기 때문에

③ 가족의 축복을 받으며 태어났기 때문에

④ 매일 템스 강가에서 물장구치며 놀았기 때문에

⑤ 꿈속에서 나오는 사람들은 누추한 옷만 입었기 때문에

3 ㉠~㉤ 중 가리키는 대상이 <u>다른</u> 것을 찾아 기호와 가리키는 대상을 쓰세요.

추론
하기

(   )

4 이 글을 읽고 난 감상으로 알맞지 <u>않은</u> 것은 무엇인가요? (   )

감상
하기

① 톰은 책 내용을 상상하면서 힘든 현실을 잊을 수 있었어.

② 톰은 자신을 둘러싼 현실에 안주하지 않기 위해 노력했어.

③ 책과 너무 다른 현실 때문에 톰이 괴로워하는 모습이 인상 깊어.

④ 거지인 톰은 독서 덕분에 왕자 같은 태도를 갖출 수 있게 되었어.

⑤ 톰의 생활은 변하지 않았지만, 독서를 통해 톰의 생각과 행동은 크게 달라졌어.

책 읽기의 힘

세계적으로 이름이 알려진 많은 성공한 인물들이 **독서**[*]의 힘을 **강조**[*]한다. 마이크로소프트 창업자인 빌 게이츠는 책을 많이 읽는 것으로 유명하다. 바쁜 시간을 쪼개 일 년에 두 번 일주일씩 휴가를 내고 독서에만 집중하는 시간을 갖는다. 그에게 성공 비결을 물을 때마다 '책 읽는 습관'이라고 답하곤 한다. 왜 그럴까? 책을 읽으면 우리에게 어떤 변화가 일어날까?

먼저 세상을 보는 눈이 넓어진다. 사람들 대부분은 평소 가는 곳이 정해져 있다. 보통 집과 학교, 집과 직장을 오가는 생활을 한다. 가끔 여행을 가긴 하지만 우리가 할 수 있는 일상 경험은 한정되어 있다. 하지만 책을 읽으면 집에서 시공간을 넘나들며 새로운 인물과 세상을 접할 수 있다. 옛사람의 지혜를 얻을 수도 있고, 소설 속 가공의 인물이 겪는 모험을 할 수도 있다. 책을 통해 사람, 세상, 자기 자신을 보는 눈이 넓고 깊어지는 것이다.

다음으로, 책을 읽으면 다른 사람과 소통을 잘할 수 있다. 사람은 혼자 살아갈 수 없으므로 다른 사람과의 의사소통이 필수적이다. 독서를 많이 하면 **문해력**[*]이 높아져서, 이해하는 힘과 표현하는 힘 모두가 길러진다. 우리는 책을 읽으면서 글을 쓴 작가의 의도를 파악하기 위해 노력한다. 그리고 배경을 묘사하는 풍부한 문장이나, 인물의 심리를 드러내는 다양한 표현에도 익숙해진다. 독서를 많이 하면 할수록 다른 사람의 글과 말을 더 잘 이해할 수 있게 된다. 자기 생각을 전달할 때도 보다 정확한 단어와 표현을 사용하면서 서로 막힘 없이 의견을 나눌 수 있다.

마지막으로, 책을 읽으면 우리 삶이 더욱 **재미**[*] 있어진다. 이야기는 인류가 오랫동안 즐겨온 오락거리였다. 재미있는 영화나 만화책, 드라마를 볼 때 이야기에 푹 빠져 본 경험이 다들 있을 것이다. 탐정의 추리를 따라가는 흥미진진한 경험도, 슈퍼히어로가 나와 세상을 구하는 이야기도, 현실에는 없지만 책 속에는 있다.

요즘 휴대폰, 태블릿, 게임기 등 다양한 매체를 통한 볼거리들이 넘쳐 난다. 새로운 매체에 익숙한 어린이들은 책 읽기를 낯설어하기도 한다. 하지만 많은 사람들이 입을 모아 독서가 인생에 도움이 된다고 이야기한다. 그 이유는 책 읽기만이 줄 수 있는 재미와 **효용**[*]이 있기 때문이다.

어휘사전
* **독서**(讀 읽을 독, 書 글 서) 책을 읽음.
* **강조**(強 강할 강, 調 고를 조) 특히 두드러지게 내세우거나 주장하는 것.
* **문해력**(文 글월 문, 解 풀 해, 力 힘 력) 글을 읽고 이해하는 능력.
* **재미** 아기자기하고 즐거운 기분.
* **효용**(效 본받을 효, 用 쓸 용) 보람 있게 쓰임.

내용요약
글의 중심 내용을 생각하며 빈칸의 낱말을 써 보세요.

┌ㄷ┐ ┌ㅅ┐를 하면 인생에 도움이 된다. 우선 세상을 보는 눈이 넓어지고 다른 사람과 소통을 잘할 수 있게 된다. 책에는 재미있는 이야기가 있기에 우리 삶이 더욱 흥미로워진다.

1

내용
이해

이 글의 내용과 일치하지 <u>않는</u> 것은 무엇인가요? (　　　　)

① 책을 읽으면 사람과 세상을 보는 눈이 넓어진다.
② 세계적으로 성공한 사람들은 독서의 힘을 강조한다.
③ 책을 통해 다양하고 재미있는 이야기를 접할 수 있다.
④ 이해하는 힘과 표현하는 힘을 기르려면 독서를 해야 한다.
⑤ 책을 많이 읽는 어린이들은 새로운 매체에 쉽게 적응한다.

2

중심
내용

글쓴이가 이 글을 쓴 목적으로 알맞은 것은 무엇인가요? (　　　　)

① 빌 게이츠의 독서법을 강조하기 위해
② 문해력을 높이는 방법을 알려 주기 위해
③ 책 읽기를 통해 얻을 수 있는 것을 알리기 위해
④ 새로운 매체와 독서 간의 장단점을 비교하기 위해
⑤ 옛사람의 지혜를 얻을 수 있는 책을 소개하기 위해

3

추론
하기

이 글을 통해 **보기**를 이해한 것으로 알맞은 것을 골라 번호를 쓰세요. (　　　　)

┤ **보기** ├

내가 알고 싶은 것은 모두 책에 있다.
내가 읽지 않은 책을 찾아 주는 사람이 바로 나의 가장 좋은 친구이다.
- 링컨 -

남의 책을 많이 읽어라. 남이 고생하여 얻은 지식을 아주 쉽게 내 것으로 만들 수 있고,
그것으로 자기 발전을 이룰 수 있다.
- 소크라테스 -

(1) 독서를 통해 새로운 지식을 얻고 내가 성장할 수 있어.

(2) 책을 많이 읽으면 내 생각을 다양한 글로 표현하기 어려워.

(3) 책보다 다양한 매체를 통해 얻을 수 있는 지식이 훨씬 많아.

자란다 문해력

주제정리 **1** 생각주제와 관련된 앞의 두 글을 읽고 내용을 정리해 보세요.

독서를 통해 얻을 수 있는 것

왕자와 거지

톰은 ㅊ 을 읽고 꿈을 꾸며 꿈속에 나오는 사람들처럼 옷과 몸을 깨끗하게 하게 되었다. 왕자에 대한 책을 읽으면서 ㅁㅌ 와 몸짓이 예의 바르고 점잖아졌다. 그리고 아는 것이 많아졌고 생각도 넓어졌다.

책 읽기의 힘

사람, 세상, 자신을 보는 눈이 깊고 넓어진다. 이해하는 힘과 표현하는 힘을 기를 수 있어서 다른 사람과 ㅅㅌ 을 잘할 수 있고, 현실에 없는 재미있는 이야기를 접할 수 있다. 책 읽기만이 주는 재미와 효용이 있기에 ㄷㅅ 는 인생에 큰 도움이 된다.

2 다음 글이 공통으로 강조하고 있는 것이 무엇인지 두 글자로 쓰세요.

- 사람은 책을 만들고 책은 사람을 만든다.
- 하루라도 책을 읽지 않으면 입 안에 가시가 돋는다.
- 좋은 책을 읽는다는 것은 과거의 가장 훌륭한 사람들과 대화하는 것이다.
- 책 속에서 자신을 발견할 수 있고, 지혜를 얻을 수 있고, 필요한 모든 것을 찾을 수 있다.

( )의 중요성

3 독서의 강력한 힘에 대해 자신의 생각을 써 보세요.

주제 어휘	전설	독서	강조	문해력	재미	효용

4 다음 뜻에 알맞은 **주제 어휘**를 찾아 ○표 하세요.

(1) 오래전부터 전하여 내려오는 이야기. | 소설 | 전설 |

(2) 특히 두드러지게 내세우거나 주장하는 것. | 강조 | 연설 |

(3) 글을 읽고 이해하는 능력. | 문해력 | 상상력 |

(4) 보람 있게 쓰임. | 효용 | 내용 |

5 다음 빈칸에 공통으로 들어갈 낱말을 **주제 어휘**에서 찾아 쓰세요.

(1)
- 방학이 되면 [   ]를 많이 하기 위해 매일 도서관으로 간다.
- 선생님은 우리에게 만화만 보지 말고 폭넓은 [   ]를 권하셨다.

→ [ ][ ]

(2)
- 성적이 조금씩 오르자 공부에 [   ]가 붙기 시작했다.
- 우리는 선생님께서 해 주신 이야기가 [   ]있어서 큰 소리로 웃었다.

→ [ ][ ]

6 다음 밑줄 친 '이것'이 가리키는 말을 **주제 어휘**에서 찾아 쓰세요.

시간이 흐르면서 '이것'의 방법이 바뀌고 있다. 처음 금속활자가 발명된 뒤부터 사람들은 오랜 시간 종이 책을 읽어 왔다. 그런데 스마트폰과 태블릿이 등장하면서 '이것'의 방법이 다양해졌다. 이제는 무거운 종이 책 대신 태블릿을 들고 다니면서 전자책을 언제 어디서든 읽을 수 있게 되었다. 또한 책 내용을 성우의 음성으로 녹음한 소리책을 귀로 듣기도 한다. 기술이 발전하면서 앞으로 '이것'의 방법이 어떻게 변화할지 기대된다.

(   )

내 이름을 들려줄게

내 이름을
들려줄게
글 조연화
단비어린이

어휘사전

* **다문화**(多 많을 다, 文 글월 문, 化 될 화) 여러 인종이 어우러져 다양한 생활 양식이 나타나는 문화.
* **처지**(處 곳 처, 地 땅 지) 주어진 사정이나 형편.
* **에티오피아**(Ethiopia) 아프리카 동쪽에 있는 나라로 커피 생산으로 유명함.
* **외모**(外 바깥 외, 貌 모양 모) 겉으로 보이는 모양.
* **눈총** 못마땅한 사람을 쏘아보는 눈길.

강뉴는 머리가 하얘졌다.

가장 싫은 숙제, 가족 이야기. 게다가 자랑거리라니! 온몸의 기운이 쑥 빠져나가는 것 같다.

'올해는 그냥 좀 지나가지! 내일만 지나면 5월도 끝나는데.'

작년에도 5월 내내 가족 이야기만 해서 학교 오는 게 죽을 맛이었다.

"우리 집도 자랑거리 많아!"

채리가 다가와서 강뉴 책상 위에 걸터앉았다. 강뉴에게 말하는 것은 아니다. 채리는 건너편 아이들을 보며 수다를 떨었다.

우유처럼 ㉠뽀얀 얼굴, 크고 짙은 쌍꺼풀에 밝은 ㉡밤색의 빛나는 머릿결! 무엇보다도 채리는 인기 예능 프로그램에 온 가족이 출연 중이다.

㉮같은 **다문화** 자녀지만, 만날 놀림받는 강뉴와는 **처지**가 완전히 다른 거다. 강뉴는 ㉢갈색 푸들보다 더 얼굴이 까맣다. 머리카락도 푸들처럼 꼬불거려서 별명이 푸들이다. 어떤 아이들은 아예 '티뱅'이라고 부른다. **에티오피아** 가난뱅이를 줄인 말이다. 강뉴 할아버지가 세상 최고로 가난한 나라, 에티오피아 사람이기 때문이다.

티뱅은 정말 싫고 푸들도 싫지만, 강뉴라는 이름도 싫다. 할아버지가 지은 이름, 에티오피아 말이기 때문이다. 그래서 별명 말고 이름을 부르라는 말도 못 한다.

하필 채리가 자신의 책상 위에 걸터앉은 것이 강뉴는 부담스러웠다.

자신을 향해 돌려 대고 서 있는 많은 등들이 강뉴의 가슴을 바위처럼 무겁게 눌러 왔다.

채리가 신날수록, 강뉴는 혼자서 고개가 떨구어졌다. 모두 다른 나라 이야기처럼 들렸다.

아빠는 엄마와 할아버지의 ㉣까만 얼굴 때문에 덩달아 시선을 받아야 했는데, 시간이 지날수록 무척 힘들어했다고 한다. 그래서 결국 엄마를 떠났고 말이다.

엄마는 아니라고 했지만, 강뉴는 혹시 아빠가 자신도 힘들어했을까 가끔 궁금했다. **외모** 때문에 사람들 **눈총**을 받는 건 강뉴도 마찬가지니까. 게다가 아빠는 엄마랑 헤어진 뒤 한 번도 강뉴를 보러 온 적이 없다.

강뉴는 가방을 메고 소리 없이 일어섰다.

'우리 엄마도 나처럼 한국에서 태어난 한국 사람인데!'

눈을 부릅뜨고 눈물을 참아 냈다.

1 이 글의 내용과 일치하지 <u>않는</u> 것은 무엇인가요? (   )

내용
이해

① 강뉴는 엄마, 아빠와 사이가 좋다.

② 강뉴의 엄마는 한국에서 태어났다.

③ 강뉴의 할아버지는 에티오피아 출신이다.

④ 강뉴는 가족 이야기에 대한 숙제를 좋아하지 않는다.

⑤ 채리도 다문화 가족의 자녀이지만 강뉴와 피부색이 다르다.

2 이 글에 나온 강뉴와 채리의 감정을 알맞게 짝 지은 것은 무엇인가요? (   )

감상
하기

	강뉴	채리
①	기쁨	화남
②	슬픔	무서움
③	두려움	서러움
④	답답함	당당함
⑤	뿌듯함	두려움

3 ㉠~㉣ 중 '강뉴'의 특징을 나타내는 것을 찾아 기호를 쓰세요. (   )

어휘
이해

4 밑줄 친 ㉮의 이유로 알맞은 것은 무엇인가요? (   )

추론
하기

① 채리의 집이 부자이기 때문이다.

② 채리는 공부와 운동을 잘하기 때문이다.

③ 채리 부모님이 현재 해외에 있기 때문이다.

④ 채리 할아버지는 국가 유공자이기 때문이다.

⑤ 채리는 뽀얀 얼굴에 밝은 밤색의 머릿결을 가졌기 때문이다.

다문화 사회와 다문화 정책

이전에는 서울의 이태원에 가야 여러 인종의 외국인들을 볼 수 있었다. 하지만 최근에는 우리나라에서 외국인을 마주치는 것이 어렵지 않은 일이 되었다. 또 다문화 가정도 늘어나서, 피부색이 다른 아이들도 흔히 볼 수 있게 되었다. 이렇게 한 나라 안에 다양한 인종과 문화가 공존하는 사회를 '다문화 사회'라고 부른다. 우리나라는 개방화와 세계화로 인해 빠르게 다문화 사회로 진입하고 있다.

다문화 사회는 여러 나라의 다양한 문화를 경험할 기회를 제공하고, 문화의 질적 수준을 높인다는 장점이 있다. 또 국내의 노동력 부족 문제를 해결해 주기도 한다.

하지만 아직 다문화 사회 초기인 우리나라에서는 서로 다른 문화 사이에 가치관과 생활 방식의 차이로 인해 **갈등***이 발생하기도 한다. 다문화 가정의 자녀는 외모와 언어의 차이로 차별을 당하거나 학교에서 친구들로부터 소외되기도 한다. 이는 서로의 문화에 대한 이해가 부족하기 때문에 벌어진다. 이제 우리도 다문화 사회를 자연스럽게 받아들이는 인식의 변화가 필요하다.

이런 문제들을 해결하기 위해 정부에서는 크게 두 가지 방식으로 다문화 **정책***을 펴고 있다. 하나는 새로 이주해 온 이주민이 자신의 문화를 포기하고 기존 문화에 **동화***되어야 한다는 '동화주의'이고, 다른 하나는 이주민의 다양한 문화나 가치, 풍습 등을 인정하고 **공존***하는 방향으로 가야 한다는 '다문화주의'이다. 쉽게 말해 동화주의는 하나로 합쳐져 녹는 '용광로'에, 다문화주의는 여러 가지가 섞인 '샐러드'에 비유할 수 있다. 이 두 가지 정책은 다 외국인 이주민이 차별받는 것을 방지하고 인간으로서의 권리를 누릴 수 있도록 하는 목표를 가지고 있다.

어휘사전

* **갈등**(葛 칡 갈, 藤 등나무 등) 서로 반대되는 입장 때문에 생기는 충돌.

* **정책**(政 정사 정, 策 꾀 책) 사회적인 문제를 해결하기 위한 방법.

* **동화**(同 같을 동, 化 될 화) 서로 닮게 되어 성질이 같아지는 것.

* **공존**(共 함께 공, 存 있을 존) 서로 다른 여러 가지가 함께 있는 것.

내용요약

글의 중심 내용을 생각하며 빈칸의 낱말을 써 보세요.

| ㄷ | ㅁ | ㅎ | ㅅ | ㅎ |

는 문화의 질적 수준을 높이고 노동력 부족 문제를 해결한다는 장점이 있지만 여러 갈등도 일으킨다. 이를 해결하기 위해 다문화 정책을 실시하는데, 크게 동화주의와 다문화주의가 있다.

1 이 글의 내용과 일치하지 <u>않는</u> 것은 무엇인가요? (   )

내용
이해

① 우리나라는 개방화로 인해 빠르게 다문화 사회로 진입 중이다.

② 동화주의는 용광로에, 다문화주의는 샐러드에 비유할 수 있다.

③ 다문화 사회를 자연스럽게 받아들이는 인식의 변화가 필요하다.

④ 동화주의는 이주민의 다양한 문화나 풍습을 인정하는 정책이다.

⑤ 한 나라 안에 다양한 인종과 문화가 공존하는 사회를 다문화 사회라고 부른다.

2 다음 **보기**와 연관 지어 이 글을 알맞게 이해하지 <u>못한</u> 것은 무엇인가요? (   )

추론
하기

┤ 보기 ├

　　우리나라에서 이주민에 대한 혐오 문제는 아직까지 심각하다. 다문화 자녀들은 학업 어려움과 따돌림에 노출되어 있으며, 학업 중단 비율도 높은 편이다. 또한, '다문화'라는 호칭에도 문제가 있다는 지적이 나온다. 똑같은 한국 국적인데도, '다문화'라고 불리는 순간 같은 한국 국적의 사람이 아닌, '다른 존재'로 여겨진다는 것이다.

① 우리나라 사람들은 이주민에 대한 부정적 인식이 여전히 높다.

② 성숙한 다문화 사회로 나아가기 위한 정책적 지원이 필요하다.

③ '다문화'라는 호칭보다는 차별의 의미가 적은 말을 찾아 사용해야 한다.

④ 다문화 자녀들은 학교에서 겪는 어려움이 많아서 교육적 지원이 필요하다.

⑤ 이주민과 다문화에 대한 혐오와 차별은 정책만 바꾸면 모두 해결할 수 있는 문제다.

3 다음 **보기**에 해당하는 다문화 정책의 방식을 이 글에서 찾아 쓰세요.

적용
하기

┤ 보기 ├

㉮ 유럽에서는 이슬람 사원 건설이 많아지고 있다. 그 이유는 많은 이슬람교도들이 유럽으로 건너왔기 때문이다. 유럽의 각 나라들은 종교의 자유를 인정하기에 이슬람 사원 건설을 허가하고 있다.

㉯ 해외에서 온 여성 이주민을 대상으로 한국어와 전통 예절, 한국 음식 등에 대한 교육을 한다. 이런 교육은 이주민이 한국 문화에 적응하고 생활하는 데 도움을 준다.

㉮ (　　　　　　　　　　), ㉯ (　　　　　　　　　　)

자란다 ▶ 문해력

주제 정리 **1** 생각주제와 관련된 앞의 두 글을 읽고 내용을 정리해 보세요.

다문화 사회

한 나라 안에 다양한 인종과 문화가 공존하는 사회를 ㄷ ㅁ ㅎ ㅅ ㅎ 라 한다. 개방화와 세계화로 우리나라도 빠르게 다문화 사회에 진입하고 있다.

내 이름을 들려줄게

에티오피아 혼혈인 강뉴는 피부가 까맣고 머리카락도 꼬불거린다. 뽀얀 얼굴에 밤색 머릿결을 가진 채리도 다문화 자녀지만 처지가 완전히 다르다. 외모 때문에 사람들의 눈총을 받는 강뉴는 슬프지만 눈물을 꾹 참는다.

다문화 사회를 받아들이는 자세

우리나라는 아직 다문화 사회 초기라 갈등이 발생하기도 한다. 그렇기에 다문화 사회를 자연스럽게 받아들이는 인식의 변화가 필요하다.

다문화 정책의 방식에는 크게 동화주의와 다문화주의가 있는데, 두 가지 정책은 모두 이주민이 ㅊ ㅂ 받는 것을 방지하는 것이 목표이다.

2 다음 그림에서 공통적으로 설명하고 있는 현상으로 알맞은 것에 ○표 하세요.

(1) 다문화 사회가 진행 중인 곳에서 겪는 이주민들의 어려움.

(2) 다문화 사회가 이미 정착된 곳에서 겪는 이주민들의 편안함.

3 다문화 사회를 받아들이는 자세에 대해 자신의 생각을 써 보세요.

다문화   처지   갈등   정책   동화   공존

4 다음 주제 어휘와 뜻을 알맞게 연결하세요.

(1) 다문화 •
(2) 동화 •
(3) 갈등 •
(4) 처지 •

• ㉠ 주어진 사정이나 형편.

• ㉡ 서로 반대되는 입장 때문에 생기는 충돌.

• ㉢ 서로 닮게 되어 성질이 같아지는 것.

• ㉣ 여러 인종이 어우러져 다양한 생활 양식이 나타나는 문화.

5 다음 빈칸에 들어갈 낱말을 주제 어휘에서 찾아 쓰세요.

(1) 개방화와 세계화로 인해 우리나라는 (   ) 사회가 되었다.

(2) 인간은 자연 파괴를 멈추고 자연과 (   )하며 살아가야 한다.

(3) 미국에서 온 친구는 그새 완전히 우리나라 문화에 (   )되었다.

(4) 정부는 국민의 세금 부담을 낮추기 위해 새로운 (   )을 내놓았다.

6 다음 문장의 밑줄 친 말과 바꾸어 쓸 수 있는 낱말에 ○표 하세요.

(1) 친구의 <u>사정</u>을 잘 알기에 부탁을 거절할 수 없었다. → 처지 | 자세

(2) 형과 나는 둘 다 욕심이 많아서 <u>다툼</u>이 끊이지 않았다. → 계산 | 갈등

아르고스 이야기

그리스 로마 신화

제우스*는 강의 신 이나코스의 딸 이오를 보고 첫눈에 반했다. 아내 헤라의 눈을 피하기 위해 검은 구름으로 주변을 가리고, 이오를 몰래 만났다.

한편, 사라진 제우스를 찾던 헤라는 한곳에 몰려 있는 구름을 발견했다. 이를 수상히 여긴 헤라는 땅으로 내려와 구름을 날려 버렸다. 그러나 그곳에는 새하얀 암소가 있을 뿐이었다. 제우스가 재빨리 이오를 암소로 변신시킨 것이었다. 눈치 빠른 헤라는 그 암소가 평범한 동물이 아니라는 것을 알아챘다. 하지만 모르는 척 제우스에게 말했다.

"암소가 참 아름답네요. 이 암소를 선물로 주면 안 되나요?"

제우스는 무척 난감했다. 헤라의 부탁을 들어주면 좋아하는 이오가 곤란해지게 되고, 거절하면 헤라의 **의심***을 살 수 있기 때문이었다. 제우스는 마지못해 암소를 헤라에게 주었다.

헤라는 암소를 아르고스에게 맡기며 단단히 지키라고 명령했다. 아르고스는 머리에 눈이 백 개나 달린 괴물로 **잠***을 잘 때에는 두 개의 눈만 감고, 나머지 아흔여덟 개의 눈은 뜨고 있었다. 아르고스는 잠자지 않고 암소를 철저히 감시했다.

한편 이오의 아버지 이나코스와 언니들은 사라진 이오를 찾아 나섰다. 우연히 한 암소를 만났는데, 암소가 하염없이 눈물만 흘리는 것이었다. 암소는 땅바닥에 '이오'라는 글자를 썼다. 그제야 가족들은 암소가 이오라는 사실을 알았고, 서로 부둥켜안으며 울었다.

이 모습을 지켜보던 제우스는 이오를 구하고 싶었지만, 헤라의 감시 때문에 꼼짝할 수 없었다. 제우스는 **헤르메스***를 몰래 불러 아르고스를 죽이고 이오를 구해 오라고 명령했다. 헤르메스는 양치기로 변장해 아르고스에게 다가갔다. 헤르메스는 잠을 부르는 피리 소리로 아르고스를 재웠다. 백 개의 눈이 모두 감기자, 헤르메스는 아르고스의 목을 칼로 쳤다. 헤라는 아르고스의 죽음을 슬퍼하며, 백 개의 눈을 **수습***하여 공작 깃털의 장식으로 삼았다.

어휘사전

* **제우스**(Zeus) 그리스 신화에 나오는 여러 신 가운데 가장 높은 신. 신과 인간이 사는 세상을 다스림.

* **의심**(疑 의심할 의, 心 마음 심) 무엇을 이상하게 여겨 믿을 수 없는 마음.

* **잠** 눈이 감긴 채 의식 활동이 쉬는 상태.

* **헤르메스**(Hermes) 그리스 신화에 나오는 신. 제우스와 마이아 사이에서 태어났으며, 신들의 명령을 전하는 역할을 함.

* **수습**(收 거둘 수, 拾 주울 습) 흩어진 물건을 거두어 정돈함.

내용요약

글의 중심 내용을 생각하며 빈칸의 낱말을 써 보세요.

아르고스는 백 개의 [ㄴ]이 있는 무서운 괴물로 잠을 잘 때도 두 개의 눈만 감는다. 아르고스는 이오를 감시하던 중 헤르메스의 피리 소리에 잠이 들어 목숨을 잃었고, 아르고스의 백 개의 눈은 공작 깃털의 장식이 되었다.

1 이 글의 내용과 일치하지 <u>않는</u> 것은 무엇인가요? ( )

내용
이해

① 제우스와 헤라는 부부 사이이다.

② 헤라는 이오를 암소로 변신시켰다.

③ 이오는 강의 신 이나코스의 딸이다.

④ 아르고스는 머리에 눈이 백 개나 달린 괴물이다.

⑤ 헤르메스는 제우스의 명령으로 아르고스를 죽였다.

2 이 글의 특징으로 알맞은 것은 무엇인가요? ( )

글의
구조

① 실제 일어났던 일에 관한 이야기이다.

② 자신의 경험을 솔직하게 쓴 이야기이다.

③ 신들을 중심으로 하여 꾸며진 이야기이다.

④ 한 국가가 세워진 과정을 신성하게 다룬 이야기이다.

⑤ 어떤 지역의 구체적인 사물에 얽혀 전해오는 이야기이다.

3 다음 그림에서 아르고스와 가장 관련 있는 부분의 기호를 쓰세요. ( )

적용
하기

4 이 글에서 아르고스가 죽임을 당한 이유를 찾아 번호를 쓰세요. ( )

감상
하기

(1) 암소를 지키다 잠이 들어 죽임을 당하게 되었다.

(2) 암소를 못 지켜서 헤라가 보낸 헤르메스에 죽임을 당하게 되었다.

잠을 자는 이유

과학관으로
온 엉뚱한
질문들
글 이정모
정은문고

어휘사전

＊ 보관(保 보전할 보, 管 대롱 관) 물건을 맡아서 간직하고 관리함.

＊ 신피질(新 새로울 신, 皮 가죽 피, 質 바탕 질) 가장 최근에 진화하여 형성된 대뇌의 바깥 부분으로, 사람 뇌의 거의 대부분을 이룸.

＊ 필수(必 반드시 필, 須 모름지기 수) 꼭 해야 하거나 꼭 있어야 하는 것.

＊ 노폐물(老 늙을 노, 廢 폐할 폐, 物 만물 물) 몸 안에서 소화되고 남은 찌꺼기.

＊ 에너지(energy) 활동하는 근원이 되는 힘.

＊ 활동(活 살 활, 動 움직일 동) 어떤 목적을 위해 움직이는 것.

잠을 자는 이유에 대해서는 몇 가지 이론이 있습니다. 첫째, 기억을 정리하는 과정이라는 설입니다. 2006년 3월 『네이처』에 실린 논문에 따르면 반드시 잠이 들지 않더라도 누워서 편히 눈 감고 쉬기만 해도 잠과 같은 효과를 누릴 수 있습니다. 이때 잠잘 때처럼 외부로부터 정보가 들어오는 것을 막아야 합니다.

양쪽 귀 뒤쪽 깊숙한 곳에 '해마'라는 뇌 부위가 있습니다. 정말 해마처럼 생겼어요. 기억을 일시적으로 **보관**＊하는 곳인데, 용량이 작습니다. 그래서 24시간 분량만 저장할 수 있어요. 시간이 지나면 앞쪽 기억에 새로운 기억을 덮어씁니다. 마치 자동차 블랙박스처럼 말입니다.

그런데 우리는 수십 년 전 일도 생생하게 기억하잖아요. 해마가 온갖 기억을 필요한 것과 불필요한 것으로 분류해 필요한 기억만 대뇌 **신피질**＊로 보내기 때문입니다. 기억을 분류하는 데 여섯 시간이 걸립니다. 이 말은 우리가 최소한 여섯 시간은 자야 한다는 뜻입니다. 잠을 제대로 자지 못하면 해마는 기억을 '분류 불능'으로 처리해 삭제해 버립니다.

그런데 조금 이상합니다. 인간처럼 수명이 길어 기억 관리가 필요한 동물이 있는가 하면 수명이 단 몇 시간에 불과한 동물이 있는데, 모두 잠을 자거든요. 하루살이가 그렇습니다. 이건 잠은 선택 사항이 아니라 **필수**＊ 사항이라는 뜻입니다. 이 사실이 잠을 자는 이유에 대한 두 번째 이론을 설명합니다. 잠은 뇌에 쌓인 **노폐물**＊을 씻어 내기 위해서 필수적이라는 것이죠. 2013년 10월 『사이언스』에 발표된 논문에 따르면 잠을 자지 못하면 뇌에 노폐물이 쌓여 탈이 난다고 합니다. 바로 '아밀로이드 베타'라는 단백질입니다.

잠을 자야 하는 세 번째 이론은 **에너지**＊ 소비를 줄이기 위한 적응이라는 것입니다. 사람 뇌는 체중의 2퍼센트에 지나지 않지만, 에너지는 20퍼센트나 사용합니다. 에너지 효율이 아주 낮은 기관입니다. 그래서 **활동**＊하지 않을 때는 꺼 두는 게 필요하지요.

내용요약

글의 중심 내용을 생각하며 빈칸의 낱말을 써 보세요.

잠을 자는 이유는 잠은 ㄱ ㅇ 을 정리하는 과정이기 때문이다. 그리고 잠을 자면 뇌에 쌓인 노폐물을 씻어 낼 수 있고, ㅇ ㄴ ㅈ 소비를 줄일 수 있다.

1 해마에 대한 설명으로 알맞지 <u>않은</u> 것은 무엇인가요? (   )

내용
이해

① 뇌의 한 부위이다.

② 바다에 사는 해마를 닮았다.

③ 양쪽 귀 뒤쪽 깊숙한 곳에 있다.

④ 기억을 장기적으로 보관하는 곳이다.

⑤ 기억을 분류하는 데 여섯 시간이 걸린다.

2 이 글에서 말하고자 하는 내용으로 가장 알맞은 것은 무엇인가요? (   )

중심
내용

① 잠은 많이 잘수록 좋다.

② 사람은 잠을 자야 한다.

③ 더 많이 자는 사람이 성공한다.

④ 잠은 양보다 질이 더 중요하다.

⑤ 나이에 따라 자야 하는 시간이 다르다.

3 이 글과 **보기**를 통해 알 수 있는 내용으로 알맞은 것은 무엇인가요? (   )

추론
하기

┤ **보기** ├

　알츠하이머병은 우리가 치매로 알고 있는 병이다. 병이 발생하는 이유는 뇌에 아밀로이드 베타라는 단백질이 과하게 쌓여 뇌세포에 손상을 일으키기 때문이다. 그래서 전문가들은 아밀로이드 베타가 더 만들어지는 것을 막거나 배출시키려는 연구를 하면서 치료법을 찾고 있다.

① 치매에 걸리면 해마의 용량이 증가한다.

② 음악을 많이 들을수록 치매 예방에 도움이 된다.

③ 충분하게 잠을 자는 것이 치매 예방에 도움이 된다.

④ 아밀로이드 베타는 기억을 분류하는 데 도움을 준다.

⑤ 뇌의 에너지 소비가 많을수록 치매에 걸릴 확률이 낮다.

주제정리　1　생각주제와 관련된 앞의 두 글을 읽고 내용을 정리해 보세요.

아르고스 이야기
제우스는 아내 헤라의 눈을 피하기 위해 이오를 ㅇ ㅅ 로 변신시키고, 이를 헤라에게 주었다.
↓
헤라는 눈이 백 개가 있는 괴물 아르고스에게 암소를 맡기며 단단히 지키라고 했다.
↓
헤르메스는 피리 소리로 아르고스를 재운 뒤 죽였다. 헤라는 아르고스의 백 개의 눈을 ㄱ ㅈ 깃털의 장식으로 삼았다.

	잠을 자는 이유
첫 번째	해마는 하루의 기억을 여섯 시간 동안 분류해서 보관이 필요한 기억은 대뇌 신피질로 보내므로 최소 여섯 시간을 자야 한다. 그렇지 않으면 해마는 기억을 ㅅ ㅈ 한다.
두 번째	잠은 뇌에 쌓인 노폐물인 아밀로이드 베타를 씻어 내기 위해 필수적이다.
세 번째	ㄴ 는 에너지의 20%나 사용하기에 잠을 자면서 에너지 소비를 줄이는 것이 필요하다.

2　다음 그림에서 알 수 있는 이론으로 알맞은 것을 찾아 ○표 하세요.

(1) 잠이 들지 않더라도 누워서 편히 눈 감고 쉬기만 해도 잠자는 것과 같은 효과가 난다.

(2) 뇌에서 기억을 분류하는 데 여섯 시간이 걸리기 때문에 최소한 여섯 시간은 자야 한다.

3　우리가 잠을 자야 하는 이유에 대해 자신의 생각을 써 보세요.

| 주제 어휘 | 잠 | 보관 | 필수 | 노폐물 | 에너지 | 활동 |

4 다음 뜻에 알맞은 **주제 어휘**를 찾아 ○표 하세요.

(1) 어떤 목적을 위해 움직이는 것. 활동 / 휴식

(2) 꼭 해야 하거나 꼭 있어야 하는 것. 필수 / 선택

(3) 눈이 감긴 채 의식 활동이 쉬는 상태. 기절 / 잠

(4) 물건을 맡아서 간직하고 관리함. 보관 / 분실

5 다음 빈칸에 공통으로 들어갈 낱말을 **주제 어휘**에서 찾아 쓰세요.

(1)
• 여름철에는 음식물 [   ]에 주의해야 한다.
• 지금까지 쓴 모든 일기는 책상 서랍에 [   ]하고 있다.
→ [ ][ ]

(2)
• 아버지는 다리를 다쳐서 [   ]이 어렵다.
• 병이 나을 때까지 당분간 바깥 [   ]을 줄여야 한다.
→ [ ][ ]

6 다음 문장의 밑줄 친 말과 바꾸어 쓸 수 있는 낱말에 ○표 하세요.

(1) 은지는 어디서 그런 힘이 나오는지 항상 활기가 넘친다. → 에너지 / 능력

(2) 몸속에 쌓인 <u>찌꺼기</u>는 땀과 오줌을 통해 몸 밖으로 배출된다. → 노폐물 / 폐기물

인형의 집

인형의 집
글 루머 고든
비룡소

어휘사전

＊**인형**(人 사람 인, 形 형상 형) 사람이나 동물 모양으로 만든 장난감.

＊**파딩**(farthing) 영국의 옛날 화폐로 현재는 쓰지 않음.

＊**수액**(樹 나무 수, 液 진 액) 뿌리에서 줄기, 잎으로 전달되는 나무의 양분이 되는 액체.

＊**관절**(關 빗장 관, 節 마디 절) 두 뼈가 서로 이어지는 부분.

＊**행복**(幸 다행 행, 福 복 복) 생활에서 충분한 만족과 기쁨을 느끼어 흐뭇한 상태.

＊**선택**(選 가릴 선, 擇 가릴 택) 여럿 가운데 필요한 것을 골라서 정하는 것.

이 이야기는 **인형**＊ 집에 사는 인형들 이야기다. ㉠주인공은 자그마한 네덜란드 인형 ㉡토티 플랜태저넷이다.

지금 토티는 에밀리와 샬럿이라는 두 여자아이의 방에 살고 있다. 굳이 '지금'이라고 말한 건 토티가 아주 오래 살았기 때문이다. 토티는 에밀리와 샬럿의 증조할머니와 그 ㉢언니인 로라가 어릴 때도 함께 있었다. (㉮)

1**파딩**＊짜리 작은 인형이 이렇게 오래가다니 참 신기하다. 그것은 토티가 나무 인형인 데다 좋은 나무로 만들어진 덕분이다. 토티는 이따금 ㉣자기 몸을 이루고 있는 나무를 생각하면서, 봄과 여름이면 나무 속을 흐르며 싹을 틔우고 잎을 피워 내던 **수액**＊과 한겨울 거센 눈보라와 바람에도 꿋꿋이 서 있던 나무의 힘을 떠올리곤 했다. (㉯)

'내 안에는 조금, 아주 조금이긴 하지만 그 나무가 있어. 작지만 나도 그 나무야.'

토티는 곧잘 그렇게 생각했다.

이렇듯 토티는 ㉤나무 인형이었다. 팔다리와 몸통은 솜씨 좋게 **관절**＊로 이어져 있고, 팔꿈치와 무릎도 관절이라 굽혔다 펼 수 있었으며, 양쪽 어깨는 폭이 2센티미터 조금 넘는 튼튼한 나무판으로 이어져 있었다. (㉰)

에밀리와 샬럿은 토티에게 아비지 어머니도 마련해 주었다. 바로 플랜태저넷 부부인데, 어머니 인형의 이름은 버디였다. 물론 토티는 플랜태저넷 부부는 진짜 부모가 아니며, 자기는 부모가 없고, 부모가 있다면 그건 자기 몸을 만든 나무라는 사실을 잘 알고 있었다. (㉱)

에밀리와 샬럿이 착한 아이들인 덕분에 인형들은 **행복**＊했다. 사실 인형들에겐 착한 아이를 만나느냐 그렇지 않느냐가 매우 중요하다. 인형들은 늘 불안하고 가끔 위험한 일을 당하기도 한다. 인형들은 **선택**＊될 뿐 스스로 선택하지 못한다. 어떤 일이든 사람이 해 주어야지 스스로 '할' 수도 없다. 어떤 아이들은 이런 사실도 모르고 인형한테 못되게 굴기 일쑤다. 그러면 인형은 상처받고 괴롭힘당하다 버려진다. 나쁜 일을 당해도 인형은 말 한마디 못하고 상처받고 괴롭힘당하다가 결국 버려지고 만다. 인형이 있는 사람은 이 사실을 절대로 잊어선 안 된다.

1 이 글의 내용과 일치하지 <u>않는</u> 것은 무엇인가요? (   )

내용
이해

① 토티는 나무로 만들어진 인형이다.

② 토티는 여러 세대에 걸쳐 살아 온 인형이다.

③ 주인을 잘못 만나면 인형은 수난을 겪기도 한다.

④ 에밀리와 샬럿은 인형을 함부로 다루고 망가뜨린다.

⑤ 플랜태저넷 부부는 토티의 아빠, 엄마 역할을 하는 인형이다.

2 ㉮~㉣ 중, **보기**가 들어가기에 알맞은 곳을 찾아 기호를 쓰세요. (   )

추론
하기

┤ 보기 ├

　동그란 머리에는 반질반질한 물감으로 머리카락이 그려져 있었다. 뺨은 발그레하게
빛나고, 눈은 선명한 푸른색 물감으로 짙게 칠해져 있어서 매우 단호해 보였다.

3 ㉠~㉢ 중 가리키는 대상이 <u>다른</u> 것을 찾아 기호를 쓰세요. (   )

추론
하기

4 이 글을 읽고 난 느낌을 알맞게 이야기한 것은 무엇인가요? (   )

감상
하기

① 장난감을 예쁘게 꾸며야 한다는 주제 의식이 드러나 있어.

② 결국 인형은 어떤 사람을 만나느냐에 따라 행복이 결정되는 존재야.

③ 인형도 가족을 향한 그리운 마음을 가지고 있다는 설정이 재미있어.

④ 인형을 만들 때는 좋은 나무로 만들어야 한다는 것을 강조하고 있어.

⑤ 가짜 부모를 만들어 준 에밀리와 샬럿에 대한 강한 불만을 느낄 수 있어.

영화 「토이 스토리」의 세계

누구나 어린 시절 '내가 외출하고 없을 때 **장난감***들이 살아 움직이지 않을까?' 하고 생각해 본 적 있을 것이다. 여기 이런 의문에 대해 답하는 영화가 있다. 바로 애니메이션 회사 픽사에서 만든 영화 「토이 스토리」이다. 영화 속 장난감들이 마치 사람처럼 생생하게 움직이는 모습을 컴퓨터 그래픽으로 표현하여, 여러 **후속편***이 나올 정도로 큰 인기를 끌었다.

「토이 스토리」의 **세계관***은 흥미롭다. 마치 사람이 없을 동안 인형의 세계를 훔쳐 보는 것 같은 기분을 안겨 준다. 장난감들은 인간이 보지 않을 때 살아 움직이고, 생각도 하며, 서로 대화도 나눈다. 그러다가 주인인 소년 앤디의 발소리가 들리면 원래 위치로 돌아가 무생물인 장난감인 척한다.

이야기는 이렇게 시작한다. 카우보이 인형 '우디'는 앤디가 가장 아끼고 사랑하는 장난감이다. 그러던 어느 날 앤디는 생일 파티에서 '버즈'라는 우주특공대원 장난감을 선물로 받는다. 버즈는 신형 날개, 디지털 음성, 레이저 무기 등 첨단 장비로 무장한 신제품이다. 앤디가 가장 좋아하는 장난감 1위는 순식간에 우디에서 버즈로 바뀌게 된다.

그리고 평화로운 **일상***을 보내던 우디는 버즈의 실수로 인해 예기치 못한 일에 휘말린다. 둘은 앤디네 집 밖으로 나갔다가 장난감을 마구 **고문***하여 괴롭히는 옆집 아이 시드의 집에 갇히게 된 것이다. 우디와 버즈는 앤디가 돌아오기 전까지 원래 위치로 돌아갈 수 있을까?

우디는 처음에는 잘난 척하는 버즈가 못마땅하지만, 둘이 함께 **모험***을 겪으면서 친해진다. 버즈는 용감한 우주특공대원 장난감이지만 실제로는 허풍만 심한 겁쟁이였는데, 우디는 이런 버즈에게 용기를 북돋워 준다.

「토이 스토리」는 우정과 신뢰의 중요성을 알려 주는 영화이다. 장난감들은 누가 어떤 말을 하더라도 비난하지 않고 진심으로 들어 준다. 또, 친구가 모험을 떠나거나 위험에 처했을 때 기꺼이 친구를 따라나서는 의리 있는 모습이 진한 감동을 선사한다.

▲ 「토이 스토리」의 한 장면

어휘사전

* **장난감** 아이가 가지고 노는 여러 가지 물건.

* **후속편**(後 뒤 후, 續 이을 속, 篇 책 편) 책이나 영화의 내용이 이어지는 다음 작품.

* **세계관**(世 세대 세, 界 경계 계, 觀 볼 관) 현실과는 다른 사건이나 요소가 있다고 가정하는 설정.

* **일상**(日 날 일, 常 항상 상) 날마다 반복되는 생활.

* **고문**(拷 칠 고, 問 물을 문) 숨기고 있는 사실을 강제로 알아내기 위해 고통을 주는 것.

* **모험**(冒 무릅쓸 모, 險 험할 험) 위험을 무릅쓰고 하는 일.

내용요약

글의 중심 내용을 생각하며 빈칸의 낱말을 써 보세요.

'사람이 없을 때 [ㅈ ㄴ ㄱ]이 살아 움직이지 않을까?' 하는 의문에 답을 하는 영화 「토이 스토리」는 장난감들의 모험을 담은 영화로, 우정과 신뢰의 중요성을 강조한다.

1 이 글의 내용과 일치하지 <u>않는</u> 것은 무엇인가요? (   )

내용
이해

① 「토이 스토리」의 주인공은 장난감이다.

② 앤디 앞에서 장난감들은 무생물의 모습을 하고 있다.

③ 「토이 스토리」는 세계적으로 큰 사랑을 받은 애니메이션이다.

④ 「토이 스토리」는 '장난감을 소중히 다루자'라는 교훈을 전하는 영화이다.

⑤ 「토이 스토리」 속 주인공들은 모험을 겪으며 성숙해지고 우정이 깊어진다.

2 이 글과 **보기**에서 알 수 있는 내용으로 알맞지 <u>않은</u> 것은 무엇인가요? (   )

추론
하기

┤ **보기** ├

버즈: 나는 별 볼 일 없는 장난감이라고.

우디: 우주특공대원보다 장난감이 훨씬 더 좋아.

버즈: 너랑 장난치고 싶지 않아.

우디: (앤디의 방을 가리키며) 저 방에 너를 최고라 생각하는 아이가 있어. 네가 우주특
      공대원라서 좋아하는 게 아니라 장난감이기 때문에 좋아하는 거야. 너는 앤디의
      자랑스러운 장난감이야.

① '우디'는 앤디의 카우보이 장난감이다.

② '버즈'는 앤디의 우주특공대원 장난감이다.

③ '우디'와 '버즈'는 장난감이지만 서로 위로해 준다.

④ '버즈'는 스스로 별 볼 일 없는 장난감이라 생각한다.

⑤ '버즈'는 진짜 우주특공대원이라서 앤디의 사랑을 받았다.

3 「토이 스토리」 속 세계관의 특징으로 알맞지 <u>않은</u> 것은 무엇인가요? (   )

추론
하기

① 장난감이지만 우정을 키워 나가기도 한다.

② 진짜 사람처럼 서로 갈등을 일으키기도 한다.

③ 사람과 함께 있을 때는 무생물인 척 연기한다.

④ 사람과 다른 점이 없을 정도로 서로 도와주고 용기를 준다.

⑤ 사람의 행동에 영향을 받지 않는 자신들만의 공간에서 살고 있다.

1 생각주제와 관련된 앞의 두 글을 읽고 내용을 정리해 보세요.

인형의 집
1 토티는 작은 인형이지만 오래 살았다.
2 함께 사는 에밀리와 샬럿은 착하다. 그래서 토티에게 가족을 만들어 주었다.
3 인형은 어떤 사람을 만나느냐가 중요하다. 왜냐하면 인형은 ㅅ ㅌ 될 뿐 어떤 일이든 사람이 해 주어야 하기 때문이다.
4 인형한테 못되게 굴면 인형이 상처받고 버려진다는 사실을 잊어서는 안 된다.

영화 「토이 스토리」의 세계
1 영화 「토이 스토리」는 사람처럼 살아 움직이고 모험을 하는 장난감 이야기를 그린 애니메이션이다.
2 앤디는 우주특공대원 버즈를 새로 선물받고, 카우보이 우디보다 버즈를 더 아낀다.
3 실수로 옆집에 갇히게 된 우디와 버즈는 앤디의 집으로 돌아가기 위한 ㅁ ㅎ 을 시작한다.
4 우디와 버즈는 모험을 통해 우정을 쌓게 되고 서로에게 진정한 친구가 된다.

2 다음 두 작품에서 공통적으로 표현하고 있는 것을 찾아 ○표 하세요.

「인형의 집」
  - 인형 세계이지만 현실을 반영한 이야기
  - 인형을 소망을 가진 존재로 보고 있으며, 인형들의 이야기를 신비롭게 그려 냄.
「토이 스토리」
  - 인형 주인인 앤디가 없을 때 살아 움직이는 장난감에 대한 이야기
  - 카우보이 우디, 우주특공대원 버즈, 그 밖의 여러 장난감이 벌이는 이야기를 다룸.

(1) 인간처럼 말하고 인간에게 영향을 주는 장난감만의 세계관을 알 수 있다.

(2) 인간처럼 행동하고 말하는 장난감을 보며 재미와 감동을 얻을 수 있다.

3 장난감이 사는 세상의 모습에 대해 자신의 생각을 써 보세요.

주제 어휘	인형	행복	선택	장난감	일상	모험

4 다음 뜻에 알맞은 **주제 어휘**를 찾아 ○표 하세요.

(1) 아이가 가지고 노는 여러 가지 물건. | 장난감 | 학용품 |

(2) 사람이나 동물 모양으로 만든 장난감. | 모형 | 인형 |

(3) 위험을 무릅쓰고 하는 일. | 생사 | 모험 |

(4) 여럿 가운데 필요한 것을 골라서 정하는 것. | 기준 | 선택 |

5 다음 빈칸에 공통으로 들어갈 낱말을 주제 어휘에서 찾아 쓰세요.

(1)
• 나는 별똥별을 보면서 우리 가족의 [   ]을 빌었다.
• [   ]했던 순간을 떠올리면 저절로 미소가 지어진다.

→ [   ]

(2)
• 저녁으로 무엇을 먹을지 [   ]하기 어렵다.
• 우리 회사가 만든 제품이 많은 소비자의 [   ]을 받았다.

→ [   ]

6 다음 문장의 밑줄 친 말과 바꾸어 쓸 수 있는 낱말에 ○표 하세요.

(1) 현대인들은 늘 바쁜 <u>나날</u>을 보내고 있다. → | 일상 | 주말 |

(2) 이번 소풍 장소는 놀이공원에 가는 것으로 <u>정했다</u>. → | 만족했다 | 선택했다 |

메타버스

네모난 블록 세상에서 건물을 짓는 게임인 '마인크래프트', 동물과 함께 섬을 개척하는 '동물의 숲'. 이 둘의 공통점은 무엇일까? 바로 메타버스를 활용한 게임이라는 점이다. 메타버스는 1992년 닐 스티븐슨의 소설 「스노 크래시」에서 처음 등장한 용어로 가상 공간과 현실 세계가 상호 작용하며 연결된 세계를 의미한다.

전문가들은 메타버스를 크게 현실에 새로운 기능을 추가하는 유형과 현실을 **모델링***한 환경을 제공하는 유형으로 나눈다. 우선 현실에 기능을 추가한 유형으로 대표적인 것은 증강 현실(AR)과 ㉠라이프 로깅(Life logging)이다. 증강 현실은 특수 렌즈나 카메라를 통해 현실 세계에 가상 정보를 덧입힌 것이다. 길을 걸으면서 화면 속에 나오는 캐릭터를 잡는 '포켓몬 고'가 증강 현실의 대표적인 예이다. 그리고 라이프 로깅은 일상적인 경험이나 정보를 저장하고 공유하는 공간이다. 인스타그램을 비롯한 여러 SNS와 운동 **앱***, 애플워치 같은 **웨어러블 디바이스***가 여기에 속한다.

현실을 모델링한 환경을 제공하는 유형에는 ㉡거울 세계와 가상 세계가 있다. 거울 세계는 현실을 반영하되 외부 정보를 통합하여 제공하는 것으로, 지도 기반 서비스가 여기에 속한다. 네이버 지도는 물론 다양한 음식 배달 앱과 이사할 집을 구하는 앱이 대표적인 예이다. 가상 세계는 현실과 유사하지만 무한한 온라인 세상 속에서 자신만의 **아바타***를 **창조***하여 활동하는 것이다. 주로 온라인 게임으로 활용되며 로블록스, 마인크래프트 등을 예로 들 수 있다.

최근에는 메타버스의 네 가지 유형 간의 경계가 점점 사라지고 있다. 네 가지 유형에 속하는 기술이 하나의 앱을 통해 **구현***되기도 하기 때문이다. 과거에 우리가 불가능하다고 생각한 일들이 메타버스를 통해 생생하게 펼쳐지고 있다.

어휘사전

* **모델링**(modeling) 실제 모습을 가상 공간에 만들어 내는 것.

* **앱**(app) 애플리케이션. 스마트폰 사용자를 위해 개발된 프로그램을 지칭하는 말.

* **웨어러블 디바이스**(wearable devices) 몸에 붙이거나 착용하여 사용하는 전기 장치.

* **아바타**(avatar) 가상 현실에서 자신의 역할을 대신하는 캐릭터.

* **창조**(創 처음 창, 造 지을 조) 없던 것을 처음으로 만듦.

* **구현**(具 갖출 구, 現 나타날 현) 어떤 내용이 구체적인 사실로 나타나게 함.

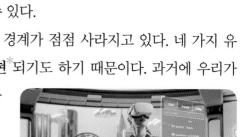

▲ 메타버스

내용요약

글의 중심 내용을 생각하며 빈칸의 낱말을 써 보세요.

|메|타|버|스|는 가상 공간과 현실 세계가 상호 작용하며 연결된 세계를 뜻한다. 크게 네 가지 유형이 있지만 그 경계는 점점 사라지고 있으며 불가능하다고 생각한 일들이 생생하게 펼쳐지고 있다.

1

내용 이해

이 글의 내용과 일치하지 <u>않는</u> 것은 무엇인가요? (   )

① SNS는 메타버스의 한 종류이다.

② 메타버스 내 가상 세계의 수는 유한하다.

③ 메타버스는 1990년대에 처음 등장한 용어이다.

④ 가상 세계에서는 온라인 아바타를 만들어 활동한다.

⑤ 메타버스의 네 가지 유형을 하나의 프로그램에서 구현할 수 있다.

2

중심 내용

이 글의 중심 소재로 알맞은 것을 이 글에서 찾아 네 글자로 쓰세요.

(   )

3

비판 하기

이 글을 읽고 난 반응으로 알맞지 <u>않은</u> 것은 무엇인가요? (   )

① 메타버스가 발전할수록 현실의 구분이 더욱 어려울 거야.

② 자주 사용하는 음식 배달 앱도 메타버스의 한 종류라니 놀라워.

③ 앞으로는 메타버스에서 번 돈을 현실에서도 사용할 수도 있겠어.

④ 게임 말고 메타버스를 다양하게 활용할 수 있는 방법을 찾아볼 거야.

⑤ 메타버스는 특수 장비가 있어야만 사용할 수 있기에 여전히 사용이 불편해.

4

적용 하기

㉠, ㉡에 알맞은 사례를 보기에서 골라 각각 번호를 쓰세요.

┤ 보기 ├

(1) 치킨을 먹을려고 배달 앱에서 주문했다.

(2) 친구는 최근 읽은 책 정보를 SNS에 올렸다고 했다.

(3) 지도 앱을 열어 맛집의 위치와 가는 방법을 확인했다.

(4) 오늘 운동을 하지 않았더니 운동 앱에서 알람이 왔다.

㉠ 라이프 로깅	㉡ 거울 세계

CG 기술과 가상 현실 구현

▲ AR을 활용하는 모습

TV 광고 속에서 화려한 춤 실력과 매력적인 외모로 화제가 된 '로지'가 **가상*** 인간이라는 사실이 밝혀지면서 주목을 끌었다. 로지와 같은 가상 인간은 CG 기술과 인공 지능의 결합으로 만들어진다. 오늘날 CG 기술의 발달로 인해 가상 인간의 외모가 더욱 자연스러워지고 쌍방향 소통까지 가능해지면서 실제와 가상의 경계가 **모호***해졌다.

CG(Computer Graphic)는 컴퓨터를 사용하여 현실적인 이미지와 영상을 만들어 내는 기술을 말한다. 컴퓨터 그래픽은 3차원 물체는 물론 사람의 눈으로 직접 볼 수 없는 우주의 구조나 사람 몸속의 형상, 상상 세계 등을 자유자재로 표현할 수 있다. 영화와 애니메이션에서도 활용되는데 공룡이 움직이는 장면, 다리가 무너지는 장면 등 모두 CG 기술 덕분에 가능한 이야기다.

또한 CG는 메타버스의 핵심인 VR(가상 현실)과 AR(증강 현실)을 구현하는 핵심 기술이기도 하다. CG의 발달로 우리는 더욱 현실감 있고 몰입감 높은 가상 세계를 구현할 수 있게 되었다. 그렇다면 VR과 AR은 어떤 차이점이 있을까?

VR(Virtual Reality, 가상 현실)은 컴퓨터로 만들어 놓은 가상 세계에서 시간과 공간의 **제약*** 없이 실제와 같은 체험을 하는 기술을 말한다. 보통 VR은 현실에서 직접 하기 힘든 것을 체험하기 위한 용도로 사용된다. 게임이 대표적이지만 교육, 여행, 스포츠, 의료 등 다양한 부문에서 활용 가능하다. VR 기기를 착용하면, 역사 속 가상의 장소에 방문하여 옛날 사람들이 나누는 대화를 듣거나 생활 모습을 눈으로 볼 수 있다.

AR(Augmented Reality, 증강 현실)은 실제 내가 있는 현실 세계에 3차원의 가상 이미지를 겹쳐 보여 주는 기술로 현실 세계와 가상 세계가 상호 작용하여 실감 나게 구현한다. 그림책 위에 스마트폰 앱을 **구동***하면 공룡이 움직이는 모습을 볼 수 있다. 또 스마트폰 앱으로 사진을 찍으면 사람 얼굴 표정을 바꾸거나 사진 속 배경을 다른 장소나 환경으로 바꾸는 AR 필터도 있다.

어휘사전

* **가상**(假 거짓 가, 想 생각 상) 진짜가 아닌 생각으로 지어낸 것.

* **모호**(模 본뜰 모, 糊 풀칠할 호) 말이나 태도가 흐리터분하여 분명하지 않음.

* **제약**(制 억제할 제, 約 맺을 약) 조건을 붙여 내용을 제한함.

* **구동**(驅 몰 구, 動 움직일 동) 자동차나 기계를 움직이는 것.

내용요약

글의 중심 내용을 생각하며 빈칸의 낱말을 써 보세요.

C G 는 VR과 AR의 핵심 기술이기도 하다. VR은 가상 세계에서 실제와 같은 체험을 가능하게 하는 기술이며, AR은 현실 세계에 가상의 이미지를 겹쳐 보이게 하는 기술이다.

1 글의 구조

이 글의 내용 전개 방식으로 알맞은 것은 무엇인가요? (   )

① 어떤 대상을 그림 그리듯 자세히 묘사하고 있다.

② 생소한 개념을 익숙한 것에 비유하여 설명하고 있다.

③ 전문가의 의견을 인용하여 개념에 대해 설명하고 있다.

④ 특정한 개념에 대해 구체적인 예시를 통해 설명하고 있다.

⑤ 구체적인 사례를 통해 서로 반대되는 주장을 제시하고 있다.

2 추론하기

이 글을 통해 알 수 있는 것이 <u>아닌</u> 것은 무엇인가요? (   )

① VR과 AR은 CG 기술의 발달과 밀접한 관련이 있다.

② VR은 가상 세계에서 마치 실제처럼 체험이 가능하다.

③ AR은 사용자에게 VR이 줄 수 없는 현실감과 몰입감을 제공한다.

④ VR은 전용 기기를 착용하고 AR은 주로 스마트폰 앱을 이용한다.

⑤ AR은 실제 세계와 가상의 요소를 결합하여 상호 작용이 가능하다.

3 적용하기

㉠, ㉡의 체험이 VR과 AR 중 무엇에 해당하는지 써 보세요.

제목: 공룡 박물관

날짜: 20○○년 5월 5일 금요일

나는 오늘 우리 가족과 함께 공룡 박물관에 갔다. 박물관에는 다양한 공룡 화석과 모형들이 전시되어 있었다.

㉠스마트폰 카메라로 공룡이 그려진 전시장 벽을 비추었더니 스마트폰 화면에서 공룡이 살아 움직이기 시작했다. 가까이 다가온 공룡과 함께 사진도 찍었다.

㉡자리를 옮겨 가상 현실 체험관에서 특수 장치를 착용하자 내가 공룡이 살던 숲속으로 들어와 있었다. 이곳저곳 돌아다니면서 구경하던 그때 어디선가 거친 숨소리가 들렸다. 위를 올려다보니 티라노사우루스가 입을 벌리며 울부짖고 있었다. 나는 온 힘을 다해 달려서 겨우 따돌릴 수 있었다.

공룡 박물관에서 실감 나는 체험을 할 수 있어서 너무 재미있었다.

㉠ (   ), ㉡ (   )

주제
정리

1 생각주제와 관련된 앞의 두 글을 읽고 내용을 정리해 보세요.

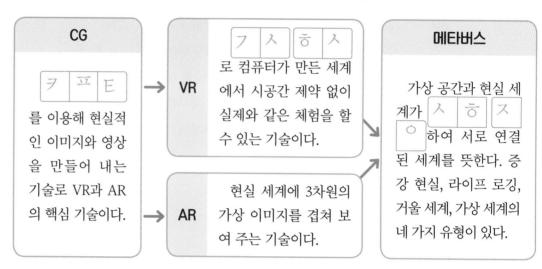

| CG | | VR | | 메타버스 |

CG

ㅋ ㅍ ㅌ 를 이용해 현실적인 이미지와 영상을 만들어 내는 기술로 VR과 AR의 핵심 기술이다.

VR

ㄱ ㅅ ㅎ ㅅ 로 컴퓨터가 만든 세계에서 시공간 제약 없이 실제와 같은 체험을 할 수 있는 기술이다.

AR

현실 세계에 3차원의 가상 이미지를 겹쳐 보여 주는 기술이다.

메타버스

가상 공간과 현실 세계가 ㅅ ㅎ ㅈ ㅇ 하여 서로 연결된 세계를 뜻한다. 증강 현실, 라이프 로깅, 거울 세계, 가상 세계의 네 가지 유형이 있다.

2 다음 그림에서 공통적으로 설명하고 있는 현상으로 알맞은 것에 ◯표 하세요.

가상 공간에서 마음에 드는 옷을 입어 보고 살 수 있어.

가상 현실에서 마트를 돌아다니며 물건을 살 수 있어.

(1) 가상 세계에 지나치게 몰입하는 현상에 대해 설명하고 있어.

(2) 실제와 가상의 경계가 모호해지고 있는 현상을 설명하고 있어.

3 앞으로 가상 현실이 어디까지 발전할지 자신의 생각을 써 보세요.

| 주제 어휘 | 메타버스 | 창조 | 구현 | CG | 가상 | 모호 |

4 다음 주제 어휘와 뜻을 알맞게 연결하세요.

(1) 가상 •
(2) CG •
(3) 모호 •
(4) 구현 •

• ㉠ 컴퓨터를 사용하여 영상과 이미지를 만드는 기술.
• ㉡ 진짜가 아닌 생각으로 지어낸 것.
• ㉢ 어떤 내용이 구체적인 사실로 나타나게 함.
• ㉣ 말이나 태도가 흐리터분하여 분명하지 않음.

5 다음 빈칸에 들어갈 낱말을 주제 어휘에서 찾아 쓰세요.

(1) 재난 영화에서 (   ) 기술로 구현된 장면이 실감 났다.

(2) 그 디자이너는 올해도 새로운 유행을 (   )하는 옷을 만들었다.

(3) 게임을 하면서 현실과 (   ) 세계를 혼동하는 사람도 가끔 있다.

(4) 우리 학교는 (   ) 기술로 만든 가상 교실에서 수업을 들을 수 있다.

6 다음 문장의 밑줄 친 말과 바꾸어 쓸 수 있는 낱말에 ○표 하세요.

(1) 피에로는 웃는 건지 우는 건지 표정이 <u>애매하다</u>. → | 모호하다 | 명확하다 |

(2) 투표는 민주주의를 실제로 <u>보여 주는</u> 제도이다. → | 시연하는 | 구현하는 |

2장

2개의 글을 연결해
재미있게 읽어요~

달콤한 공부계획

공부한 날

		60일 완성	40일 완성	20일 완성
생각글 1	좋은 글의 조건	월 일	월 /	월 /
생각글 2	글을 잘 쓰는 법	월 일	일	
익힘학습	자란다 문해력	월 일	월 일	일
생각글 1	우리 학교가 사라진대요!	월 일	월 /	월 /
생각글 2	인구 감소	월 일	일	
익힘학습	자란다 문해력	월 일	월 일	일
생각글 1	새들은 지붕을 짓지 않는다	월 일	월 /	월 /
생각글 2	별똥별 이야기	월 일	일	
익힘학습	자란다 문해력	월 일	월 일	일
생각글 1	종이의 발명	월 일	월 /	월 /
생각글 2	인쇄술의 발전	월 일	일	
익힘학습	자란다 문해력	월 일	월 일	일
생각글 1	베니스의 상인	월 일	월 /	월 /
생각글 2	공정한 재판	월 일	일	
익힘학습	자란다 문해력	월 일	월 일	일

좋은 글의 조건

좋은 글을 읽고 나면 뿌듯하다. 글에는 크게 정보를 전달하는 글과 문학적인 글이 있다. 좋은 정보 글을 읽으면 그동안 몰랐던 내용을 새로 알게 되어 지식과 생각이 확장된다. 또 문학 글을 읽으면 여러 감정을 느끼거나 때로는 깊은 감동을 받기도 한다. 이렇듯 좋은 글은 궁극적으로 사람을 움직이는 힘까지 가지고 있다. 그렇다면 좋은 글이란 어떤 글일까? 좋은 글을 쓰기 위해서는 다음과 같은 내용을 알아 두면 좋다.

우선 좋은 글은 이해하기 쉬운 글이다. 글을 쓰기 전에, 누가 글을 읽게 될지 생각하여 독자의 **수준***에 맞게 써야 한다. 예를 들어, 유치원생에게 김치를 '소금에 절인 배추나 무 등을 고춧가루, 파, 마늘 등의 양념에 버무린 뒤 **발효***시킨 음식'이라고 소개하는 것은 적절하지 않다. 어린이의 눈높이에 맞춰 '우리가 밥을 먹을 때 함께 먹는 맵고 빨간 반찬' 정도로 간단하게 설명하는 것이 낫다. 그리고 우주 과학 등의 전문적인 내용의 글이라도 일반 독자를 대상으로 한다면, 어려운 말이나 전문 용어를 쉽게 풀어 쓰는 것이 좋다.

다음으로 좋은 글은 **의도***가 **명확***한 글이다. 글쓴이가 하고 싶은 말을 독자에게 잘 전달하려면 하나의 글에는 하나의 주제를 담는 것이 좋다. 주제를 잡은 후에는 글의 내용과 길이를 고려해서 쓴다. 전체적으로 어떤 내용을 담을 것인지를 먼저 생각하고, 그 내용을 몇 문단으로 나눠서 쓸지를 정한다. 이때 ㉠한 문단에는 하나의 <u>중심 문장과 그에 맞는 내용만 담는 게 좋다.</u> 예를 들어, '집에 와서 놀고, 간식을 먹다 보면 숙제하기 싫어집니다. 그러면 계속 숙제를 미루게 됩니다.'라는 글은 중심 내용이 잘 안 드러난다. 그보다는 '숙제는 집에 오자마자 바로 합시다. 왜냐하면 숙제를 미루다 보면 더 하기 싫어지기 때문입니다.'라고 쓰면 내용을 명확하게 전달할 수 있다.

마지막으로 좋은 글은 읽는 이에게 좋은 영향을 준다. 글을 읽은 사람이 '아하!' 하는 유익한 정보나 지식을 얻을 수 있어야 한다. 문학이라면 즐거운 재미와 뭉클한 감동을 느낄 수도 있다. 글쓰기의 **근본***적인 목적은 '글쓴이의 생각을 읽는 이에게 전달하는 것'에 있다. 그러므로 좋은 글은 독자가 이해하기 쉬운 글, 하고 싶은 말이 명확한 글, 독자에게 유익한 영향을 줄 수 있는 글이다.

어휘사전

* **수준**(水 물 수, 準 법도 준) 높고 낮음이나 좋고 나쁨 등의 정도.

* **발효**(醱 술 괼 발, 酵 삭힐 효) 미생물 작용으로 물질이 변화하는 것.

* **의도**(意 뜻 의, 圖 그림 도) 무엇을 하고자 하는 생각이나 계획.

* **명확**(明 밝을 명, 確 굳을 확) 명백하고 확실함.

* **근본**(根 뿌리 근, 本 근본 본) 바탕이나 기본이 되는 것.

내용요약

글의 중심 내용을 생각하며 빈칸의 낱말을 써 보세요.

좋은 글이란 [ㄷ][ㅈ] 가 이해하기 쉽고, 하고 싶은 말이 [ㅁ][ㅎ] 해야 한다. 또한 읽는 사람에게 좋은 영향을 줄 수 있어야 한다.

1 이 글의 내용과 일치하지 <u>않는</u> 것은 무엇인가요? (   )

내용
이해

① 좋은 글은 의도가 명확한 글이다.

② 좋은 글은 독자에게 좋은 영향을 준다.

③ 생각나는 대로 쓴 글이 의도를 명확하게 전달한다.

④ 이해하기 쉬운 글을 쓰려면 전문 용어를 쉽게 풀어서 써야 한다.

⑤ 하나의 글에 하나의 주제를 담아야 하고 싶은 말을 잘 전달할 수 있다.

2 다음 글을 고쳐 쓴 이유로 알맞은 것은 무엇인가요? (   )

추론
하기

[원래 글]
지구의 만유인력과 자전에 의해 생기는 원심력을 합친 힘을 중력이라 한다. 중력은 지표 근처의 물체를 수직 방향으로 끌어당긴다.

[고쳐 쓴 글]
지구가 물체를 끌어당기는 힘을 중력이라고 해요. 손에 쥐고 있던 공을 놓으면 아래로 떨어지듯이 중력은 지구 중심 방향으로 물체를 끌어당겨요.

① 하나의 주제만 담기 위해서

② 독자의 수준을 고려하기 위해서

③ 의도를 명확하게 드러내기 위해서

④ 독자에게 재미와 감동을 주기 위해서

⑤ 독자를 설득하여 행동하게 하기 위해서

3 다음 보기에서 ㉠을 지키지 <u>않은</u> 것을 찾아 기호를 쓰세요. (   )

적용
하기

┤ 보기 ├

㉮제가 생각하는 좋은 글은 독자에게 재미를 주는 글입니다. ㉯재미있는 글은 독자에게 즐거움을 주기 때문입니다. ㉰독자 역시 글이 재미있어야 집중해서 읽기 때문입니다. ㉱하지만 나는 슬픈 이야기를 좋아합니다. ㉲그래서 저는 정보를 주는 글도 재미있게 전달될 수 있도록 글을 쓰겠습니다.

글을 잘 쓰는 법

주변에 보면 글을 잘 써서 독후감 대회에서 상을 받는 친구가 있다. 그런 친구는 별로 힘들이지 않고 술술 쓰는 것처럼 보인다. 반면 어떤 친구들은 한 문장을 완성하는 것도 버거워한다. 글을 잘 쓰면 우리 삶에 큰 도움이 된다. 일기, 학교 숙제, 대학 **리포트*** 등 많은 것들이 쉽게 해결된다. 그런데 어떻게 하면 글을 잘 쓸 수 있을까? 그 비법은 글을 잘 쓰는 친구들의 습관에서 찾을 수 있다.

첫 번째는 좋은 글을 많이 읽는 것이다. 이때 문학과 비문학을 가리지 않고 다양한 글을 읽는 것이 좋다. 특정 영역의 글만 계속 읽는 습관은 좋지 않다. 글을 많이 읽으면 읽을수록, 어떤 글이 좋은 글인지 저절로 알게 된다. 그리고 글의 짜임새와 좋은 표현, 글을 풀어 나가는 방법 등에 대해 아이디어를 얻을 수 있다. 특히 세종 대왕은 몸이 아파도 손에서 책을 놓지 않았을 정도로 책을 많이 읽었다.

두 번째는 나만의 생각을 갖는 **연습***을 하는 것이다. 글은 단순히 글자로 이루어진 것이 아니라, 그 속에 글쓴이의 생각이 담겨 있다. 따라서 글쓰기는 '나만의 생각'을 가지는 데서 출발해야 한다. 그것은 하루아침에 저절로 되는 일이 아니다. 그래서 글을 읽을 때는 일단 그 내용을 잘 이해하고, 그다음으로 깊이 생각하는 훈련이 필요하다. 이 글은 어떤 주제를 담고 있는지, 더 찾아볼 정보는 없는지, 나라면 어떻게 썼을 것 같은지 곰곰이 생각해 보는 것이다. 이런 연습을 거듭하면 누구나 자신만의 생각을 발전시킬 수 있다.

세 번째는 많이 써 보는 것이다. 그리고 잘 쓸 때까지 고쳐 쓰는 것이다. 처음부터 글을 잘 쓰는 사람은 없다. 완벽한 글을 쓰겠다는 부담은 내려놓고, 일단 떠오르는 대로 써 보자. 그런 다음 다시 읽으며 고치고, 다시 생각하고, 또 고치면서 글의 **완성도***를 높일 수 있다. 미국의 작가 어니스트 헤밍웨이는 소설 「무기여 잘 있거라」의 마지막 장면을 39번이나 고쳐 썼다고 한다.

글을 많이 읽고, 나만의 생각을 갖는 연습을 하고, 많이 쓰다 보면 어느새 글을 잘 쓰는 비법을 **터득***하게 될 것이다.

어휘사전

* **리포트**(report) 조사나 연구에 대한 결과를 쓴 글.
* **연습**(練 익힐 연, 習 익힐 습) 학문이나 기술이 익숙하도록 되풀이하는 것.
* **완성도**(完 완전할 완, 成 이룰 성, 度 법도 도) 어떤 일이나 예술 작품 등이 다 된 정도.
* **터득**(攄 펼 터, 得 얻을 득) 깨달아서 스스로 알아냄.

내용요약

글의 중심 내용을 생각하며 빈칸의 낱말을 써 보세요.

글을 잘 쓰기 위해서는 많이 ⟨ㅇ ㄱ⟩, 많이 ⟨ㅅ ㄱ⟩하고, 많이 써 보아야 한다.

1 이 글의 내용과 일치하지 <u>않는</u> 것은 무엇인가요? (   )

내용
이해

① 내가 읽고 싶은 글만 많이 읽는 것이 좋다.
② 글을 잘 쓰는 것은 우리 삶에 큰 도움이 된다.
③ 글을 많이 읽으면 다양한 아이디어를 얻을 수 있다.
④ 글이 담고 있는 주제를 생각해 보는 것도 도움이 된다.
⑤ 꾸준히 읽고 연습하면 글을 잘 쓰는 방법을 터득할 수 있다.

2 이 글을 바탕으로 글을 잘 쓰기 위해 알맞은 방법은 무엇인가요? (   )

적용
하기

① 한 번에 완벽한 글을 쓰기 위해 노력했다.
② 글을 완성한 후 고쳐 쓰기는 하지 않았다.
③ 책 내용을 이해하지 않고 다른 책을 읽었다.
④ 책을 읽고 책의 내용을 있는 그대로 받아들였다.
⑤ 다양한 책을 골라 매일 정해진 시간 동안 읽었다.

3 이 글을 통해 알 수 있는 '고쳐 쓰기'의 효과를 찾아 ○표 하세요.

추론
하기

(1) 나만의 생각을 가질 수 있게 된다. (   )
(2) 처음부터 완벽한 글을 쓸 수 있다. (   )
(3) 여러 번 쓰면서 글의 완성도를 높일 수 있다. (   )

4 이 글을 올바르게 이해하지 <u>못한</u> 생각은 무엇인가요? (   )

비판
하기

① 글을 한 번에 완성하지 말고 여러 번 고쳐 써야겠어.
② 글쓰기 능력은 타고나는 것이라 연습을 해도 잘하기 힘들어.
③ 평소에 여러 주제에 대해 생각하는 습관을 가지는 것도 필요해.
④ 좋은 글을 많이 읽으면 짜임이나 표현에 대한 아이디어를 얻을 수 있어.
⑤ 친구들과 같은 책을 읽고 이야기 나누면 다양한 생각을 할 수 있을 것 같아.

자란다 문해력

주제 정리

1 생각주제와 관련된 앞의 두 글을 읽고 내용을 정리해 보세요.

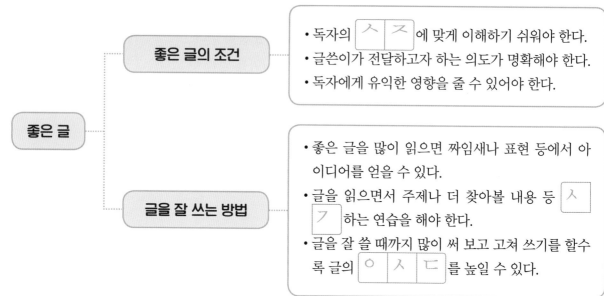

좋은 글

좋은 글의 조건

- 독자의 ⌐ㅅ⌐ㅈ⌐에 맞게 이해하기 쉬워야 한다.
- 글쓴이가 전달하고자 하는 의도가 명확해야 한다.
- 독자에게 유익한 영향을 줄 수 있어야 한다.

글을 잘 쓰는 방법

- 좋은 글을 많이 읽으면 짜임새나 표현 등에서 아이디어를 얻을 수 있다.
- 글을 읽으면서 주제나 더 찾아볼 내용 등 ⌐ㅅ⌐ㄱ⌐ 하는 연습을 해야 한다.
- 글을 잘 쓸 때까지 많이 써 보고 고쳐 쓰기를 할수록 글의 ⌐ㅇ⌐ㅅ⌐ㄷ⌐를 높일 수 있다.

2 다음 그림에서 공통적으로 설명하고 있는 좋은 글의 조건을 골라 ○표 하세요.

글을 쓰기 전에 미리 내용을 계획하고, 문단별 내용을 구성해야겠어.

쓴 글을 읽어 보니 뜻이 겹치는 문장이 있어서 의미가 잘 드러나도록 고쳐 써야겠어.

(1) 글쓴이가 하고 싶은 말이 명확한 글

(2) 어려운 내용을 쉽게 쓴 글

3 좋은 글을 쓰기 위한 노력에 대해 자신의 생각을 써 보세요.

✎

| 주제 어휘 | 수준 | 의도 | 명확 | 근본 | 연습 | 완성도 |

4 다음 주제 어휘와 뜻을 알맞게 연결하세요.

(1) 명확 •   • ㉠ 어떤 일이나 예술 작품 등이 다 된 정도.

(2) 수준 •   • ㉡ 명백하고 확실함.

(3) 근본 •   • ㉢ 높고 낮음이나 좋고 나쁨 등의 정도.

(4) 완성도 •   • ㉣ 바탕이나 기본이 되는 것.

5 다음 빈칸에 들어갈 낱말을 주제 어휘에서 찾아 쓰세요.

(1) 홍길동이 나쁜 (   )로 물건을 훔친 것은 아니다.

(2) 발레리나는 그 동작을 해내려고 수십 번 (   )했다.

(3) 여러 번 고쳐 쓸수록 작품의 (   )가 점점 높아졌다.

(4) 나는 생각이 정리되지 않아 질문에 (   )하게 대답하지 못했다.

6 다음 문장의 밑줄 친 말과 바꾸어 쓸 수 있는 낱말에 ○표 하세요.

(1) 주인공은 악당들의 <u>계획</u>을 알아차리지 못했다.   → 의도   미래

(2) 이 문제가 발생한 원인을 <u>분명</u>하게 밝혀야 합니다.   → 강렬   명확

우리 학교가 사라진대요!

우리 학교가 사라진대요!
글 예영
마음이음

"설마 최악의 결정은 나지 않겠지?"

"너무 기대하지 마. 이번 년도 신입생이 몇 명인지 알잖아."

그 말에 모두 입을 다물었다.

지금 6학년 열한 명 학생이 목이 빠지게 기다리는 건 ㉠호랑초등학교의 **폐교**[*]에 관한 결정 소식이었다.

호랑초등학교는 원래 호랑리에 있었는데, 15년 전에 호랑리 근처에 새로 생긴 이곳 신도시로 이사를 왔다. 호랑리에 아이들이 급격히 줄어들면서 아파트 단지가 몰려 있는 이곳으로 이전한 것이다. 그러나 다시 몇 년 전부터 ㉡학생 수가 급격히 줄어들면서 폐교 이야기가 오갔다. 전체 정원이 500명인데 1학년부터 6학년까지 전교생 수가 겨우 62명에 불과했으니 그럴 만했다. 게다가 해마다 입학생 수가 줄어들었고, 특히 올해 신입생 수는 겨우 다섯 명뿐!

아이들은 농담으로 ㉢학교가 아니라 과외 하는 학원 같다는 말을 할 정도였다.

기현이는 긍정적으로 생각하고 싶었다.

"우리 학교가 시골 **분교**[*]도 아니고, 섬마을에 있는 학교도 아니고, 수도권 도시에 있는 학교인데 설마 폐교를 시키겠어?"

철현이는 고개를 설레설레 저었다.

"그건 모르는 일이야. 우리 사촌 형이 다니는 중학교는 **도심**[*] 한가운데 있는데도 폐교됐던걸?"

철현이의 말에 아이들이 몸을 으스스 떨었다.

"그 얘기 들으니까 겁난다."

기현이는 그래도 희망을 버리고 싶지 않았다. 이제 졸업을 1년 남겨 두고 있는데 학교가 사라지는 일은 생각하고 싶지 않았다.

그때 선생님이 교실로 들어왔다.

"역시 안 가고 모여 있었구나. 너희들이 기다리고 있을 것 같아서 와 봤어."

아이들이 우르르 선생님에게 몰려가며 물었다.

"어떻게 됐나요?"

"설마 폐교는 아니겠지요?"

아이들의 잇따른 물음에 선생님이 **착잡**[*]한 표정을 지었다.

"아쉽게도……, 폐교 결정이 내려졌단다."

교실에 침묵이 흘렀다.

기현이도, 철현이도, 모두들 무슨 말을 해야 할지 말문이 막혔다.

어휘사전

* **폐교**(廢 폐할 폐, 校 학교 교) 학교 문을 닫고 수업을 중지하는 것.

* **분교**(分 나눌 분, 校 학교 교) 원래 학교와 떨어진 다른 지역에 세운 학교.

* **도심**(都 도읍 도, 心 마음 심) 도시의 중심.

* **착잡**(錯 섞일 착, 雜 섞일 잡) 마음이 복잡하고 어수선함.

1

내용
이해

이 글의 내용과 일치하지 <u>않는</u> 것은 무엇인가요? (   )

① 호랑리의 아이 수가 빠르게 줄어들었다.

② 올해 호랑초등학교 신입생은 다섯 명이다.

③ 학생 수가 줄어서 호랑초등학교는 신도시로 이사했다.

④ 수도권이나 도심에 있는 학교들은 폐교하지 않고 있다.

⑤ 호랑초등학교는 학생 수가 적어서 문을 닫고 사라지게 되었다.

2

적용
하기

㉠의 원인과 비슷한 이유로 일어나는 현상은 무엇인가요? (   )

① A시에 놀이공원이 생기자 방문하는 관광객이 해마다 늘고 있다.

② B시에서는 아이 수가 줄어들자 문을 닫는 소아과가 늘어나고 있다.

③ C시에는 최근 외국인이 많이 살기 시작하면서 문화적 충돌이 일어나고 있다.

④ D시에는 대부분 노인들이 사는데 농사지을 사람이 부족해서 문제가 되고 있다.

⑤ E시에 대규모 아파트 단지가 들어서면서 어린이집과 초등학교에 학생이 넘치고 있다.

3

비판
하기

아이들 입장에서 ㉡에 반대할 때 알맞은 근거는 무엇인가요? (   )

① 학생 수가 적은데 큰 학교를 유지하는 것은 낭비이다.

② 학생 수가 너무 적은 학교에서는 즐겁게 공부하기 어렵다.

③ 많은 친구를 만날 수 있는 큰 학교가 교육에 더 효과적이다.

④ 수도권과 지방 학교의 폐교 기준을 다르게 하는 것은 공정하지 않다.

⑤ 한 명의 학생이라도 가까운 곳에서 교육을 받을 권리를 보장해야 한다.

4

추론
하기

아이들이 ㉢처럼 말한 이유를 알맞게 짐작한 것은 무엇인가요? (   )

① 학교가 도심에 있어서

② 선생님과 친하게 지내서

③ 친구들과 같은 학원을 다녀서

④ 6학년이라 공부에 신경을 써야 해서

⑤ 학교 정원보다 학생 수가 너무 적어서

인구 감소

▲ 낮은 출생률로 인한 고령화

어휘사전

* **유지**(維 바 유, 持 가질 지) 어떤 상태를 그대로 이어 가거나 계속하는 것.
* **고령화**(高 높을 고, 齡 나이 령, 化될 화) 한 사회에서 노인 인구의 비율이 높아지는 것.
* **감당**(堪 견딜 감, 當 마땅할 당) 일을 맡아 자기 능력으로 해내는 것.
* **연금**(年 해 연, 金 쇠 금) 국가나 회사에서 일정 기간 동안 일한 사람에게 해마다 주는 돈.
* **침체**(沈 잠길 침, 滯 막힐 체) 앞으로 나아가지 못하고 제자리에 머무름.

인구란 한 나라 혹은 일정한 지역에 사는 사람 수를 뜻한다. 우리나라의 인구는 약 5천만 명인데, 최근 들어 계속 감소하는 추세다. 한 나라의 인구가 계속 감소하게 되면 여러 가지 문제가 발생한다. 사람들이 살아가기 위해 기본적으로 갖춰야 하는 시설이 있는데, 적은 인구로는 이를 유지*하기 어렵기 때문이다. 따라서 인구 감소는 오늘날 많은 나라들이 고민하는 문제이다.

통계청 발표에 따르면 2022년 대한민국에서 출생한 아이는 약 24만 명이며, 사망자는 약 37만 명이다. 태어나는 아이보다 사망하는 사람이 더 많으니 인구는 감소할 수밖에 없다. 전문가들은 앞으로 인구가 더 빠르게 줄어들 것으로 예측한다.

그 이유로는 세계적으로도 찾아보기 힘든 낮은 출생률이 꼽힌다. 출생률은 '일정한 기간에 태어난 사람의 수가 전체 인구에 대하여 차지하는 비율.'을 의미한다. 2018년 우리나라 출생률은 0.98명으로 1명 미만으로 떨어진 뒤, 2022년에는 0.78명으로 빠르게 줄었다. OECD 평균인 1.59명에 한참 못 미칠 뿐 아니라, OECD 가입국 중 가장 낮다. 낮은 출생률은 학생 수 감소로 이어지고 있다. 서울에 있는 초등학교가 문을 닫을 정도로 인구 감소가 빠르게 진행되고 있다.

재미있게도 우리나라의 1960~1980년대에는 사람들이 아이를 많이 낳아서, 국가에서 저출생 정책을 펼 정도였다. 그래서 '둘만 낳아 잘 기르자.'라는 내용의 포스터를 붙이기도 했다. 그러던 것이 최근에는 오히려 저출생으로 인한 인구 감소가 문제가 되고 있다. 경제적 이유 등으로 결혼을 하지 않거나, 결혼하더라도 아이를 낳지 않는 사람들이 늘고 있기 때문이다.

인구 감소로 인해 우리 사회는 급속히 **고령화***되어 가는 등 변화하고 있다. 태어나는 아이 수가 줄어들면서 젊은 층의 비율이 낮아지고, 전체 인구에서 노인의 비율이 높아졌다. 일하지 않는 노인들이 증가하면 우리 사회가 **감당***해야 하는 **연금***이나 의료 비용이 증가하고, 장기적으로 경제가 **침체***될 우려도 있다. 버스나 지하철에서 노인을 보면 자리를 양보하는 것이 미덕인데, 인구 감소가 계속되면 어린이에게 자리를 양보하는 것이 미덕인 시대가 올지도 모른다.

내용요약

글의 중심 내용을 생각하며 빈칸의 낱말을 써 보세요.

우리나라 인구 감소의 가장 큰 원인은 낮은 [ㅊ][ㅅ][ㄹ] 이다. 인구가 감소하면서 젊은 층의 비율은 낮아지고 노년층 인구 비율이 높아지면서 사회가 [ㄱ][ㄹ][ㅎ] 되고 있다.

1 이 글을 요약할 때 ㉮에 들어갈 내용으로 알맞지 <u>않은</u> 것은 무엇인가요?

내용 이해

(   )

> 저출생: 아이가 적게 태어나는 현상
>
> ↓
>
> 노인 인구 비율 증가
>
> ↓
>
> ㉮

① 경기 침체　　　　　　　② 연금 부담 심화

③ 의료 비용의 증가　　　　④ 노동 가능 인구의 감소

⑤ 가전 제품 판매율 증가

2 이 글에 사용된 내용 전개 방식으로 알맞은 것은 무엇인가요?　(   )

글의 구조

① 해외의 사례를 통해 주장을 뒷받침하고 있다.

② 공통점과 차이점을 드러내어 주장을 뒷받침하고 있다.

③ 권위 있는 기관의 통계 자료를 인용하며 대상을 설명하고 있다.

④ 비슷한 역사적 사건을 나열하면서 대상의 변화 과정을 설명하고 있다.

⑤ 현상과 관련된 여러 사람의 면담 내용을 실어 주장을 뒷받침하고 있다.

3 이 글과 **보기**를 통해 알맞게 추론한 것을 골라 번호를 쓰세요.　(   )

추론 하기

> ┤ 보기 ├
>
> 한국 전쟁 이후 한국은 급격한 속도로 인구가 증가하였다. 인구가 증가하는 속도를 감당하지 못해 학교를 포함하여 각종 시설이 모자라는 사태까지 벌어졌다. 그리하여 정부는 '딸·아들 구별 말고 둘만 낳아 잘 기르자.'라는 캠페인을 벌이기까지 했다.

(1) 인구가 급격하게 늘거나 감소하면 사회에 문제가 생긴다.

(2) **보기**가 설명하는 시기에는 인구를 줄이려고 노력하지 않았다.

(3) 지금 우리나라 인구가 감소해서 **보기**가 설명하는 시기보다 인구가 더 적다.

1 생각주제와 관련된 앞의 두 글을 읽고 내용을 정리해 보세요.

우리 학교가 사라진대요!
1 호랑초등학교의 6학년 열한 명의 학생들은 학교가 ㅍ ㄱ 될지 말지 소식을 기다리고 있었다. 왜냐하면 전교생 수가 매년 줄어들고 있었기 때문이다.
2 다들 모여서 기다렸지만, 선생님께서 학생 수가 너무 적어 학교가 없어지게 되었다는 소식을 전해 주셨다.

인구 감소
1 ㅇ ㄱ 가 줄어들면 여러 가지 문제점이 발생하기에, 인구 감소에 대해 많은 나라들이 고민하고 있다.
2 우리나라 인구는 앞으로 빠르게 감소할 것으로 예측된다. 그 이유로 꼽는 것이 바로 낮은 ㅊ ㅅ ㄹ 이다.
3 아이들이 태어나지 않아 젊은 층 비율이 줄어들면서 사회가 고령화되고 있다.

2 다음 상황이 발생하는 원인을 찾아 ○표 하세요.

- 학생 수 부족으로 통폐합하는 학교가 많아진다.
- 소아청소년과에 지원하는 의사들이 점점 적어진다.
- 물건을 사는 사람이 적어지므로 경제가 침체될 가능성이 있다.
- 농촌에는 나이 든 사람이 너무 많아서 일할 사람을 찾기가 어렵다.

(1) 낮은 출생률 때문에 젊은 층 비율이 줄고 노인의 비율이 점점 높아지고 있다.

(2) 낮은 출생률 때문에 젊은 층 비율이 늘고 노인의 비율은 점점 감소하고 있다.

3 인구가 줄어들면 발생하는 문제에 대해 자신의 생각을 써 보세요.

| 주제 어휘 | 폐교 | 도심 | 인구 | 유지 | 감당 | 침체 |

4 다음 뜻에 알맞은 **주제 어휘**를 찾아 ○표 하세요.

(1) 학교 문을 닫고 수업을 중지하는 것. ⟶ 폐교 │ 분교

(2) 도시의 중심. ⟶ 도심 │ 요지

(3) 앞으로 나아가지 못하고 제자리에 머무름. ⟶ 교체 │ 침체

(4) 일을 맡아 자기 능력으로 해내는 것. ⟶ 해당 │ 감당

5 다음 빈칸에 공통으로 들어갈 낱말을 **주제 어휘**에서 찾아 쓰세요.

(1)
- 건강을 [   ]하려면 운동을 해야 한다.
- 경찰은 시민들의 질서 [   ]에 최선을 다하고 있다.

⟶ [│]

(2)
- 수도권에 집중된 [   ]를 분산할 필요가 있다.
- 여러 기반 시설이 모여 있는 대도시로 [   ]가 집중되어 있다.

⟶ [│]

6 다음 문장의 밑줄 친 말과 바꾸어 쓸 수 있는 낱말에 ○표 하세요.

(1) 예상보다 일이 어려워서 내가 <u>처리</u>하지 못하고 있다.  ⟶ 감당 │ 자제

(2) 깨끗한 환경을 물려줄 수 있게 지금처럼 잘 <u>보존</u>해야 한다.  ⟶ 청소 │ 유지

새들은 지붕을 짓지 않는다

외로우니까
사람이다
글 정호승
창비

어휘사전

＊ **낮달** 낮에 보이는 달.

＊ **고단**(孤 외로울 고, 單 홑 단) 피로하
 여 기운이 없음.

새들은 ㉠지붕을 짓지 않는다
잠이 든 채로 그대로 ㉡눈을 맞기 위하여
잠이 들었다가도 별들을 바라보기 위하여
외롭게 떨어지는 ㉢별똥별을 위하여
그 별똥별을 들여다보고 싶어 하는 어린 나뭇가지들을 위하여
새들은 지붕을 짓지 않는다
가끔은 외로운 ㉣낮달＊도 쉬어가게 하고
가끔은 민들레 ㉤꽃씨도 쉬어가게 하고
가끔은 인간을 위해 우시는 하느님의 눈물도 받아 둔다
누구든지 아침에 일찍 일어나 새들의 집을 한번 들여다보라
간밤에 떨어진 별똥별들이 **고단**＊하게 코를 골며 자고 있다
간밤에 흘리신 하느님 눈물이
새들의 깃털에 고요히 이슬처럼 맺혀 있다.

1 이 시의 분위기로 알맞은 것은 무엇인가요? (   )

감상하기

① 어둡고 암울하다.

② 시끄럽고 요란하다.

③ 포근하고 아늑하다.

④ 진지하고 엄숙하다.

⑤ 산만하고 어수선하다.

2 ㉠~㉤ 중 성격이 <u>다른</u> 소재는 무엇인가요? (   )

추론하기

① ㉠   ② ㉡   ③ ㉢   ④ ㉣   ⑤ ㉤

3 이 시의 주제로 알맞은 것은 무엇인가요? (   )

중심내용

① 인간을 위한 하느님의 희생

② 비를 피하지 못하는 새의 슬픔

③ 집을 짓고 있는 새들의 생동감

④ 새가 바라보는 별똥별의 아름다움

⑤ 자연과 함께 있길 원하는 삶의 태도

4 이 시가 노래하는 느낌을 주는 까닭으로 알맞은 것은 무엇인가요? (   )

글의구조

① 동일한 후렴구가 반복된다.

② 같은 낱말과 구절이 반복된다.

③ 글자 수가 모든 면에서 똑같이 반복된다.

④ 시의 첫 부분과 마지막 부분이 반복된다.

⑤ 그림을 그리듯 같은 장면에 대한 묘사가 반복된다.

별똥별 이야기

밤하늘에서 떨어지는 ⊙별똥별을 보면서 소원을 빌면 이루어진다는 이야기가 있다. 복잡한 도시에서 벗어나 한적한 시골 마을에서 하늘을 올려다보면, 가끔 별똥별을 볼 수 있다. 실제로 지구에는 매일 100톤에 달하는 무수히 많은 별똥별이 떨어진다고 한다. '별똥별이 소원을 이루어 준다.'는 말은 우주에 대한 인간의 호기심과 **신비감**＊을 표현한 것 아닐까?

이 별똥별을 천문학에서는 'ⓒ유성'이라고 부른다. 우주에서 떠돌던 먼지나 암석이 지구 **중력**＊에 이끌려 **낙하**＊하면서 **대기**＊와 **마찰**＊하여 불타면서 생기는 것이 유성이다. 보통은 100~130킬로미터의 **고도**＊에서부터 눈에 보이기 시작하는데, 마치 별이 흘러가는 것처럼 보이기 때문에 유성이라고 부르게 되었다.

유성은 먼지만큼 작은 것부터 큰 돌덩이만큼 큰 것까지 다양하지만, 보통 굵은 모래알 정도의 크기이다. 그리고 커피 알갱이 정도로 단단하다. ⓒ이것을 관측하기 가장 좋은 시간은 새벽 한 시부터 해가 뜨기 전까지이다.

별똥별이 비 오듯 쏟아지는 현상을 '유성우'라고 한다. 유성우 현상은 혜성과 관계가 있다. 혜성은 먼지와 ②얼음 알갱이로 되어 있는데, 태양 주위를 돌면서 먼지와 얼음 알갱이들을 자신이 지나간 자리에 뿌린다. 그리고 그 자리를 지구가 지날 때 유성우 현상을 관찰할 수 있다.

대부분의 유성은 지표면에 도달하기 전에 모두 타서 사라진다. 하지만 그중 덩어리가 큰 것들은 타 버리지 않고 지표면까지 도달한다. 이것을 '운석'이라고 한다. 운석이 빠른 속도로 지표면에 떨어지면 거대한 운석 구덩이를 만들기도 한다. 현재까지 수천 개의 운석이 발견되었는데 그중 가장 무거운 것은 '호바 운석'으로 무게가 무려 66톤에 달한다. 이러한 운석은 태양계와 우주의 신비를 밝히는 데 매우 중요한 연구 자료로 활용된다.

▲ 나미비아에서 발견된 호바 운석

어휘사전

＊**신비감**(神 귀신 신, 祕 숨길 비, 感 느낄 감) 설명하거나 이해할 수 없이 이상하다는 느낌.

＊**중력**(重 무거울 중, 力 힘 력) 지구가 물체를 잡아당기는 힘.

＊**낙하**(落 떨어질 낙, 下 아래 하) 높은 곳에서 낮은 곳으로 떨어짐.

＊**대기**(大 큰 대, 氣 기운 기) 지구를 둘러싸고 있는 기체.

＊**마찰**(摩 갈 마, 擦 비빌 찰) 두 물체가 서로 닿아 비벼지는 것.

＊**고도**(高 높을 고, 度 법도 도) 바닷물을 0으로 하여 측정한 높이.

내용요약

글의 중심 내용을 생각하며 빈칸의 낱말을 써 보세요.

별똥별은 천문학에서 ［ㅇ ㅅ］이라 부른다. 혜성이 지나간 곳을 지구가 지날 때 유성우 현상을 볼 수 있으며, 사라지지 않고 지구에 떨어진 유성을 ［ㅇ ㅅ］이라 한다.

1 이 글에서 설명하고 있지 <u>않은</u> 것은 무엇인가요? (   )

내용
이해

① 운석의 가치

② 유성과 운석의 개념

③ 유성우와 혜성의 관계

④ 운석이 잘 발견되는 장소

⑤ 유성을 관측하기 좋은 시간

2 빈칸에 들어갈 말들로 알맞게 짝 지어진 것은 무엇인가요? (   )

추론
하기

	유성	운석
공통점	우주를 돌아다니는 작은 (㉮)나 암석이 지구 (㉯)와 마찰하면서 불타는 것이다.	
차이점	(㉰)에 도달하기 전에 모두 타서 사라진다.	다 타 버리지 않고 (㉰)까지 도달한다.

	㉮	㉯	㉰
①	공기	지표면	대기
②	공기	암석	지표면
③	공기	대기	지표면
④	먼지	대기	지표면
⑤	먼지	대기	암석

3 ㉠~㉣ 중 가리키는 대상이 <u>다른</u> 것을 찾아 기호를 쓰세요. (   )

어휘
이해

4 이 글을 읽고 알게 된 점을 <u>잘못</u> 말한 사람은 누구인가요? (   )

비판
하기

① 도현: 유성과 혜성은 비슷하고 운석은 전혀 다른 것이구나.

② 경진: 새벽부터 해가 뜨기 전에 유성을 볼 수 있는 확률이 높구나.

③ 하연: 지표면에 도달하는지 못하는지에 따라 유성과 운석은 나뉘는구나.

④ 유준: 별똥별은 마치 별이 흘러가는 것처럼 보여서 유성이라고 하는구나.

⑤ 주아: 유성우는 지구가 혜성의 흔적이 남아 있는 곳을 지나면서 생기는구나.

1 생각주제와 관련된 앞의 두 글을 읽고 내용을 정리해 보세요.

천문학에서 보는 별똥별	**유성**	**운석**
	별똥별을 유성이라 부른다. 우주에서 떠돌던 먼지나 암석이 지구 ☐ ☐ (ㅈ ㄹ)에 이끌려 대기와 마찰하여 불타면서 생기는 것이다.	덩어리가 커서 타 버리지 않고 지표면에 도달하는 유성을 운석이라 한다. 운석은 태양계와 우주의 신비를 밝히는 연구 자료로 활용된다.
사람들이 보는 별똥별	**별똥별에 대한 생각**	**새들은 지붕을 짓지 않는다**
	별똥별을 보면서 소원을 빌면 이루어진다는 이야기가 있다. 이것은 우주에 대한 인간의 호기심과 신비감을 표현한 것으로 보인다.	별똥별 아래에서 쉬고 있는 새들의 모습을 통해 ☐ ☐ (ㅈ ㅇ)과 함께 하고 싶은 마음을 나타낸 작품이다.

2 유성과 운석에 대해 알맞게 설명한 것을 골라 ○표 하세요.

(1) 운석은 새벽 한 시부터 해가 뜨기 전까지만 떨어진다.

(2) 운석은 지표면에 도달하지 못하는 유성을 말한다.

(3) 유성우 현상이 일어나면 지구에는 운석 구덩이가 생긴다.

(4) 대부분의 유성은 지표면에 도달하기 전에 타서 사라진다.

3 하늘에서 운석이 떨어지는 현상과 이유에 대해 자신의 생각을 써 보세요.

✎

4 다음 주제 어휘와 뜻을 알맞게 연결하세요.

(1) 중력 •

(2) 대기 •

(3) 운석 •

(4) 낙하 •

• ㉠ 높은 곳에서 낮은 곳으로 떨어짐.

• ㉡ 지구가 물체를 잡아당기는 힘.

• ㉢ 지구를 둘러싸고 있는 기체.

• ㉣ 지구로 떨어진 유성.

5 다음 빈칸에 공통으로 들어갈 낱말을 주제 어휘에서 찾아 쓰세요.

(1)
- 두 물체의 □□□□□에 의해 열이 발생했다.
- 지면과의 □□□□□로 인해 타이어가 많이 닳았다.

→ □□

(2)
- 오늘 밤에는 하늘에서 □□□□□이 떨어질 예정이다.
- 다 타지 않고 땅으로 떨어진 □□□□□을 운석이라 한다.

→ □□

6 다음 빈칸에 들어갈 말을 주제 어휘에서 찾아 쓰세요.

어떤 물체가 다른 물체와 접촉한 상태에서 움직일 때, 접촉면에서는 움직임이 느려지는 현상이 나타난다. 이는 □□□□□력 때문이다. 우리는 이 힘을 크게 하거나 작게 하여 생활 속에서 활용하고 있다. 눈이 많이 오면 자동차 타이어에 체인을 끼우는 것은 이것을 크게 하여 자동차가 눈길에 미끄러지지 않게 하기 위해서이다. 그리고 워터 슬라이드의 바닥에 물을 뿌리는 것은 이것을 작게 하여 잘 미끄러지게 하기 위함이다.

(   )

종이의 발명

▲ 파피루스

어휘사전

＊ **기록**(記 기록할 기, 錄 기록할 록) 생각이나 사실에 대해 적은 것.

＊ **전달**(傳 전할 전, 達 통할 달) 물건이나 소식 등을 다른 사람에게 전하는 것.

＊ **문명**(文 글월 문, 明 밝을 명) 사람의 사회적·기술적·정신적 생활이 발전한 상태.

＊ **쐐기** 위쪽보다 아랫부분이 얇거나 뾰족한 모양.

＊ **비단**(緋 비단 비, 緞 비단 단) 누에고치에서 뽑은 실로 만든 부드럽고 비싼 천.

＊ **실크 로드**(silk road) 비단길. 아시아 대륙을 건너질러 중국에서 지중해 지방까지 상인이 오가는 길.

아주 옛날부터 인간은 동굴에 벽화를 그리고 문자로 **기록**＊을 남겨 왔다. 그리고 '책'이라는 도구를 통해 후세에 기록을 **전달**＊하게 되었다. 그렇다면 책은 과연 어떻게 만들어진 것일까? 책이 어떻게 만들어졌는지 알려면 먼저 책의 기본 재료인 종이부터 알아야 한다.

세계 최초의 문자는 메소포타미아 **문명**＊에서 생겨났다. 당시 사람들은 **쐐기**＊ 모양의 문자를 썼다. 그때 사람들은 주변에서 구하기 쉬운 재료인 진흙으로 점토판을 만들어서 문자를 쓰고 불에 구웠다. 그러면 ㉠돌처럼 딱딱한 판이 되어 보관하기 용이했다.

이집트에서는 이보다 편리하게 문자를 쓰고 보관할 수 있는 '파피루스'를 만들었다. 파피루스는 이집트 나일강에서 자라는 길이 2m가 넘는 풀이다. 파피루스 줄기 껍질을 벗기고 그 속의 부드러운 부분을 일정한 크기로 자른다. 이것을 물에 적신 후 두 겹으로 붙인 뒤 잘 말려서 종이로 사용한다. 파피루스는 습기에 약한 단점에도 점토판보다 훨씬 가벼워 이집트 주변 나라로 전해졌다.

그런데 당시 페르가몬이라는 나라는 이집트에서 파피루스를 수입해서 사용했다. 페르가몬의 왕은 책에 관심이 많아서 이집트의 알렉산드리아 도서관 못지않게 많은 책을 도서관에 모았다. 이 사실을 알게 된 이집트 왕이 페르가몬에 파피루스 수출을 금지했다. 그래서 페르가몬 왕은 직접 책을 만들기 위해 '양피지'를 개발했다. 양의 가죽으로 만든 양피지는 파피루스보다 훨씬 부드럽고 더 오래 보관할 수 있었지만 비싸다는 단점이 있었다.

현재 우리가 사용하는 종이는 중국에서 발명하였다. 그때까지 중국에서는 주로 ㉡대나무를 쪼개서 엮은 것이나 **비단**＊으로 책을 만들었다. 중국의 채륜이 더 저렴하고 가벼운 재료를 찾다 나무껍질, 베옷, 고기잡이 그물 등을 사용하여 최초의 종이를 만들었다. 이후 채륜이 만든 종이는 동양과 서양을 이어 주는 **실크 로드**＊를 통해 전 세계로 퍼져 나가게 되었다.

내용요약

글의 중심 내용을 생각하며 빈칸의 낱말을 써 보세요.

인류는 점토판에 글자를 썼다. 이후 이집트에서는 ｜ 파 ｜ 파 ｜ 루 ｜ 스 ｜를, 페르가몬에서는 양피지로 책을 만들었다. 현재 우리가 사용하는 종이는 중국의 채륜이 발명했다.

1 이 글의 내용과 일치하지 <u>않는</u> 것은 무엇인가요? (   )

내용
이해

① 이집트와 페르가몬에는 도서관이 있었다.

② 진흙으로 된 점토판은 파피루스보다 훨씬 무겁다.

③ 종이를 만들기 전 중국에서는 대나무를 종이처럼 사용했다.

④ 비단으로 만든 종이는 실크 로드를 따라 세계로 퍼져 나갔다.

⑤ 페르가몬 왕은 파피루스보다 더 부드러운 양피지를 개발했다.

2 ㉠, ㉡을 사용하지 않게 된 공통적인 이유로 알맞은 것은 무엇인가요? (   )

추론
하기

① 가격이 굉장히 비쌌다.

② 더위에 약해서 보관이 어렵다.

③ 무거워서 가지고 다니기 불편하다.

④ 너무 딱딱해서 글씨를 쓰기 어렵다.

⑤ 재료를 주변에서 쉽게 구할 수 없다.

3 종이의 발명이 가지는 의미로 알맞은 것은 무엇인가요? (   )

추론
하기

① 지식의 중심이 중국에서 이집트로 이동했다.

② 서양 문물이 동양으로 퍼지게 된 계기가 되었다.

③ 저렴하고 휴대하기 편한 책을 만들 수 있게 되었다.

④ 알렉산드리아 도서관이 세계에서 가장 큰 도서관이 되었다.

⑤ 양가죽을 사용하지 않아 동물 보호를 실천할 수 있게 되었다.

인쇄술의 발전

종이의 **발명***으로 드디어 가볍고 보관하기 쉬운 책이 등장했다. 그렇다고 지금처럼 누구나 책을 집에 두고 볼 수 있었던 것은 아니다. **인쇄***술이 발전하기 전에는 사람이 직접 한 글자씩 손으로 쓴 것을 모아 책으로 만들었기 때문이다. 손으로 글을 쓰는 것을 '㉮필사'라 하는데 그 과정부터 알아보자.

글씨를 베껴 쓰는 필사원들은 글과 그림이 들어갈 공간을 만들어 놓고 글씨를 쓴다. 모든 글을 다 쓰고 나면 책에 그림을 그려 넣는 사람들이 이어받아 그림을 그리고 책을 완성했다. 이렇게 많은 노동력이 투입되었기 때문에 중세 시대에 책은 신분이 높은 사람들만이 가질 수 있는 특권 같았다.

이후 인쇄술이 발전하여 판에 글자를 새겨서 찍어 내는 방식이 등장했다. 처음에는 나무판에 글자를 새기는 방식인 ㉯목판 인쇄를 하였다. 나무판에 글자 하나하나를 올록볼록하게 새겨서 먹물을 묻힌 다음, 그 위에 종이를 대고 문질러서 한 면 한 면 찍어 냈다. 목판 인쇄는 많은 노동력과 시간이 들고 또 오래 두면 닳고 불에도 쉽게 타서 불편했다. 또한 한 글자라도 틀리면 다시 나무판을 만들어야 했다.

그다음으로 등장한 방법이 ㉰**금속*** 활판 인쇄술이다. 금속으로 낱개의 글자를 만들어 글에 맞게 **배치***만 하면 인쇄할 수 있는 획기적인 방식이었다. 금속 활자는 우리나라가 세계에서 처음으로 발명했고, 200여 년 후 독일의 구텐베르크도 만들었다. ㉠종이와 인쇄술의 발달로 책을 대량으로 만들기 시작하면서 인류의 역사에도 큰 영향을 주었다.

인쇄 기술은 산업화를 거치며 점차 발전했고, 공장에서 대량 인쇄가 가능해졌다. 그리고 최근에는 컴퓨터를 활용한 ㉱디지털 인쇄 방식이 도입되었다. 컴퓨터에서 만든 데이터를 바로 전송하여 **출력***하는 방식이다. 더 나아가 개인도 소량의 책을 찍어 낼 수 있게 되었다. 그래서 개별적인 요구에 따라 맞춤형 인쇄를 저렴한 가격으로 할 수 있게 되었다.

어휘사전

* **발명**(發 필 발, 明 밝을 명) 지금까지 없던 기술이나 물건을 만들어 내는 것.

* **인쇄**(印 도장 인, 刷 쓸 쇄) 글이나 그림을 종이에 그대로 나타나도록 찍는 것.

* **금속**(金 쇠 금, 屬 무리 속) 쇠나 금처럼 번들거리며 열과 전기를 통과시키는 성질이 있는 단단한 물질.

* **배치**(配 짝 배, 置 둘 치) 사람이나 물건을 알맞은 자리에 놓는 것.

* **출력**(出 날 출, 力 힘 력) 저장된 정보가 종이로 인쇄되는 것.

내용요약

글의 중심 내용을 생각하며 빈칸의 낱말을 써 보세요.

인쇄술이 등장하기 전에는 사람이 글을 직접 필사했다. 이후 목판과 ㄱㅅ ㅎㅈ 의 발명으로 책을 인쇄할 수 있게 되었고, 현재는 디지털 데이터를 사용하여 출력한다.

1

내용
이해

이 글을 통해 알 수 있는 내용이 <u>아닌</u> 것은 무엇인가요?   (   )

① 디지털 인쇄의 장점

② 목판 인쇄의 시작 시기

③ 필사를 통해 책을 만드는 방법

④ 최초로 금속 활자를 발명한 나라

⑤ 인쇄술이 등장하기 전 책을 만든 방법

2

글의
구조

이 글의 내용 전개 방식으로 적절한 것은 무엇인가요?   (   )

① 대상의 발전 과정을 설명했다.

② 대상의 공통점을 중심으로 설명했다.

③ 대상의 장점과 단점을 비교하여 설명했다.

④ 대상이 발전하게 된 원인과 결과를 설명했다.

⑤ 대상에 대해 잘 알고 있는 전문가의 의견을 소개했다.

3

적용
하기

밑줄 친 ㉠의 사례로 알맞은 것을 찾아 번호를 쓰세요.   (   )

(1) 책을 오래 보관하기 위해 습기 제거제를 만들었다.

(2) 성경책이 대중에게 널리 보급되면서 종교 개혁이 빠르게 확산될 수 있었다.

(3) 고려 시대에 팔만대장경은 불교의 힘으로 외세의 침략을 막고자 만들어졌다.

4

적용
하기

㉮~㉣ 중 보기에 나오는 일을 가능하게 한 것을 찾아 기호를 쓰세요.   (   )

┤ 보기 ├

• A씨는 평소에 쓴 시를 모아 시집을 만들어서 가족에게 선물했다.

• B씨는 여행을 다녀오면 항상 찍은 사진들을 모아 포토북으로 만든다.

• C씨는 딸의 생일 선물로, 딸이 주인공으로 등장하는 세상에서 하나뿐인 동화책을 만들었다.

 1 생각주제와 관련된 앞의 두 글을 읽고 내용을 정리해 보세요.

책의 발명

인간은 벽화를 그렸고 문자가 발명되면서 기록하는 형식이 점차 발전했다. 책이라는 도구를 통해 후세에 기록을 전달하게 되었다.

종이의 발명

메소포타미아 문명에서는 ㅁㅈ 를 점토판에 기록했고, 이집트에서는 파피루스, 페르가몬에서는 양피지에 기록했다. 현재와 같은 종이는 중국의 채륜이 만든 것이다.

인쇄술의 발전

처음에는 사람이 직접 글을 쓰는 필사를 통해 책을 만들었다. 이후 목판인쇄를 했고, 이보다 더 유용한 ㄱㅅ 활자가 발명되어 대량으로 책을 만들 수 있었다. 이제는 디지털 인쇄 기술로 맞춤형 인쇄가 가능해졌다.

2 다음에서 공통적으로 설명하고 있는 현상의 결과를 찾아 ○표 하세요.

- 인쇄술이 발전하면서 손으로 베껴 쓰던 때에 비해 훨씬 많은 사람들이 책을 읽게 되었다.
- 가격이 저렴하고 가벼운 종이의 발명으로 어디서나 책을 가지고 다니면서 읽을 수 있게 되었다.

(1) 지식과 정보를 많은 사람에게 효과적으로 전달하는 것이 가능해졌어.

(2) 지식과 정보를 여전히 특정 사람에게만 전달하는 상황은 변하지 않았어.

3 책이 어떻게 만들어졌는지에 대해 인상 깊은 부분을 써 보세요.

| 주제 어휘 | 기록 | 전달 | 발명 | 인쇄 | 배치 | 출력 |

4 다음 뜻에 알맞은 **주제 어휘**를 찾아 ○표 하세요.

(1) 생각이나 사실에 대해 적은 것. 　　　　　　　　　　　 목록 ｜ 기록

(2) 글이나 그림을 종이에 그대로 나타나도록 찍는 것. 　　 인쇄 ｜ 발명

(3) 지금까지 없던 기술이나 물건을 만들어 내는 것. 　　　 발명 ｜ 발견

(4) 저장된 정보가 종이로 인쇄되는 것. 　　　　　　　　　 복사 ｜ 출력

5 다음 빈칸에 공통으로 들어갈 낱말을 주제 어휘에서 찾아 쓰세요.

(1)
- 그곳은 시골이라 소식 [　　　]이 느리다.
- 선생님 역할은 지식을 [　　　]하는 것에 그치지 않는다.

→ [　｜　]

(2)
- 우리 집은 가구 [　　　]가 독특하게 되어 있다.
- 앞으로 우리 반은 학교에 먼저 오는 순으로 자리 [　　　]를 할 예정이다.

→ [　｜　]

6 다음 밑줄 친 낱말 중 <u>다른</u> 뜻으로 쓰인 것을 찾아 번호를 쓰세요. (　　　　)

(1) 검사는 오래된 사건 <u>기록</u>을 들춰 보았다.
(2) 그는 이번 경기에서 최다 홈런 <u>기록</u>을 깨뜨렸다.
(3) 무언가를 <u>기록</u>하면 기억하는 것보다 더 오래 간다.
(4) 역사는 과거의 사람들이 남긴 <u>기록</u>을 통해 알 수 있다.

베니스의 상인

베니스의
상인
글 셰익스피어

어휘사전

* **고리대금**(高 높을 고, 利 이로울 리, 貸 빌릴 대, 金 쇠 금) 부당하게 비싼 이자를 받고 돈을 빌려주는 것.

* **재판**(裁 마를 재, 判 판가름할 판) 사건을 해결하기 위해 법관이 판단을 내리는 일.

* **판결**(判 판가름할 판, 決 결정할 결) 법원에서 옳고 그름을 따져서 결정하는 것.

* **몰수**(沒 잠길 몰, 收 거둘 수) 법을 어긴 벌로 가지고 있는 물건이나 권리 등을 모조리 빼앗는 것.

옛날 이탈리아의 항구 도시인 베니스에 무역업을 하는 안토니오가 살고 있었다. 그는 가난한 사람들에게 이자를 받지 않고 돈을 빌려주었다. 반면 샤일록은 터무니없이 높은 이자를 받는 **고리대금***업자였다.

어느 날 친구 바사니오가 안토니오에게 사랑하는 여자에게 청혼하기 위해서 돈을 빌려 달라고 부탁했다. 당장 빌려줄 돈이 없던 안토니오는, 배가 돌아오면 돈을 갚을 생각에 샤일록에게 돈을 빌렸다. 평소 안토니오를 못마땅하게 생각한 샤일록은, 돈을 갚지 못하면 그의 가슴에서 살 한 근을 베어 낸다는 조건으로 빌려주었다. 그런데 안타깝게도 안토니오의 배는 폭풍을 만나 바다에 가라앉아 버렸다.

돈을 갚지 못한 안토니오는 법정에 서야 했다. 그런데 바사니오의 아내인 포셔가 안토니오를 돕기 위해 **재판***관인 쌍둥이 오빠와 똑같이 변장을 하고 법정에 섰다.

"베니스의 법률에 따라 계약서대로 살을 베어 내야 하오. 그러나 샤일록은 안토니오에게 자비를 베푸는 것이 어떻소?"

재판장이 말했다. 이에 샤일록은 "저는 자비심 따위에는 관심이 없습니다. 저는 계약을 중요시 여기는 사람이니까요."라며 거절했다. 바사니오가 지금 당장이라도 열 배로 돌려준다고 했지만 샤일록은 거절했다. 그가 원하는 것은 오로지 안토니오의 가슴살 한 근이었기 때문이었다. 재판장이 드디어 **판결***을 내렸다.

"법은 일단 정해지면 그대로 집행해야 한다. 안토니오가 3개월 안에 샤일록의 돈을 갚지 못했기에 계약서대로 샤일록은 안토니오의 가슴살 한 근을 베어 낼 권리가 있다."

재판장의 판결을 듣고 안토니오와 바사니오의 얼굴은 새하얗게 질렸다. 샤일록은 웃으면서 준비해 온 칼을 들었다. 그때였다. 재판장이 엄숙한 목소리로 말을 이어 갔다.

"그러나 샤일록, 명심해야 할 것이 있소. 계약서에는 살 한 근을 베어 낸다는 내용은 있지만, 안토니오의 피를 흘리게 한다는 말은 없소. 그러니 그대가 살을 베다가 안토니오의 피를 한 방울이라도 흘리게 한다면 법을 어긴 것이므로 재산을 **몰수***하겠소."

살을 베면서 피를 흘리지 않을 방법이 없기에, 당황한 샤일록은 안토니오에게 원금만 받겠다고 하며 빌었다.

1

내용
이해

이 글의 내용과 일치하는 것은 무엇인가요?   (   )

① 샤일록은 원금만 받고 안토니오와의 계약을 끝냈다.

② 안토니오는 죽을 위기에 처하자 바사니오를 원망하였다.

③ 샤일록은 피를 최대한 흘리지 않고 안토니오의 살을 벴다.

④ 안토니오는 재판장의 현명한 판결 덕분에 목숨을 구할 수 있었다.

⑤ 안토니오는 폭풍을 만나 가라앉은 배 때문에 샤일록에게 돈을 빌렸다.

2

어휘
이해

재판장의 판결을 나타낼 수 있는 사자성어로 알맞은 것은 무엇인가요?   (   )

① 다다익선(多多益善): 양이나 수가 많을수록 좋음.

② 노심초사(勞心焦思): 어떤 일을 할 때 애를 쓰고 속을 태움.

③ 권선징악(勸善懲惡): 착한 행동을 널리 권장하고 악한 행동을 벌함.

④ 낭중지추(囊中之錐): 유능한 사람은 숨어 있어도 그 존재가 드러남.

⑤ 동병상련(同病相憐): 비슷한 처지에 있는 사람끼리 서로를 잘 이해할 수 있음.

3

추론
하기

다음 보기 속 판사와 '포셔'의 공통점이 아닌 것은 무엇인가요?   (   )

┤ 보기 ├

　　미국에서 한 노인이 주차 위반으로 재판을 받게 되었다. 노인은 죄를 인정하면서 주차 위반을 하게 된 상황을 설명했다. 그 노인은 베트남 전쟁에 참전했다가 다쳐서 주기적으로 군인 병원에서 치료를 받는데, 병원 주차 시설이 열악하여 길가에 차를 대었다고 했다. 이를 듣고 판사는 미국을 위해 희생한 노인에게 감사를 전하며 주차 위반에 대해 죄가 없다고 판결하였다. 많은 사람들이 이 판결에 감동하였다.

① 자신이 아는 사람이어서 죄를 묻지 않았다.

② 현명한 판결로 많은 사람의 귀감이 되었다.

③ 사건이 발생한 상황을 고려하여 판결하였다.

④ 억울한 사람이 생기지 않도록 융통성을 발휘하였다.

⑤ 법도 중요하지만 인간적 가치가 실현될 수 있도록 판결하였다.

공정한 재판

▲ 정의의 여신상

어휘사전

＊ **소송**(訴 하소연할 소, 訟 송사할 송) 법률에 따라 판결을 해 달라고 법원에 요구하는 일.

＊ **누명**(陋 좁을 누, 名 이름 명) 사실이 아닌 일 때문에 억울하게 얻은 나쁜 평판.

＊ **침해**(侵 침노할 침, 害 해로울 해) 함부로 남의 일에 끼어들어 해를 끼치는 것.

＊ **공정**(公 공변될 공, 正 바를 정) 공평하고 올바름.

그리스 로마 신화에 나오는 정의의 여신 '디케(Dike)'를 아는가? 디케를 모르는 사람도 법정 드라마에서 한 번쯤 그 모습을 본 적이 있을 것이다. 눈을 가린 채 한 손에는 칼을, 다른 한 손에는 저울을 든 여신이 바로 디케이다. 디케는 그리스어로 '정의'를 뜻한다. 우리나라뿐만 아니라 세계 많은 나라의 법원에서 정의의 여신상을 세워 둔다. 왜 법원 앞에 정의의 여신상이 있는 것일까?

법원은 법에 따라 재판을 하는 곳이다. 재판이란 **소송**＊ 사건을 해결하기 위하여 법관이 법에 따라 판단을 내리는 것을 말한다. 법관은 재판을 할 때 법을 따르는 한편, 사회의 정의를 구현해야 하는 의무가 있다. 죄를 지은 사람에게는 그에 합당한 벌을 내리고, 억울한 사람의 **누명**＊은 풀어 주는 것이 바로 정의이다.

재판에는 크게 민사 재판, 형사 재판, 행정 재판의 세 가지가 있다. 민사 재판은 개인과 개인 사이에 발생한 다툼이나 갈등을 주로 해결한다. 예를 들어, 층간 소음 때문에 아랫집이 윗집에 소송을 내는 경우 민사 재판을 한다. 형사 재판은 법을 어기거나 사회 질서를 어지럽힌 사람을 벌하는 것이 목적이다. 마지막으로 행정 재판은 국가 기관이나 국가가 국민의 권리를 **침해**＊했는지 판단하는 재판이다.

모든 재판은 법에 따라 **공정**＊하게 판단을 내리기 위해 노력한다. 하지만 어떤 경우에는 공정의 원칙이 잘 지켜지지 않을 수도 있다. 그래서 다음과 같은 여러 제도를 두고 있다. 첫째, 재판의 과정과 결과를 투명하게 모두 공개한다. 이는 특별한 경우를 제외한 모든 재판에 해당된다. 둘째, 한 사건에 대하여 세 번의 재판을 받을 수 있는 3심 제도가 있다. 만약 지방 법원에서의 판결이 불공정하다고 생각되면 고등 법원, 대법원 순으로 세 번까지 판결을 구할 수 있다. 셋째, 일반 국민도 재판에 참여할 수 있는 국민 참여 재판 제도가 있다.

눈을 가리고 있는 정의의 여신상이 들고 있는 저울과 칼은 공정한 재판의 상징과 같다. 갈등을 공정하게 해결하려는 저울, 범법자에 대한 제재를 의미하는 칼, 공정한 재판을 위해 눈을 가리고 있는 모습에서 우리는 공정한 심판을 기대한다.

내용요약

글의 중심 내용을 생각하며 빈칸의 낱말을 써 보세요.

재판이란 소송 사건을 해결하기 위하여 법관이 ㅂ 에 따라 판단을 내리는 것을 말한다. 재판에는 크게 민사 재판, 형사 재판, 행정 재판 세 가지가 있으며, 공정한 재판을 위해 재판의 과정과 결과를 공개하고, 세 번까지 재판을 받을 수 있는 3 ㅅ 제도와 국민 참여 재판 제도를 시행하고 있다.

1

내용
이해

이 글에 대한 설명과 일치하지 <u>않는</u> 것은 무엇인가요? (   )

① 법관은 법에 따라 판단을 내린다.

② 법을 잘 아는 사람만 국민 참여 재판에 참여할 수 있다.

③ 민사 재판을 통해 개인 사이에서 발생한 갈등을 해결한다.

④ 국민이 국가에 의해 권리를 침해받으면 행정 재판을 진행한다.

⑤ 특별한 이유가 없는 한 재판 과정과 결과는 모두 공개하는 것이 원칙이다.

2

적용
하기

공정한 재판을 위한 노력 중 **보기**에 해당하는 것을 이 글에서 찾아 네 글자로 쓰세요.

┤ 보기 ├

　지방 법원에서 유죄를 선고받은 A씨는 재판에서 자신의 상황이 명확히 반영되지 않았다며 억울해했다. 그래서 고등 법원에서 한 번 더 재판을 받기로 했다.

(   )

3

추론
하기

이 글과 **보기**를 읽고 난 반응으로 알맞지 <u>않은</u> 것을 골라 번호를 쓰세요. (   )

┤ 보기 ├

능률일보   — 🗖 ✕

"인간 판사를 대체하자!"

공정한 판결 위한 AI 판사 도입되나?

같은 죄여도 판사마다 조금씩 다른 판결로 인해 재판의 공정성에 문제가 생겨...

AI 판사 도입에 많은 사람들이 찬성해...

그러나 AI가 이해하지 못하는 상황에 대한 우려도...

(1) 사람이 판결을 내릴 때에는, 그 사람의 생각이 반영될 것 같아.

(2) AI 판사는 공정하기 때문에 3심 제도와 같은 제도들은 앞으로 사라지게 될 거야.

(3) 사람을 구하려고 옆집 창문을 깼다면, AI 판사는 깨진 창문에 대한 벌을 내릴 것 같아.

자란다 문해력

주제 정리 1 생각주제와 관련된 앞의 두 글을 읽고 내용을 정리해 보세요.

베니스의 상인
1 안토니오는 친구인 바사니오를 위해 돈을 갚지 못하면 가슴에서 살 한 근을 베겠다는 조건으로 샤일록에게 돈을 빌렸다. 그러나 돈을 갚지 못하게 되어 ㅂㅈ 에 가게 된다.
2 재판장으로 변장한 포셔는 샤일록에게 자비를 베풀 것을 제안했지만, 샤일록은 계약대로 안토니오의 가슴 살을 베겠다고 한다.
3 재판장은 계약서대로 하되 ㅍ 한 방울이라도 흘리면 안 된다는 판결을 내려 안토니오 목숨을 구한다.

공정한 재판
1 재판이란 소송 사건을 해결하기 위하여 법관이 법에 따라 판단을 내리는 것이다.
2 재판에는 개인 간의 다툼을 해결하는 민사 재판, 법을 어긴 사람을 처벌하기 위한 형사 재판, 국가 기관이 국민의 권리를 침해했는지 판단하는 행정 재판이 있다.
3 ㄱㅈ 한 재판을 위하여 재판의 과정과 결과를 공개하고, 3심 제도, 국민 참여 재판 제도 등을 실시하고 있다.
4 정의의 여신상이 들고 있는 저울과 칼은 공정한 ㅈㅍ 의 상징과 같다.

2 공정한 재판을 위한 방법으로 알맞지 <u>않은</u> 것을 찾아 ○표 하세요.

(1) 특별한 이유가 없는 한 재판 과정과 결과를 모두 공개한다.

(2) 한 사건에 대해 재판을 세 번 받을 수 있는 기회가 있다.

(3) 일반 국민도 재판에 참여하여 의견을 제시할 수 있다.

(4) 공정함을 위해 원하는 법관을 선택하여 재판을 받을 수 있다.

3 공정한 재판을 위해 필요한 것에 대해 자신의 생각을 써 보세요.

4 다음 주제 어휘와 뜻을 알맞게 연결하세요.

(1) 소송 •

(2) 재판 •

(3) 침해 •

(4) 몰수 •

• ㉠ 함부로 남의 일에 끼어들어 해를 끼치는 것.

• ㉡ 사건을 해결하기 위해 법관이 판단을 내리는 일.

• ㉢ 법률에 따라 판결을 해 달라고 법원에 요구하는 일.

• ㉣ 법을 어긴 벌로 가지고 있는 물건이나 권리 등을 모조리 빼앗는 것.

5 다음 빈칸에 공통으로 들어갈 낱말을 주제 어휘에서 찾아 쓰세요.

(1)
• 편견을 가지게 되면 [   ]한 결정을 내리기 힘들다.
• 법관은 법과 양심에 따라 [   ]한 판단을 해야 한다.

→ [ ][ ]

(2)
• 판사는 피고에게 벌금형의 [   ]을 내렸다.
• 그는 대법원에서 죄가 없다는 [   ]을 받아서 억울함을 풀 수 있었다.

→ [ ][ ]

6 다음 밑줄 친 말과 뜻이 비슷한 낱말을 주제 어휘에서 찾아 쓰세요.

인간으로서 당연히 가지는 기본적인 권리를 인권이라 한다. 사람에게는 태어나면서부터 자연적으로 인권이 주어지는데, 이것은 보호되어야 하는 소중한 가치이다. 그리고 다른 사람의 인권을 함부로 유린할 수 없다. 간혹 학교에서 외모나 국적 등으로 차별을 하거나 마음에 들지 않는 친구를 따돌리는 경우가 있다. 이 또한 사소해 보이지만 인권 유린에 해당한다. 우리는 인간의 당연한 권리인 인권을 지키도록 노력해야 한다.

(   )

3 장

2개의 글을 연결해
재미있게 읽어요~

변신

변신
글 프란츠 카프카
푸른숲주니어

어휘사전

＊**흉측**(凶 흉할 흉, 測 잴 측) 몹시 흉악함.

＊**각질**(角 뿔 각, 質 바탕 질) 딱딱하게 굳은 피부.

＊**외판원**(外 바깥 외, 販 팔 판, 員 관원 원) 직접 고객을 찾아다니면서 물건을 파는 사람.

＊**견본**(見 볼 견, 本 근본 본) 전체 상품의 품질이나 상태를 알 수 있도록 본보기로 보이는 물건.

＊**반점**(斑 얼룩질 반, 點 점찍을 점) 동식물의 몸에 박혀 있는 얼룩얼룩한 점.

＊**자명종**(自 스스로 자, 鳴 울 명, 鐘 쇠북 종) 미리 정한 시각이 되면 저절로 소리가 나는 시계.

어느 날 아침, ㉠그레고르 잠자는 뒤숭숭한 꿈을 꾸다가 깨어나 ㉡**흉측**＊스런 벌레로 변한 채 침대에 누워 있는 자신의 모습을 발견했다. 그는 갑옷처럼 딱딱한 등을 침대에 대고 누워 있었는데, 살짝 고개를 들어 살펴보니 활 모양의 **각질**＊로 덮여 있는 불룩한 갈색 배가 눈에 들어왔다. 게다가 다른 부위와 비교해서 형편없이 가늘어 보이는 수많은 다리들이 어찌할 바를 모르고 눈앞에서 허우적대었다.

'대체 이게 무슨 일이람?'

그는 생각에 잠겼다. 꿈은 아니었다. **외판원**＊인 그레고르의 책상에는 포장을 푼 옷감의 **견본**＊이 펼쳐져 있었고, 그 위쪽 벽에는 얼마 전 잡지에서 오린 그림을 끼워 둔 도금 액자가 걸려 있었다.

그레고르는 창문을 바라보았다. 흐린 날씨 탓에 기분이 아주 우울했다.

"나 원 참, 아무래도 너무 고된 직업을 고른 모양이야. 허구한 날 출장이라니! 시내에 있는 매장에 가만히 앉아서 근무하는 것보다 훨씬 더 힘든데다 여행의 고단함까지 짊어져야 하니……. 기차를 놓칠까 봐 매번 노심초사하는 것은 어떻고. 끼니 때마다 불규칙적이고 질 나쁜 식사를 하는 것은 물론이고, 만나는 사람이 계속 바뀌다 보니 진심을 주고받을 수 있는 관계를 맺기도 힘들어."

순간 배 윗부분이 가려웠다. 그는 고개를 높이 들고 천천히 등을 밀어 침대 기둥 쪽으로 다가갔다. 그러고는 몸을 밀어 올려 가려운 곳을 가까스로 확인했는데, 가려운 부분이 흰색의 작은 **반점**＊들로 뒤덮여 있어서 어떻게 해야 할지 판단을 내릴 수가 없었다. 한 발로 흰색 반점을 건드려 보려 했지만, 발이 배에 닿자마자 온몸에 소름이 쫙 끼쳐 얼른 발을 움츠리고 말았다.

"너무 일찍 일어났더니 머리가 어떻게 되었나 보군. 그러게, 사람은 잠을 푹 자야 해. 부모님만 아니면 이미 오래전에 사장한테 당당히 걸어가 사표를 내던지고 가슴에 담아 두었던 말들을 모조리 털어놓았을 거야. 아직 오륙 년은 더 있어야겠지만, 부지런히 돈을 모아서 부모님이 사장한테 진 빚을 다 갚고 나면 인생의 전환점이 찾아오겠지. 하지만 당장은 일어나야 해. 다섯 시 기차를 타야 하니까."

그는 궤짝 위에서 째깍거리는 **자명종**＊ 시계를 쳐다보았다.

그레고르는 화들짝 놀랐다.

㉢벌써 여섯 시 반이었다. 시곗바늘은 유유히 앞으로 달려가 삼십 분을 훌쩍 넘어 벌써 사십오 분을 향해 다가가고 있었다.

1 이 글의 중심 내용은 무엇인가요? (   )

중심
내용

① 그레고르의 출장
② 늦잠을 자서 당황한 그레고르
③ 벌레로 변한 꿈을 꾼 그레고르
④ 그레고르의 직장 생활에 대한 고민
⑤ 어느 날 아침 벌레로 변한 그레고르

2 이 글의 내용과 일치하지 <u>않는</u> 것은 무엇인가요? (   )

내용
이해

① 그레고르는 평범한 외판원이다.
② 그레고르의 부모님은 사장한테 돈을 빌렸다.
③ 그레고르는 자주 출장을 가고 불규칙한 식사를 한다.
④ 그레고르는 사표를 내고 싶은 마음을 억누르고 있다.
⑤ 그레고르가 자명종 시계를 쳐다본 시각은 저녁 5시이다.

3 소설의 3요소인 인물, 배경, 사건과 ㉠~㉢을 알맞게 연결하세요.

감상
하기

(1) 인물 •

• ㉠ 그레고르 잠자

(2) 배경 •

• ㉡ 흉측스런 벌레로 변한 채 침대에 누워 있는 자신의 모습을 발견했다.

(3) 사건 •

• ㉢ 벌써 여섯 시 반이었다.

4 다음 보기에서 ㉮~㉰의 관계를 알맞게 설명한 것을 골라 번호를 쓰세요. (   )

추론
하기

| 보기 |

평범한 외판원 그레고르는 어느 날 아침 잠에서 깨어나 자기가 ㉮한 마리의 기괴한 갈색 벌레로 변신해 있는 것을 발견한다. 거대한 벌레로 변한 그레고르를 보고 아버지와 어머니는 통곡하며 쓰러진다. 그는 다른 사람들과 고립되어 괴로워하다가 죽고 만다. 이 작품은 ㉯현대인이 언제 어느 상황에서 처하게 될지도 모르는 절망적인 세계를 ㉰문학적 상징을 통해 표현한 카프카의 대표작이다.

(1) ㉯를 표현하기 위해 ㉰의 방법으로 ㉮를 표현하였다.
(2) ㉰를 표현하기 위해 ㉯의 방법으로 ㉮를 표현하였다.

카프카의 작품과 문학적 상징

▲ 프란츠 카프카(1883~1924)

어휘사전

＊**자수성가**(自 스스로 자, 手 손 수, 成 이룰 성, 家 집 가) 자기 혼자의 힘으로 집안을 일으키고 재산을 모음.

＊**병약**(病 병들 병, 弱 약할 약)**하다** 병으로 인하여 몸이 쇠약하다.

＊**병행**(竝 아우를 병, 行 다닐 행)**하다** 둘 이상의 일을 한꺼번에 행하다.

＊**상징**(象 상징 상, 徵 부를 징) 어떤 사실이나 생각을 떠오르게 하는 사물.

＊**유사성**(類 무리 유, 似 같을 사, 性 성품 성) 서로 비슷한 성질.

프란츠 카프카는 1883년 프라하에서 태어났다. **자수성가**＊한 유대인 상인 집안에서 태어난 그는 어릴 적부터 **병약했고**＊ 독서를 즐겼다. 그는 낮에는 일을 하고 가족이 모두 잠든 밤에 틈틈이 글을 썼는데, 단편 소설 「변신」을 하룻밤 만에 완성하기도 했다.

카프카는 생전에 유명하지 않았지만 직장 생활과 창작을 **병행하며**＊ 작가의 꿈을 이어 갔다. 그는 숨을 거두며 친구에게 자신의 모든 원고를 불태워 달라는 유언을 남겼다. 하지만 그 작품들의 가치를 알고 있었던 친구는 유언을 어기고 원고를 모두 보존해 제2차 세계 대전이 끝난 뒤 재출판했다.

프란츠 카프카의 대표 작품으로는 「성」, 「소송」, 「변신」 등이 있다. 그중 「변신」의 줄거리는 다음과 같다. 주인공인 그레고르 잠자는 자고 일어났더니 자신이 큰 벌레로 변해 있음을 알게 된다. 그의 가족은 그 거대한 벌레를 일단은 그레고르라고 생각하고 대한다. 그러나 혐오스러운 거대 벌레를 집 밖으로 내보낼 수도, 일을 시킬 수도 없었다.

옷감 외판원으로 일하며 집안을 책임지던 그레고르가 벌레가 되어 버리자, 집안 살림은 극도로 궁핍해진다. 간단한 의사소통조차 할 수 없는 그레고르는 자신의 방 안에 갇혀서 먹이를 받아먹으며 살아간다. 가족과 주위 사람들의 시선은 갈수록 차가워지고 그레고르는 ㉠비참하고 희망 없는 삶을 살아간다. 결국 아버지가 던진 사과에 맞은 상처가 악화되어 쓸쓸히 어둠 속에서 죽음을 맞는다.

이 작품은 사람이 벌레로 변한다는 비현실적인 내용을 담고 있다. 작가는 '기괴하고 이상한 이야기'인 기담 형식을 빌어 현대인이 처한 절망적인 상황을 그려 냈다. 이러한 문학적 **상징**＊을 다른 말로는 '알레고리'라고 한다. 알레고리란 문학에서 어떤 주제 A를 드러내기 위하여 다른 주제 B를 사용하여 그 **유사성**＊을 암시하는 기법이다. 단어나 문장 단위에 적용되는 은유법에 비해, 이야기 전체에 적용된다는 점이 다르다.

내용요약

글의 중심 내용을 생각하며 빈칸의 낱말을 써 보세요.

프란츠 카프카의 단편 소설 「변신」은 주인공 그레고르가 벌레로 변하는 이야기를 통해 현대인의 절망적 상황을 표현하였다. 이러한 문학적 ㅅ ㅈ 을 알레고리라고 한다.

1 작가 프란츠 카프카에 대한 설명으로 알맞지 <u>않은</u> 것은 무엇인가요? (　　　　)

내용
이해

① 「변신」을 하룻밤 만에 완성하였다.

② 아버지는 사업에 실패하고 집에서 지냈다.

③ 어릴 적부터 병약하고 독서를 좋아하였다.

④ 대표 작품으로는 「성」, 「소송」, 「변신」 등이 있다.

⑤ 친구에게 자신의 원고를 불태워 달라는 유언을 남겼다.

2 ⊙의 이유로 알맞은 것을 세 가지 골라 ○표 하세요.

추론
하기

(1) 방 안에 갇혀서 먹이를 받아먹고 살아야 해서 (　　　　)

(2) 다른 사람과 간단한 의사소통도 할 수 없어서 (　　　　)

(3) 가족이 벌레로 변한 그레고르를 혐오했기 때문에 (　　　　)

(4) 외판원으로 일하며 혼자 집안 살림을 책임지고 있어서 (　　　　)

3 다음 보기는 고전 소설 「별주부전」에 대한 해석입니다. ㉠에 사용된 문학적 기법이 무엇인지 이 글에서 찾아 네 글자로 쓰세요.

적용
하기

┤ 보기 ├

　　우리나라 고전 소설 「별주부전」은 ㉠용왕과 별주부, 그리고 토끼가 펼치는 속고 속이는 이야기를 통해 조선 후기의 모순된 현실을 비판한다. 토끼는 힘센 지배 계층의 핍박을 받으면서 힘겨운 삶을 살아가는 존재다. 별주부는 이런 토끼에게 용궁이 부귀영화를 누릴 수 있는 곳이라며 유혹한다. 별주부의 유혹에 빠진 토끼는 용궁이 자신의 고난을 해결해 줄 수 있는 꿈의 공간이라고 믿고 따라간다.

(　　　　　　　)

주제 정리 1 생각주제와 관련된 앞의 두 글을 읽고 내용을 정리해 보세요.

변신	카프카의 작품과 문학적 상징
1 어느 날 아침, 그레고르는 자신이 ㅂㄹ가 되어 있는 것을 발견하고 충격에 빠진다.	**1** 프란츠 카프카는 자수성가한 상인의 아들로 태어났는데, 어릴 적부터 병약하고 독서를 좋아했다.
2 그레고르는 자신이 출장을 다니느라 끼니를 제때 먹지 못하고, 진실한 관계를 맺지 못함을 한탄한다.	**2** 카프카는 직장 생활과 창작 활동을 병행하였다. 그는 작품을 모두 태워 달라고 유언을 남겼지만, 친구가 작품을 출간한다.
3 배가 가려워진 그레고르는 몸을 움직이다가 흰색 반점을 보고 놀란다. 그리고 자신의 발이 배에 닿자 소름이 끼친다.	**3** 「변신」은 어느 날 벌레로 변한 그레고르의 이야기를 그린 작품이다.
4 그레고르는 회사에 사표를 내고 싶지만 부모님이 진 빚 때문에 어쩔 수 없다는 생각을 한다. 다섯 시 기차를 타야 하는데 시간은 이미 지나 있었다.	**4** 그레고르는 방 안에 갇혀 비참하게 살다가 아버지가 던진 사과에 맞은 상처가 악화되어 쓸쓸히 죽는다.
	5 이 작품에는 은유법과 비슷하지만 작품 전체에 적용되는 기법인 ㅇㄹㄱㄹ가 사용되었다.

2 카프카의 소설 「변신」에 대한 설명으로 알맞은 것을 찾아 ○표 하세요.

(1) 그레고르의 가족은 벌레로 변한 그레고르를 다른 사람이라고 생각한다.

(2) 벌레로 변한 그레고르는 결국 방 안에 갇혀 비참한 죽음을 맞는다.

(3) 사람이 벌레로 변했다는 설정은 현실에서 일어난 일의 반영이다.

(4) 엄마는 그레고르를 불쌍히 여겼지만 먹을 것을 챙겨 주지는 않았다.

3 문학적 상징이 왜 필요한지에 대해 자신의 생각을 써 보세요.

주제 어휘	흉측	각질	견본	반점	상징	유사성

4 다음 주제 어휘와 뜻을 알맞게 연결하세요.

(1) 각질 •　　　　　　• ㉠ 동식물의 몸에 박혀 있는 얼룩얼룩한 점.

(2) 반점 •　　　　　　• ㉡ 어떤 사실이나 생각을 떠오르게 하는 사물.

(3) 상징 •　　　　　　• ㉢ 몹시 흉악함.

(4) 흉측 •　　　　　　• ㉣ 딱딱하게 굳은 피부.

5 다음 빈칸에 들어갈 낱말을 주제 어휘에서 찾아 쓰세요.

(1) 흔히 비둘기를 평화의 (　　　　　　)으로 생각한다.

(2) 무당벌레는 몸에 (　　　　　　)이 있어서 귀여운 것 같아.

(3) 영화 속 괴물의 모습이 너무나 (　　　　　　)해서 자꾸만 생각이 나.

(4) 화장품을 사러 갔다가 점원이 권하는 제품의 (　　　　　　)을 얻어 왔다.

6 다음 밑줄 친 말과 바꾸어 쓸 수 있는 낱말을 주제 어휘에서 찾아 쓰세요.

　　화성은 태양계의 네 번째 행성으로, 지구와 가장 가까운 외계 행성 중 하나입니다. 화성은 달과 마찬가지로 그동안 인류의 궁금증과 탐험 대상이 되었는데, 이는 화성이 지구와 <u>비슷한 점</u>이 많은 행성이기 때문입니다. 화성의 크기는 지구와 비슷하며, 자전 주기와 공전 주기도 지구와 매우 유사합니다. 그러나 화성은 지구와 다른 점도 많습니다. 가장 눈에 띄는 것은 붉은색에 가까운 화성의 색깔입니다. 또한 화성은 지구보다 더 추운 환경을 가지고 있습니다.

(　　　　　　　　　)

여자는 분홍색, 남자는 파란색

과학관으로 온 엉뚱한 질문들
글 이정모
정은문고

아내가 임신했을 때 일입니다. 친구들이 물어요. 아들인지 딸인지. 왜 그러냐니까 선물을 해야 하는데 아들인지 딸인지 알아야 한다는 거죠. 아기 선물은 분유나 기저귀보다 옷을 선물하잖아요. 그런데 딸이면 분홍, 아들이면 하늘색 옷이라고 딱 정해져 있어요. 우리나라만 그런 게 아니라 전 세계가 그래요.

색상에 대한 남녀의 취향 차이는 **선천적**[*]인 걸까요, 아니면 **후천적**[*]인 걸까요? 다시 말해 유전자에 새겨져 있는 걸까요, 아니면 교육과 문화의 결과일까요? 궁금하면 실험해 봐야죠. 영국의 신경과학자들이 해 봤어요. 성별에 따른 선호 색깔 차이의 원인을 알아보려고 20대 남녀 206명을 골랐습니다. ㉮대부분은 백인이었는데, 37명은 중국인 유전자를 받은 사람이었어요.

우선 색깔에 대한 취향이 실제로 남녀 사이에 차이가 있는지 살펴봤습니다. 직사각형 2개가 나타났다 사라졌다 하는 모니터를 보게 했어요. 직사각형 색깔은 푸른 계열과 붉은 계열이었죠. 어느 쪽이 마음에 드는지 고르게 했는데 어느 색을 더 좋아했을까요? 남녀 모두 푸른색 계열을 더 좋아했습니다.

이번에는 여러 색깔을 보여 주고 이 가운데 고르라고 했어요. 남자는 특정한 색에 치우치지 않았어요. 다양하게 골랐죠. 색에 대한 특별한 취향이 없는 거예요. 그런데 여자는 파란색보다는 붉은 계열을 훨씬 더 많이 선택했어요. 이건 남자와 여자는 색깔에 대한 취향이 분명히 다르다는 사실을 말합니다.

그렇다면 취향 차이의 원인이 무엇인지 알아봐야겠죠? ㉠선천적인지 ㉡후천적인지, 즉 유전적인지, 교육과 문화의 결과인지 말입니다. 색깔 취향에 관한 유전자는 발견된 적이 없으니 문화적인지 아닌지 여부만을 밝힐 수 있었죠.

왜 이런 차이가 생겼을까요? 생존과 관련이 있었을까요? 인류학자들은 구석기 시대 경험에서 **각인**[*]됐다고 해석합니다. 여성은 주로 채집을 했는데 과일은 붉은색이 많으니까 자연스럽게 붉은색을 좋아하게 되었다는 것이지요. 정말 그럴까요? 남성은 사냥, 여성은 채집이라는 공식은 그야말로 현대 남성 학자들의 편견이 낳은 결과라는 게 최근 **학설**[*]입니다. 1920년대 사진을 보면 남자는 핑크, 여자는 블루였습니다. 1940년대 들어서야 남자는 블루, 여자는 핑크가 되었지요. 남녀에 따른 색깔 취향은 선천적인 게 아니라 후천적일 가능성이 큽니다.

어휘사전

* **선천적**(先 먼저 선, 天 하늘 천, 的 과녁 적) 태어날 때부터 지니고 있는 것.
* **후천적**(後 뒤 후, 天 하늘 천, 的 과녁 적) 태어난 후에 얻어진 것.
* **각인**(刻 새길 각, 印 도장 인) 머릿속에 새겨 넣듯 깊이 기억됨.
* **학설**(學 배울 학, 說 말씀 설) 학문적 문제에 대하여 주장하는 이론.

내용요약

글의 중심 내용을 생각하며 빈칸의 낱말을 써 보세요.

우리가 흔히 아는 성별에 대한 고정 관념 중 여자는 분홍색, 남자는 파란색을 좋아한다는 것이 있다. 이러한 색 취향은 ㅎ ㅊ ㅈ 으로 형성된 것이다.

1 이 글의 내용과 일치하지 <u>않는</u> 것은 무엇인가요? (   )

내용이해

① 남자와 여자는 색깔에 대한 취향이 분명히 다르다.

② 남녀에 따른 색 취향은 후천적일 가능성이 더 높다.

③ 구석기 시대 남성은 사냥, 여성은 채집만 한 것은 사실이다.

④ 1920년대 사진을 보면 남자는 핑크, 여자는 블루를 좋아했다.

⑤ 영국 신경과학자의 실험에서 남녀 모두 푸른색 계열을 더 좋아했다.

2 밑줄 친 ㉮의 사람들이 참여한 실험으로 알맞은 것은 무엇인가요? (   )

추론하기

① 붉은색 과일의 선호도를 조사하는 실험

② 인종에 따라 선호하는 색을 알아보는 실험

③ 성별에 따라 선호하는 색을 알아보는 실험

④ 유전자에 따라 선호하는 색을 알아보는 실험

⑤ 색 구분에 뛰어난 능력을 가진 사람을 선별하는 실험

3 ㉠과 ㉡의 사례를 **보기**에서 골라 각각 번호를 쓰세요.

적용하기

| 보기 |

(1) 자녀의 얼굴은 엄마 아니면 아빠를 닮게 태어난다.

(2) 선생님은 여자 비율이 높고, 경찰은 남자 비율이 높다.

㉠ 선천적	㉡ 후천적

성 역할의 변화

한 사회 안에서 '㉠남자는 이래야 해.', '여자는 이래야 해.' 하고 기대하는 **역할***이 있다. 이를 전문 용어로 '성 역할'이라고 한다. 성 역할은 사회적으로 특정 성별에 대해 예상되는 행동을 말한다. 그런데 '무거운 짐은 남자가 들어야 한다.', '남자는 울면 안 된다.', '㉡여자는 아이를 잘 돌본다.' 등의 생각은 올바른 것일까? 이런 말들은 성 역할에 대한 ㉢고정 관념을 담고 있어서 문제가 된다.

성 역할에 대한 고정 관념은 여러 가지 경로로 생겨난다. 어린 시절에 교사, 부모로부터 성별에 따른 행동과 관심사가 다르다는 가르침을 받기도 하고, 친구들과 놀면서 서로 흉내를 내거나 영향을 받기도 한다. 또 영화, 드라마, 책 등 미디어 속 성별 고정 관념이 **은연중***에 전달되기도 한다.

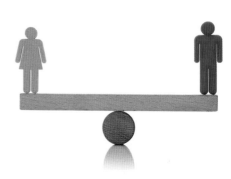

과거에는 이러한 성 역할에 대한 고정관념이 여성에 대한 차별과 억압으로 이어지기도 하였다. 사회에서 활동하는 남자들과 달리 글을 배우지도, 사회에서 일을 하지도 못했다. 한편 남자는 무조건 대범해야 하고 어떤 상황에서도 눈물을 보이면 안 된다는 등의 '남자다움'을 **강요***받았다. 반면 여자는 조신해야 하고 자신의 주장을 강하게 드러내면 안 된다는 '여자다움'을 강요받았다.

하지만 ㉣현대 사회에서는 이러한 성 역할에 대한 인식이 바뀌었다. 최근에는 남자는 남자답게, 여자는 ㉤여자답게 행동해야 한다는 생각보다는, ㉥'나'다운 것이 무엇인지가 더 중요해졌다. 성 고정 관념이 개인의 성장이나 자유로운 표현을 막는다고 생각하게 되었기 때문이다. 이제 성별과 관계없이 개인의 능력과 관심사에 따라 **역량***을 발휘하는 것이 더 중요한 사회가 되었다.

어휘사전
* **역할**(役 부릴 역, 割 나눌 할) 맡아서 하는 일.
* **은연중**(隱 숨을 은, 然 그럴 연, 中 가운데 중) 남이 모르는 가운데.
* **강요**(強 강할 강, 要 중요할 요) 하고 싶지 않은 일을 억지로 시키는 것.
* **역량**(力 힘 역, 量 헤아릴 량) 어떤 일을 해낼 수 있는 힘과 능력.

내용요약

글의 중심 내용을 생각하며 빈칸의 낱말을 써 보세요.

| ㅅ | ㅇ | ㅎ | 은 특정 성별에 대해 예상되는 행동을 말한다. 과거에는 성 역할에 대한 고정 관념이 강했지만 이제는 | ㄱ | ㅇ | 의 능력에 따라 역량을 발휘하는 것이 중요한 사회가 되었다.

1 이 글의 내용과 일치하지 <u>않는</u> 것은 무엇인가요? (   )

내용이해

① 성 역할에 대한 고정 관념은 여러 경로로 생겨났다.

② 현대 사회에서 성 역할에 대한 인식은 과거와 다르다.

③ 조선 시대에는 성 역할에서 여성에 대한 억압이 심했다.

④ 남자답게, 여자답게 행동하는 것이 중요한 사회가 되었다.

⑤ 이제는 개인의 능력에 따라 역량을 발휘하는 것이 중요하다.

2 성 역할 고정 관념의 사례로 알맞은 것을 찾아 번호를 쓰세요. (   )

적용하기

(1) 자신이 가진 능력에 따라 원하는 직업을 선택한다.

(2) 부부가 가사일을 나눌 때는 서로 더 잘하는 일을 하는 게 효율적이다.

(3) 남자는 기본적으로 일을 하고 돈을 벌어서 가족의 생계를 유지해야 한다.

3 ㉠~㉤ 중 그 성격이 <u>다른</u> 하나는 무엇인가요? (   )

비판하기

① ㉠   ② ㉡   ③ ㉢   ④ ㉣   ⑤ ㉤

4 ㉮로 인해 최근에 볼 수 있는 모습으로 알맞지 <u>않은</u> 것은 무엇인가요? (   )

추론하기

① 집안일은 가족이 모두 공평하게 분담하여 한다.

② '경찰 아저씨' 대신 '경찰관'이란 말을 사용한다.

③ 제사상을 차리는 일은 섬세함이 필요하기에 여자가 준비한다.

④ 아내가 직장에 나가서 돈을 벌고 남편이 집에서 가사일을 한다.

⑤ 미국 축구협회는 남자와 여자 대표팀 선수에게 동일한 경기 수당을 지급한다.

주제
정리

1 생각주제와 관련된 앞의 두 글을 읽고 내용을 정리해 보세요.

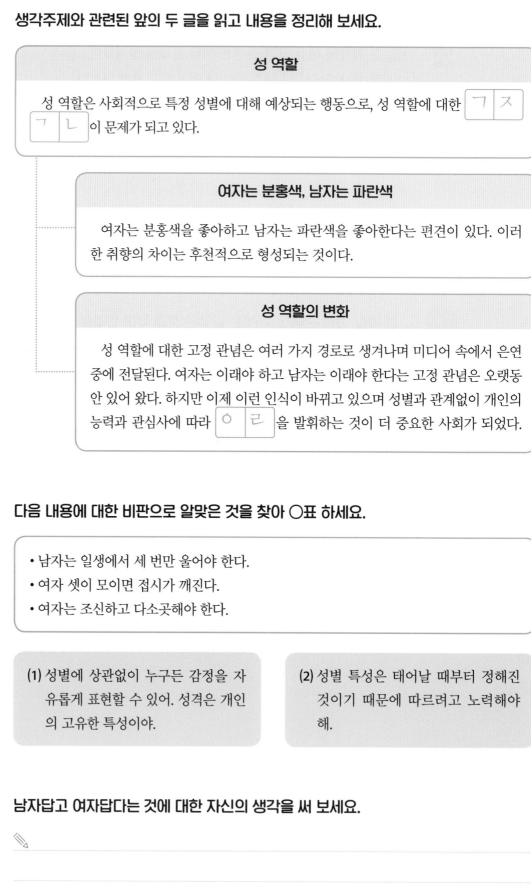

성 역할

성 역할은 사회적으로 특정 성별에 대해 예상되는 행동으로, 성 역할에 대한 ㄱ ㅈ ㄱ ㄴ 이 문제가 되고 있다.

여자는 분홍색, 남자는 파란색

여자는 분홍색을 좋아하고 남자는 파란색을 좋아한다는 편견이 있다. 이러한 취향의 차이는 후천적으로 형성되는 것이다.

성 역할의 변화

성 역할에 대한 고정 관념은 여러 가지 경로로 생겨나며 미디어 속에서 은연중에 전달된다. 여자는 이래야 하고 남자는 이래야 한다는 고정 관념은 오랫동안 있어 왔다. 하지만 이제 이런 인식이 바뀌고 있으며 성별과 관계없이 개인의 능력과 관심사에 따라 ㅇ ㄹ 을 발휘하는 것이 더 중요한 사회가 되었다.

2 다음 내용에 대한 비판으로 알맞은 것을 찾아 ○표 하세요.

- 남자는 일생에서 세 번만 울어야 한다.
- 여자 셋이 모이면 접시가 깨진다.
- 여자는 조신하고 다소곳해야 한다.

(1) 성별에 상관없이 누구든 감정을 자유롭게 표현할 수 있어. 성격은 개인의 고유한 특성이야.

(2) 성별 특성은 태어날 때부터 정해진 것이기 때문에 따르려고 노력해야 해.

3 남자답고 여자답다는 것에 대한 자신의 생각을 써 보세요.

✎

_____

_____

_____

주제 어휘	선천적	후천적	각인	역할	은연중	강요

4 다음 주제 어휘와 뜻을 알맞게 연결하세요.

(1) 선천적 •　　　　　　　　　• ㉠ 태어날 때부터 지니고 있는 것.

(2) 각인 •　　　　　　　　　• ㉡ 머릿속에 새겨 넣듯 깊이 기억됨.

(3) 은연중 •　　　　　　　　　• ㉢ 하고 싶지 않은 일을 억지로 시키는 것.

(4) 강요 •　　　　　　　　　• ㉣ 남이 모르는 가운데.

5 다음 빈칸에 들어갈 낱말을 주제 어휘에서 찾아 쓰세요.

(1) 우리 집은 각자 (　　　　　　)을 분담하여 청소를 한다.

(2) 나는 몸이 약한 엄마를 닮아서 (　　　　　　)으로 몸이 약하다.

(3) 습관은 보통 자라면서 형성되기 때문에 (　　　　　　)인 요인이 크다.

(4) 하기 싫었지만 친구들의 (　　　　　　)를 못 이겨 반 대표로 춤을 추었다.

6 다음 문장에 공통으로 들어갈 수 있는 낱말을 주제 어휘에서 찾아 쓰세요.

• ☐☐☐☐에 겁을 먹어서 순간 몸이 얼어 붙었다.

• 그 사람은 ☐☐☐☐에 자신의 속뜻을 내비치고 말았다.

• 작가는 ☐☐☐☐에 자신의 감정과 생각을 글에 투영한다.

• 아이들은 ☐☐☐☐에 부모를 통해 특정한 행동을 배운다.

(　　　　　　　　　)

파브르
곤충기

파브르
곤충기
글 장 앙리 파브르
김진일 옮김
현암사

어휘사전

＊**부실**(不 아닐 부, 實 열매 실) 내용이
실속이 없고 충분하지 못함.

＊**경단**(瓊 구슬 경, 團 둥글 단) 찹쌀로
반죽하여 동그랗고 작게 만든 떡.

＊**습성**(習 익힐 습, 性 성품 성) 동물의
한 종류에 공통되는 고유한 성질.

＊**지렛대** 무거운 물건을 움직이기 위
해 쓰는 막대.

＊**압력**(壓 누를 압, 力 힘 력) 누르거나
미는 힘.

＊**가담**(加 더할 가, 擔 멜 담) 같은 편
이 되어 힘을 합치는 것.

따가운 햇볕 아래서, 이 ㉠기술자들이 서둘러 일하는 모습은 참으로 불가사의하다. 조금 전까지만 해도 **부실**＊했던 알약 모양의 소똥구슬이 금방 호두알만 해진다. 조금 더 지나면 사과만큼 커질 것이다. 이렇게 커다란 **경단**＊은 아마도 여러 날을 두고두고 먹을 것이다.

준비가 끝났으니 이제 번잡스런 이곳을 떠나 편히 먹을 장소로 옮겨야 한다. ㉡왕소똥구리는 타고난 **습성**＊대로 놀라운 재주를 부리기 시작한다. 즉시 두 개의 긴 뒷다리로 구슬을 부둥켜안은 다음, 뒷다리 발톱을 푹 꽂아 회전축으로 삼는다. 가운데 다리 안쪽으로 경단을 잡고 톱니 달린 앞다리를 번갈아 **지렛대**＊로 이용하며 땅바닥을 떠민다. 머리는 낮추고 엉덩이는 높인 물구나무 자세에서 뒷걸음질로 굴려 간다. 운반용 연장 중 가장 중요한 뒷다리를 쉴 새 없이 움직인다. 전진도 후진도 하며, 발톱도 자리를 바꿔 회전축을 바꾼다. 덩어리를 오른쪽 왼쪽으로 엇바꿔서, 균형을 잡으며 밀어 나간다. 그렇게 굴러가는 동안 구슬의 겉면은 땅과 부딪치는 **압력**＊을 받아 골고루 굳어지고, 모양도 다듬어진 경단이 된다.

자, 힘을 내자! 경단은 굴러, 굴러 목적지에 다다를 것이다. 하지만 도중에 방해가 없는 것은 아니다. 첫 번째 문제가 생겼다. 소똥구리가 비탈길을 가로질러 경단을 밀어 올리려 한다. 하지만 무거운 짐이 언덕 아래로 굴러떨어시려 한다. 이 길이 아무리 험해도 그는 자기만 알고 있는 어떤 동기로 오직 이 길만 통과하려 한다. 여기를 통과하겠다는 계획은 참으로 무모한 것이다. 마침내 헛발을 디디고 말았다. 경단이 언덕 밑으로 굴렀다. 힘에 부친 소똥구리도 뒤집혔다. 발버둥 치다 겨우 일어나 짐을 쫓기 시작한다. 헛수고뿐인 언덕 오르기를 열 번, 스무 번 고집하더니 결국은 고난을 극복해 낸다.

왕소똥구리가 항상 혼자서만 귀중한 소똥경단을 나르는 것은 아니다. 때로는 친구와 한패가 되어 나른다. 하지만 이 경우를 정확히 말해 보자면, 대개는 친구가 찾아와 **가담**＊한 셈이다. 그들은 가족도, 친구와 공동체로 일하는 것도 아니었다. 그것은 오로지 똥을 훔치겠다는 이유밖에 없다. 열심히 도와주는 ㉢동업자인 척하다가 적당한 틈만 생기면 구슬을 가로채려는 음모에 찬 것이다. 경계가 삼엄할 때는 ㉣주인을 돕는 척하다가, 망보는 게 허술하면 그 틈에 ㉤보물과 함께 사라져 주인의 식탁을 차지하는 것이다.

내용요약

글의 중심 내용을 생각하며
빈칸의 낱말을 써 보세요.

소똥구리는 타고난 ⬚ㅅ ㅅ 으로 경단 모양으로 만든 소똥을 굴린다. 가끔 ⬚ㅊ ㄱ 가 찾아와 함께 굴려 주는 데 이것은 사실 똥을 훔치려고 도와주는 척하다가 가로채려는 것이다.

1 이 글의 내용과 일치하지 <u>않는</u> 것은 무엇인가요? (　　　　)

내용
이해

① 소똥구리는 물구나무 자세로 소똥을 옮긴다.

② 힘든 길이 나와도 소똥구리는 포기하지 않는다.

③ 소똥구리는 무리를 지어 생활하기에 늘 서로 돕는다.

④ 소똥구리는 소똥을 두 개의 긴 뒷다리로 부둥켜안는다.

⑤ 소똥구리는 땅바닥을 떠밀 때 앞다리를 지렛대로 이용한다.

2 이 글에서 사용된 설명 방법이 <u>아닌</u> 것은 무엇인가요? (　　　　)

글의
구조

① 대상을 일정한 기준에 따라 분류하여 설명하고 있다.

② 어떤 일이 진행되는 과정을 자세하게 묘사하고 있다.

③ 사람이 아닌 대상의 입장에서 이야기를 이끌어 나가고 있다.

④ 독자의 머릿속에 상황이 그려질 수 있도록 생생하게 표현하고 있다.

⑤ 비슷한 다른 대상에 빗대어 표현하는 비유적 표현을 활용하고 있다.

3 밑줄 친 ㉠~㉤ 중 나타내는 것이 <u>다른</u> 하나는 무엇인가요? (　　　　)

추론
하기

① ㉠　　　　② ㉡　　　　③ ㉢　　　　④ ㉣　　　　⑤ ㉤

4 이 글을 읽고 **보기**를 이해한 것으로 알맞은 것을 찾아 번호를 쓰세요. (　　　　)

적용
하기

┤ **보기** ├

(1)
혼자서 힘들 것 같아
서로 도와주고
있어.

(2)
틈이 나면 친구의
소똥경단을 훔치려고
돕는 척하는 거야.

곤충의 시인 파브르

▲ 노래기벌

어휘사전

＊**관찰**(觀 볼 관, 察 살필 찰) 무엇을 주의하여 자세히 살펴보는 것.

＊**마비**(痲 저릴 마, 痺 저릴 비) 신경이나 근육이 잘못되어 몸의 감각이나 기능을 잃는 것.

＊**해부**(解 풀 해, 剖 쪼갤 부) 생물의 한 부분이나 전체를 잘라서 내부를 살피는 것.

＊**노벨 문학상** 스웨덴 화학자 노벨의 유언에 따라 설립된 노벨상 중 문학 부문에 수여하는 상.

＊**몰두**(沒 잠길 몰, 頭 머리 두) 어떤 일에 온 정신을 다 기울이는 것.

「파브르 곤충기」를 집필한 곤충학자인 장 앙리 파브르의 별명은 '곤충의 시인'이다. 파브르는 평생 곤충의 행동과 습성을 **관찰**＊하여 30여 년에 걸쳐 10권의 책을 집필하였다. 파브르는 시골에 있는 할아버지 집에서 어린 시절을 보내면서 곤충에 관심을 갖게 되었다.

파브르는 책으로 본 내용도 두 눈으로 직접 관찰해야 만족하는 사람이었다. 어느 날 파브르는 책에서 노래기벌이 비단벌레를 독침으로 죽여 썩지 않게 한다는 내용을 읽었다. 그리고 이것이 사실인지 직접 관찰해 보기로 하였다. 노래기벌에 쏘여 죽은 비단벌레를 관찰하던 중, 비단벌레가 똥을 싼 것을 발견하고 죽지 않았을 것이라 예상하였다. 그래서 비단벌레에게 휘발유를 뿌려 보았더니 더듬이를 움찔하는 것이 아닌가! 이번에는 다른 비단벌레에게 노래기벌의 독침을 놓았더니 꼼짝도 하지 않는 것을 발견했다. 결국 노래기벌의 독침은 비단벌레를 죽이는 것이 아니라 움직일 수 없게 **마비**＊시킨다는 사실을 알아낸 파브르는 큰 상을 받았고, 많은 사람에게 이름을 알렸다.

파브르가 살던 19세기는 과학이 빠른 속도로 발전하던 시기였다. 과학자들은 곤충이나 동물도 **해부**＊학적으로 연구하여 구조나 역할에 대해 중점적으로 탐구했다. 이러한 분위기와는 약간 비켜서서 파브르는 곤충의 행동을 관찰하여 그 의미를 해석하고 탐구하며 곤충을 이해하려 하였다. 곤충의 본능이나 습성, 곤충 세계의 숨은 비밀을 밝힘으로써 자연의 신비를 알리려고 한 것이다. 그리고 과학적 사실을 아름답게 풀어낸 저작물로 **노벨 문학상**＊ 후보에까지 올랐다.

㉠곤충에 빠져 미친 사람이라는 이야기를 들을 때도 있었지만 파브르는 그가 좋아하는 곤충을 관찰하는 일에 **몰두**＊하며 살았다. 곤충에 대한 그의 열정과 헌신 덕분에 우리는 소똥구리가 친구를 도우려고 소똥을 굴리는 것이 아니라, 훔칠 기회를 보며 도와주는 척한다는 것도 알게 되었다. 어느 시인이 말한 것처럼 파브르는 벌레의 마음을 알아듣는 따뜻한 사람이었음이 분명하다.

내용요약

글의 중심 내용을 생각하며 빈칸의 낱말을 써 보세요.

기존 연구와 다르게 파브르는 곤충의 ㅎ ㄷ 을 직접 눈으로 ㄱ ㅊ 하여 곤충의 습성을 알아내어 책으로 집필하였다.

1 글쓴이가 이 글을 쓴 목적은 무엇인가요? (　　　　)

중심
내용

① 19세기 프랑스의 눈부신 과학 발전을 설명하기 위하여

② 파브르가 집필한 「파브르 곤충기」의 문제점을 알려 주기 위하여

③ 노래기벌이 비단벌레에게 독침을 쏘는 이유를 알려 주기 위하여

④ 파브르가 곤충의 행동을 탐구한 방법의 의미를 알려 주기 위하여

⑤ 곤충에 대한 다양한 시를 쓴 파브르의 문학적 소양을 알려 주기 위하여

2 이 글의 내용과 일치하지 <u>않는</u> 것은 무엇인가요? (　　　　)

내용
이해

① 노래기벌의 독침은 비단벌레를 마비시킨다.

② 파브르는 곤충의 행동을 관찰하여 곤충을 이해했다.

③ 파브르의 연구 방식은 과학계에서 크게 유행하였다.

④ 파브르는 곤충학자이지만 노벨 문학상 후보에도 올랐다.

⑤ 파브르는 직접 두 눈으로 확인해야 만족하는 사람이었다.

3 밑줄 친 ㉠을 가장 잘 표현한 사자성어는 무엇인가요? (　　　　)

어휘
이해

① 인과응보(因果應報): 행동한 대로 결실을 얻음.

② 각골난망(刻骨難忘): 다른 사람에게 은혜를 입은 고마움을 잊을 수 없음.

③ 불철주야(不撤晝夜): 어떤 일에 몹시 열중하여 밤낮을 가리지 않고 열심히 함.

④ 고진감래(苦盡甘來): 쓴 것이 다하면 단 것이 온다는 뜻으로, 고난 끝에 행복이 옴.

⑤ 온고지신(溫故知新): 옛것을 배워 새로운 것을 안다는 뜻으로, 과거를 통해 미래를 이해할 수 있음.

4 빈칸에 들어갈 알맞은 낱말을 이 글에서 찾아 두 글자로 쓰세요.

적용
하기

> 　찰스 다윈은 파브르를 '최고의 　　　　　자'라고 칭찬했다. 이것은 사물이나 현상을 주의 깊게 자세히 살펴본다는 뜻으로, 파브르가 곤충의 행동과 습성을 파악하기 위하여 활용한 과학적 탐구 방법의 일종이다.

(　　　　　　　　)

주제정리

1 생각주제와 관련된 앞의 두 글을 읽고 내용을 정리해 보세요.

파브르 곤충기

파브르는 곤충의 행동을 ㄱㅊ 하여 그들의 습성을 알아내려고 노력하였다. 다양한 곤충을 탐구한 내용을 담아 책으로 펴낸 것이 「파브르 곤충기」이다.

소똥구리

소똥구리가 친구를 도와 똥을 굴린다고 여겨졌지만 소똥구리는 사실 똥 조각을 훔치기 위해 같이 똥을 굴리는 척하는 것이다.

비단벌레와 노래기벌

노래기벌의 침이 비단벌레를 죽인다고 여겨졌지만, 사실은 비단벌레를 ㅁㅂ 시키는 것이다.

「파브르 곤충기」의 의의

과학이 발전하며 곤충과 동물을 해부학적으로 탐구하던 기존의 연구 방법과는 달리 곤충의 ㅎㄷ 에 초점을 맞춘 관찰 결과를 기록하여 곤충의 습성과 곤충 세계에 대해 알렸다.

2 개미를 보고 파브르가 생각할 수 있는 내용으로 알맞은 것에 ○표 하세요.

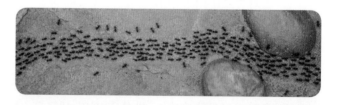

(1) 개미의 행동을 관찰하면 개미의 습성을 파악할 수 있다. 개미를 진정으로 이해하기 위해서는 행동의 의미를 이해해야 한다.

(2) 개미의 생김새를 파악하면 개미를 보다 잘 알 수 있다. 특히 생물 내부의 구조는 진화의 과정을 추측할 수 있어 의미 있다.

3 파브르 곤충기가 특별한 이유에 대해 자신의 생각을 써 보세요.

주제 어휘	습성	가담	곤충	관찰	마비	해부

4 다음 뜻에 알맞은 **주제 어휘**를 찾아 ◯표 하세요.

(1) 신경이나 근육이 잘못되어 몸의 감각이나 기능을 잃는 것. [마비] [이완]

(2) 무엇을 주의하여 자세히 살펴보는 것. [마찰] [관찰]

(3) 생물의 한 부분이나 전체를 갈라서 내부를 살피는 것. [실습] [해부]

(4) 같은 편이 되어 힘을 합치는 것. [가담] [부담]

5 다음 빈칸에 공통으로 들어갈 낱말을 **주제 어휘**에서 찾아 쓰세요.

(1)
- 고양이는 보통 물을 싫어하는 [   ]이 있다.
- 곤충의 행동을 관찰하면서 [   ]을 파악할 수 있다.

→ [ ][ ]

(2)
- 파브르의 별명은 '[   ]의 시인'이라고 한다.
- 숲에 가면 날아다니는 [   ]을 쉽게 찾아볼 수 있다.

→ [ ][ ]

6 다음 밑줄 친 말과 뜻이 비슷한 낱말을 **주제 어휘**에서 찾아 쓰세요.

인류는 지구 밖의 우주에서 물이나 얼음을 발견하려고 노력 중이다. 물이 있다는 것은 생명체가 존재할 수 있다는 뜻이기 때문이다. 대한민국 최초의 달 탐사선인 '다누리'는 달의 모습을 생생하게 살펴보며 그 결과를 지구로 보내 주고 있다. 특히 달의 표면에 움푹 파인 크레이터, 분화구 등을 관측하여 보내 준 자료는 우리나라의 지구 과학 발전에 큰 도움을 주고 있다.

(   )

비밀 작전 말모이

우리말 모으기 대작전 말모이

글 백혜영
푸른숲주니어

"너희, 주시경 선생님이 시작하신 비밀 작전 함께해 볼래?"

이제 본격적으로 나라를 되찾을 방법에 대해 알려 주려는 걸까. 내가 재빨리 물었다.

"비밀 작전? 그게 뭔데? 우리도 끼워 주는 거야?"

"물론이지. 이 작전은 너희 같은 어린아이들 힘도 꼭 필요한 일이야."

우리 힘이 꼭 필요하다는 말에 귀가 **솔깃했다**.* 옆에 앉은 만식이를 힐끔 보니 녀석도 궁금한 눈치였다.

형이 갑자기 목소리를 확 낮추며 머리를 숙였다. 우리도 형 쪽으로 **바투*** 앉았다. 나도 모르게 침이 꼴깍 넘어갔다. / "우리는 지금 **말모이*** 대작전을 벌이고 있어."

"말 모이? 말 모이면…… 당근 작전?" / 엄청난 비밀 작전치고 이름이 이상했다.

"하하하, 당근 작전이라…… 그것도 말 되네, 하하하하."

"형, 그러니까 당근, 아니 말모이 대작전이 뭔데?"

내가 묻자 형이 웃음을 멈추고 다시 속삭이듯 말했다.

"우리말을 모으는 비밀 작전. 주시경 선생님이 이십 년도 더 전에 처음 말모이를 시작하셨어. 그런데 그만 선생님이 갑자기 세상을 떠나시는 바람에 흐지부지됐지. 그러다 다시 말모이를 이어 가자는 사람들이 생긴 거야."

"에계, 비밀 작전이란 게 겨우 우리말을 모으는 거야?"

정말 엄청난 작전을 기대했는데 기운이 쭉 빠졌다. 어쩐지 이름부터 이상하더라니. 수현이 형이 잔뜩 실망한 내 표정을 보더니 힘주어 말했다.

"그래야 우리말을 지킬 수 있어."

나는 벌떡 일어나 밖으로 나왔다. 이렇게 방구석에 앉아서 비밀 작전을 펼친다는 건 말이 안 되었다. 말이라는 게 뭔가? 사람들끼리 서로 주고받는 거 아닌가? 그러니 우리말을 모으려면 평소 사람들이 어떤 말을 쓰는지 알아야 한다.

마당으로 나오니 엄마가 **툇마루***에 앉아 바느질을 하고 있었다.

엄마는 어깨를 톡톡 두드리면서 한숨을 푹 내쉬었다.

"아이고, 손포가 없으니 힘들어 죽겠네." / '저거다!'

"엄마, 손포가 무슨 뜻이야?"

엄마가 맨날 하는 말인데 무슨 뜻인지 아리송했다. 뜬금없는 물음에 엄마는 바늘로 머리를 긁기만 했다. / "아, 손포가 뭐냐니까?"

"뭐긴 뭐야! ㉠일할 사람이지. 엄마 혼자 온갖 일 다 하려니 힘들어 죽겠다. 네가 밖으로만 싸돌아다니지 말고 엄마를 도와주면 좀 좋냐?"

"고마워, 엄마. 흐흐흐."

어휘사전
* **솔깃하다** 남의 말에 마음이 끌리는 느낌이 든다.
* **바투** 둘 사이의 거리, 길이, 시간 등을 아주 가깝게 함.
* **말모이** '말을 모으다'라는 뜻의 순 우리말.
* **툇마루** 마루나 방 바깥쪽에 조그맣게 만들어 단 마루.

1 이 글을 통해 알 수 있는 내용으로 알맞지 <u>않은</u> 것은 무엇인가요? (   )

내용
이해

① 말모이는 20년 넘게 지속되어 왔다.

② 말모이를 통해 우리말을 지킬 수 있다.

③ 시장은 말모이를 하기에 좋은 장소이다.

④ 말모이 활동을 공개적으로 할 수는 없다.

⑤ 주시경 선생님이 처음 말모이를 시작했다.

2 밑줄 친 '손' 중 ㉠과 같은 의미로 쓰인 것은 무엇인가요? (   )

어휘
이해

① 손 안 대고 코 풀기

② 손이 많으면 일도 쉽다.

③ 가게가 남의 손에 넘어갔다.

④ 심판이 우리 팀의 손을 들어 주었다.

⑤ 할머니는 이제 그 일에서 손을 떼셨다.

3 다음 보기 속 인물이 한 일과 말모이의 공통점은 무엇인가요? (   )

적용
하기

┤ 보기 ├

　　10만 석 부잣집의 자손이었던 전형필은 일제의 식민 통치 아래 우리 문화재를 수집하고 지켜 낸 인물이다. 그는 말살되어 가는 민족정기를 되살리기 위해 우리 민족 문화의 결정체인 미술품을 보호해야 한다는 생각을 가지고 있었다. 전형필은 돈을 들여 여러 문화재를 수집하여 우리나라 최초의 사립 박물관을 설립하였다.

① 일제로부터 경제적으로 독립하기 위한 운동이다.

② 우리나라의 말을 지키기 위해 벌였던 문화적 독립운동이다.

③ 전투력을 길러 무력을 사용하여 일제를 물리치고자 한 운동이다.

④ 나라를 빼앗긴 상황을 전 세계에 알려 도움을 받고자 한 운동이다.

⑤ 민족의 정신이 담긴 문화유산을 보호하고 유지하기 위한 독립운동이다.

조선말 큰사전

1942년 함흥에서 한 여학생이 경찰 조사를 받다가 일기장에 쓴 '일어를 사용했다고 꾸지람을 들었다'는 문장이 문제가 되었다. 그 무렵 일제는 조선어 과목을 **폐지***하고 일본어를 국어로 사용하도록 했다. 또 조선어로 된 모든 신문과 잡지를 없애는 등 우리말과 글을 없애려고 하던 때였다. 일본 경찰은 여학생으로부터 조선말을 쓰도록 한 인물이 조선어 학회 회원인 정태진이라는 것을 알아낸다. 그리고 정태진을 비롯해 조선어 학회 회원들은 모두 잡혀가 취조를 당하고 옥살이를 하였다.

조선어 학회는 한글 운동을 부활시키고 독립운동을 목적으로 활동하던 단체였다. 한말에 주시경 선생은 훈민정음을 '한글'이라는 새로운 이름으로 부를 것을 제안하면서 한글 표기법을 통일하여 널리 알리고자 했다. 이러한 한글 운동이 3·1 운동을 계기로 다시 일어나면서, 주시경의 제자였던 이윤재와 최현배 등이 중심이 되어 1921년 조선어 연구회를 **창립***하였다. 이는 후에 조선어 학회로 이름을 바꾸었다.

▲ '말모이' 원고

조선어 학회는 1929년 10월에 조선어사전 편찬회를 조직해 우리말 **사전***을 만들어 민족정신을 **수호***하고자 했다. 사회 운동가, 국어학자 등이 모여 사전 **편찬*** 사업을 시작했고 ㉠전국을 돌면서 우리말과 글을 모아 연구하고 정리하고자 했다. 그리고 전국의 백성들이 지역별 **사투리***와 우리말 자료를 모으면서 말모이는 일제의 우리말 탄압에 맞서는 전 국민적 움직임이 되었다. 그 가운데에는 오백여 명의 학생들도 있었다.

일본 경찰들은 조선어 학회를 없애기 위해 관련된 사람들을 모두 붙잡아 고문하고 그때까지 모은 사전 원고 역시 압수하였다. 이를 '조선어 학회 사건'이라고 한다. 이후 해방이 되어 사람들은 풀려났지만 14년간 전국을 돌면서 손으로 써서 모은 원고는 온데간데없었다. 그런데 3주 후, 서울역 창고에 조선말을 풀이한 원고 뭉치가 있으니 확인해 보라는 뜻밖의 전화 한 통이 걸려 왔다. 그 원고는 일본 경찰이 증거물로 빼앗아 보관하던 중, 일본이 갑자기 항복하면서 그대로 방치돼 있던 것이었다.

1947년, 드디어 『조선어 큰사전』 1권이 나왔고 이후 1957년까지 총 6권이 나오게 되었다. 말모이 운동을 한 지 28년 만의 일이다.

어휘사전

* **폐지**(廢 폐할 폐, 止 그칠 지) 법이나 제도 등을 없애는 것.

* **창립**(創 처음 창, 立 설 립) 학교, 기관, 단체 같은 것을 처음으로 세우는 것.

* **사전**(辭 말씀 사, 典 법 전) 낱말들을 일정한 차례에 따라 싣고 그 뜻을 풀이한 책.

* **수호**(守 지킬 수, 護 보호할 호) 중요한 것을 지키는 것.

* **편찬**(編 엮을 편, 纂 모을 찬) 여러 자료를 모아서 책을 만드는 것.

* **사투리** 어느 한 지방에서만 쓰는 표준어가 아닌 말.

내용요약

글의 중심 내용을 생각하며 빈칸의 낱말을 써 보세요.

3·1 운동을 계기로 ㅈㅅㅇ ㅎㅎ 가 창립되었다. 하지만 조선어 학회 사건으로 원고가 압수되었다가 해방 후 겨우 되찾아 ㅁㅁㅇ 운동을 한 지 28년 만에 사전이 모두 나올 수 있었다.

1 이 글의 내용과 일치하지 <u>않는</u> 것은 무엇인가요?　(　　　　　)

내용
이해

① 1942년에는 일본어를 국어로 사용했다.

② 회원들은 14년 동안 전국을 돌면서 우리말을 모았다.

③ 우리말 사전을 만드는 것은 독립운동과는 관련이 없다.

④ 일제는 한글 운동을 벌인 조선어 학회를 없애려고 했다.

⑤ 주시경 선생은 훈민정음을 '한글'이라고 부르자고 제안했다.

2 밑줄 친 ㉠을 가리키는 말을 이 글에서 찾아 세 글자로 쓰세요.

추론
하기

(　　　　　　　　　)

3 이 글과 **보기**를 통해 알 수 있는 내용으로 알맞은 것은 무엇인가요?　(　　　　　)

추론
하기

┤ **보기** ├

　그 말과 그 글은 그 나라에 요긴함을 이루 다 말할 수가 없으나, 다스리지 아니하고 묵히면 더 거칠어지어 나라도 점점 내리어 가나니라. 말이 거칠면 그 말을 적는 글도 거칠어지고, 글이 거칠면 그 글로 쓰는 말도 거칠어지나니라. 말과 글이 거칠면 그 나라 사람의 뜻과 일이 다 거칠어지고, 말과 글이 다스리어지면 그 나라 사람의 뜻과 일도 다스리어지나니라.

-『보성친목회보』제1호에 실린 주시경 선생의 글 중에서 -

① 말과 글은 서로 독립적으로 작용한다.

② 외국어를 배워야 나라를 강하게 할 수 있다.

③ 노력하지 않아도 말과 글은 바르게 쓸 수 있다.

④ 말과 글을 바르게 써야 나라가 바르게 설 수 있다.

⑤ 말과 글을 쓰는 것은 나라 전체의 일과는 상관없다.

4 이 글을 알맞게 비판하지 <u>못한</u> 사람은 누구인가요?　(　　　　　)

비판
하기

① 희진: 우리말을 더욱 소중히 여기고 바르게 쓰기 위해 노력해야겠어.

② 길준: 우리말을 지키기 위해 노력했던 위인들에게 감사한 마음이 들어.

③ 초롱: 말과 글에는 그것을 쓰는 민족의 혼이 담겨 있다는 것을 알게 됐어.

④ 재경: 일본어를 사용한 학생을 꾸짖은 정태진은 나라를 사랑하는 마음이 큰 것 같아.

⑤ 지혜: 일본이 조선의 말과 글을 말살시키려고 한 것은 한글이 우수하기 때문인 것 같아.

1 생각주제와 관련된 앞의 두 글을 읽고 내용을 정리해 보세요.

조선어 학회

조선어 학회는 1929년 조선어사전 편찬회를 조직해 우리말 사전을 만들어 민족정신을 수호하고자 했다. 전국의 백성들도 사투리와 우리말 자료를 모으면서 말모이는 전 국민적 움직임이 되었다.

우리말 모으기 대작전 말모이

주시경 선생이 세상을 떠난 뒤 흐지부지된 말모이 작전을 다시 하게 되었다. 형은 말모이를 해야 ｜ ㅇ ｜ ㄹ ｜ ㅁ ｜을 지킬 수 있다고 했다.

조선말 큰사전

조선어 학회 사람들이 14년간 모은 원고가 일본에 압수되었다. 해방되고 나서 원고를 찾을 수 없었는데, 서울역 창고에서 원고가 발견되었다. 1929년 조선어사전 편찬회를 조직한 지 28년 만에 『조선말 큰사전』이 모두 나올 수 있었다.

2 우리말을 지키기 위한 방법으로 알맞은 것을 두 가지 찾아 ○표 하세요.

(1) 요즘 유행하는 재미있는 줄임말을 많이 쓴다.

(2) 평소에 맞춤법에 맞게 글을 쓰려고 노력한다.

(3) 우리말을 사랑하는 마음을 갖고 국어사전을 많이 찾아본다.

(4) 세련된 외국어로 된 간판을 만든다.

3 우리말을 지킬 수 있었던 이유에 대해 자신의 생각을 써 보세요.

| 주제 어휘 | 말모이 | 폐지 | 사전 | 수호 | 편찬 | 사투리 |

4 다음 주제 어휘와 뜻을 알맞게 연결하세요.

(1) 사투리 •

(2) 말모이 •

(3) 수호 •

(4) 폐지 •

• ㉠ '말을 모으다'라는 뜻의 순우리말.

• ㉡ 법이나 제도 등을 없애는 것.

• ㉢ 중요한 것을 지키는 것.

• ㉣ 어느 한 지방에서만 쓰는 표준어가 아닌 말.

5 다음 빈칸에 공통으로 들어갈 낱말을 주제 어휘에서 찾아 쓰세요.

(1)
• _____ 을 보면 단어의 자세한 뜻을 알 수 있다.
• 책을 보다가 모르는 단어가 나오면 _____ 에서 찾는다.

→ ☐☐

(2)
• 이번에 _____ 된 책은 특별한 가치가 있다.
• 역사책을 _____ 하기 위해 관련 자료를 모으는 중이다.

→ ☐☐

6 다음 문장의 밑줄 친 부분과 뜻이 반대인 낱말을 주제 어휘에서 찾아 쓰세요.

(1) 소비자를 보호하기 위한 제도가 <u>새롭게 만들어졌다</u>. → ( )

(2) 전쟁으로 인해 원주민은 땅을 <u>빼앗겼다</u>. → ( )

급격한 기후 변화

요즘 '기상 관측 이래 최고 폭염', '100년 만의 최대 폭우' 등과 같은 기사 제목들이 심심찮게 등장한다. 하나같이 **기후*** 변화 **사태***가 얼마나 심각한지를 보여 주는 표현들이다. 지구 곳곳에서 ㉠극심한 더위와 추위, 초강력 태풍, 집중 호우, 가뭄, 바닷물 수위 상승이 나타나고 있다. 이전에도 이런 이상 현상은 있었지만, 대개는 특정 지역에 한정된 것이었다. 그런데 지금의 기후 변화는 이전과 다르다. 지구 **생태계***를 유지해 오던 질서와 균형이 근본적으로 무너지고 있다.

2020년 여름 우리나라에 내린 기록적인 폭우도 그 예다. 그해 6월부터 시작된 장마는 8월 중순까지 장장 54일이나 이어졌다. 길게 이어진 장마로 인해 길이 물에 잠기고 산사태가 일어나면서 큰 피해가 발생했다.

2019년 호주에서는 초대형 산불이 여섯 달 동안이나 계속되기도 했다. 원인을 알아보니 기후 변화로 인한 이상 고온 현상과 오랜 가뭄이 겹친 탓이었다. 이 산불로 남한 면적의 두 배에 해당하는 땅이 불탔고 9,000채가 넘는 건물이 불길 속에서 무너졌다. 곤충을 포함해 죽은 야생 동물의 수도 10억 마리에 이르렀다. 이뿐만이 아니라 미국 서부, 유럽 남부 등 세계 곳곳에서 거의 매년 대규모 산불이 발생하고 있다.

기후 변화는 농사에도 영향을 미쳐서 식량 생산을 줄어들게 만든다. 예컨대 비가 충분히 내려야 할 때 내리지 않거나 반대로 수확기에 큰비가 오면 농사를 망치게 된다. 극심한 추위나 더위도 생태계에 악영향을 준다. 기존 기후에 적응해서 살아가던 식물들이 말라 죽거나 얼어 죽기 때문이다. 이로 인해 사람도 큰 피해를 보지만, 식물을 먹는 동물들도 피해를 입어 먹이 사슬의 균형이 무너진다.

바다에 사는 물고기를 비롯한 해양 생물들도 기후 변화로 바닷물의 온도나 **해류***의 흐름이 바뀌면 영향을 받게 된다. 바뀐 환경에 적응하지 못해서 점점 수가 줄어들거나 다른 데로 쫓겨 가기 때문이다.

이처럼 기후 변화로 인한 생태계 파괴가 지구의 모든 생명체의 삶을 위협하고 있다.

▲ 2019년 호주에서 발생한 산불로 타 버린 나무

어휘사전

＊**기후**(氣 기운 기, 候 기후 후) 한 지역의 평균적인 날씨.

＊**사태**(事 일 사, 態 모양 태) 일이 되어 가는 형편.

＊**생태계**(生 날 생, 態 모양 태, 系 이을 계) 생물들이 서로 적응하고 관계를 맺으며 균형을 이루는 자연의 세계.

＊**해류**(海 바다 해, 流 흐를 류) 일정한 방향으로 이동하는 바닷물의 흐름.

내용요약

글의 중심 내용을 생각하며 빈칸의 낱말을 써 보세요.

이전에는 경험하지 못한 | ㄱ | ㅎ | ㅂ | ㅎ | 가 지구 곳곳을 덮치고 있다. 그로 인해 지구 생태계를 유지해 오던 질서와 균형이 무너지고 있다.

1 이 글의 내용과 일치하지 <u>않는</u> 것은 무엇인가요?　(　　　　)

내용
이해

① 최근 기후 변화 사태는 심각하다.

② 현재의 기후 변화는 과거의 기후 변화와 다르다.

③ 세계 곳곳에서 매년 대규모 산불이 발생하고 있다.

④ 장마가 길게 이어지면 산사태 등 큰 피해가 발생한다.

⑤ 기후 변화로 인해 산불보다 장마로 인한 피해가 더 심각해졌다.

2 밑줄 친 ㉠을 통해 추론할 수 있는 것으로 알맞은 것은 무엇인가요?　(　　　　)

추론
하기

① 사람이 먹는 농산물 생산량은 증가할 것이다.

② 기후 변화 사태가 극단적인 모습으로 나타난다.

③ 과거부터 발생한 현상이라 큰 피해는 없을 것이다.

④ 동식물은 환경에 적응하므로 생태계는 유지될 것이다.

⑤ 기후 변화가 동물보다 인간에게 더 큰 피해를 줄 것이다.

3 이 글과 **보기**의 관계를 알맞게 정리한 것은 무엇인가요?　(　　　　)

추론
하기

┤ **보기** ├

　전문가들은 기후 변화의 원인으로 지구 온난화를 꼽고 있다. 지구 온난화는 지구 온도가 상승하는 현상을 말하며, 특히 산업이 발전한 20세기 이후 상승 속도가 빨라지고 있다.

① 급격한 기후 변화로 인해 지구의 온도가 내려가고 있다.

② 지구 온도가 올라가면 식물은 이전보다 잘 자랄 수 있다.

③ 극심한 추위가 발생하는 것은 지구 온난화와 관련이 없다.

④ 지구 온도를 높이는 것으로 급격한 기후 변화를 막을 수 있다.

⑤ 지구 온난화가 심해질수록 더 급격한 기후 변화가 나타날 것이다.

탄소 중립과 탄소 발자국

어휘사전

* **위기**(危 위태할 위, 機 틀 기) 위험한 고비.
* **배출**(排 물리칠 배, 出 날 출) 쓸모 없는 것을 밖으로 내보내는 것.
* **합의**(合 합할 합, 意 뜻 의) 어떤 문제에 대한 여러 의견의 일치.
* **대응**(對 대답할 대, 應 응할 응) 어떤 상황을 맞이할 알맞은 태도와 행동.
* **지침**(指 가리킬 지, 針 바늘 침) 생활이나 행동에 올바른 방향을 알려 주는 것.
* **의무**(義 옳을 의, 務 힘쓸 무) 마땅히 해야 할 일.

기후 **위기***는 특정 지역에 국한되지 않는 전 지구적 문제다. 그간 국제 사회는 기후 위기를 막으려는 다양한 노력을 해 왔다. 대표적인 예로 여러 나라가 참여하여 만든 교토 의정서와 파리 협정을 꼽을 수 있다.

1997년 미국과 일본, 유럽 여러 나라 등 38개국이 한자리에 모였다. 이곳에서 2008년에서 2012년 사이에 온실가스 **배출***량을 1990년 대비 5.2% 줄이자는 내용의 교토 의정서를 채택했다. 온실가스를 많이 배출해 온 선진국들이 기후 위기에 가장 큰 책임이 있으므로, 앞장서서 해결하자는 국제적 **합의***였다.

2015년에는 갈수록 심각해지는 기후 위기에 더 강력하게 **대응***하고자 195개국이 모여 파리 협정을 맺었다. 이때 산업화 이전과 비교했을 때 지구 평균 온도가 2℃ 이상 상승하지 않도록 온실가스 배출량을 줄이자는 합의가 이루어졌다. 특히 개발 도상국들까지 모두 참여하여 온실가스를 줄일 것을 약속했다는 점이 특징이다. 파리 협정은 현재 기후 위기에 대응하는 보편적인 **지침***이 되고 있다.

그러면 기후 위기의 가장 확실한 해결책은 무엇일까? 바로 '탄소 중립'이다. 탄소 중립에서 '탄소'는 이산화 탄소를 가리키는 말이고, '중립'은 어느 쪽에도 치우치지 않는 것을 의미한다. 즉 대표적인 온실가스인 이산화 탄소 배출량을 실질적으로 '0'으로 만드는 것을 뜻한다. 이를 위해 ㉠이산화 탄소 배출을 최소한으로 줄이고, 이미 ㉡배출된 이산화 탄소는 흡수하거나 제거해야 한다.

세계 여러 나라가 탄소 중립을 실현하기 위해 정책과 제도를 정비하고 있다. 탄소 배출에 따른 세금을 부과하거나, 공장에서 물건을 만들 때 탄소를 배출하지 않는 방법이나 기술을 **의무***적으로 사용하도록 하는 것 등이다.

'탄소 발자국'이라는 개념도 같이 알아 두면 좋다. 이는 사람이 활동하거나 상품을 생산, 운송, 소비하는 과정에서 발생하는 모든 이산화 탄소의 양을 수치로 나타낸 것이다. 그래서 탄소 발자국을 계산해 보면 내가 일상생활을 하면서 얼마나 많은 이산화 탄소를 배출하는지 알 수 있다. 일상에서 작은 실천을 통해 탄소 발자국을 줄이려고 노력할 수 있다.

내용요약

글의 중심 내용을 생각하며 빈칸의 낱말을 써 보세요.

국제 사회는 기후 위기를 막기 위해 교토 의정서, 파리 협정 등을 통해 함께 노력하고 있다. 가장 확실한 해결책은 이산화 탄소 배출량을 줄이는 ☐ㅌ ☐ㅅ ☐ㅈ ☐ㄹ 이다. 또한 일상생활에서 탄소 발자국을 줄이려는 실천이 필요하다.

1

내용
이해

이 글의 내용과 일치하지 <u>않는</u> 것은 무엇인가요? (   )

① 이산화 탄소는 대표적인 온실가스이다.

② 탄소 발자국을 줄이는 것이 지구에 유리하다.

③ 탄소를 많이 배출하면 더 많은 세금을 내야 한다.

④ 온실가스는 이미 배출된 이산화 탄소를 흡수한다.

⑤ 파리 협정에는 교토 의정서 때보다 더 많은 나라가 참여했다.

2

추론
하기

이 글과 **보기**를 알맞게 이해하지 <u>못한</u> 것을 찾아 번호를 쓰세요. (   )

| 보기 |

　기업의 탄소 배출을 규제하는 방법으로 탄소 배출권 거래 제도가 시행되고 있다. 탄소 배출권은 온실가스를 배출할 수 있는 권리를 말한다. 기업마다 온실가스 배출 허용량을 정해 그보다 적게 배출할 경우 남은 배출권을 다른 기업에 팔 수 있다. 기업은 탄소 배출권을 팔아 이익을 볼 수 있기 때문에 적극적으로 탄소를 줄이는 효과가 있다.

(1) 탄소 중립이 실현되면 탄소 배출권도 사라질 거야.

(2) 교토 의정서를 채택하면서 탄소 배출권 시장이 생겼어.

(3) 탄소 배출권을 팔기 위해 기업은 탄소 배출을 줄이려고 할 거야.

3

적용
하기

'탄소 중립'을 실천하는 방안으로 알맞지 <u>않은</u> 것은 무엇인가요? (   )

① 전자 제품을 안 쓸 때는 되도록 플러그를 뽑는다.

② 가까운 거리는 걸어 다니거나 대중교통을 이용한다.

③ 비닐 사용을 줄이기 위해 시장에 갈 때마다 매번 에코백을 산다.

④ 더운 여름에 에어컨을 적게 틀고, 추운 겨울에 난방을 적게 튼다.

⑤ 먼 나라에서 수입한 과일 대신 우리 지역에서 생산된 과일을 먹는다.

4

적용
하기

㉠과 ㉡에 해당하는 사례를 **보기**에서 골라 각각 번호를 쓰세요.

| 보기 |

(1) 갯벌에 사는 식물들은 광합성을 하며 이산화 탄소를 갯벌에 저장한다.

(2) 종이를 만들고 버리는 데 쓰는 에너지를 줄이기 위해 물건을 사고 전자 영수증을 받았다.

㉠ 이산화 탄소 배출 줄이기	㉡ 배출된 이산화 탄소 제거

주제 정리 **1** 생각주제와 관련된 앞의 두 글을 읽고 내용을 정리해 보세요.

급격한 기후 변화

극심한 더위, 추위, 태풍, 장마, 가뭄 등이 세계적으로 발생하여 지구 ㅅ ㅌ ㄱ 를 유지하던 질서와 균형이 무너지고 있다.

↓

지구를 지키기 위한 방법

탄소 ㅈ ㄹ

대표적인 온실가스인 ㅇ ㅅ ㅎ ㅌ ㅅ 배출을 최소한으로 줄이고, 기존에 배출된 것은 흡수하거나 제거한다.

탄소 ㅂ ㅈ ㄱ

사람이 활동하거나 생산, 소비하는 과정에서 발생하는 모든 이산화 탄소 양을 수치로 나타낸 것으로, 일상생활에서 줄이려는 노력이 필요하다.

---

2 다음 글을 읽고 알맞게 반응한 것을 찾아 ○표 하세요.

내가 걸어온 길이 길고 멀수록 발자국이 많이 남는 것처럼, 어떤 제품이 만들어져 우리가 사용하기까지 탄소를 많이 배출할수록 탄소 발자국이 깊고 진해진다. 음식의 경우 양고기, 소고기의 탄소 배출량이 가장 많으며 쌀, 토마토, 사과 등의 탄소 배출량은 극히 적다.

(1) 탄소 중립을 실현하기 위해 토마토나 사과를 먹는 것이 좋겠어.

(2) 기후 변화를 막기 위해서는 탄소 발자국이 깊은 제품을 쓰는 것이 좋겠어.

3 기후 변화로 위기에 처한 지구를 지키기 위한 방법에 대해 자신의 생각을 써 보세요.

✎

주제 어휘	기후	위기	배출	대응	중립	의무

4 다음 뜻에 알맞은 주제 어휘를 찾아 ◯표 하세요.

(1) 마땅히 해야 할 일. ⟨재무 / 의무⟩

(2) 어떤 상황을 맞이할 알맞은 태도나 행동. ⟨대응 / 배출⟩

(3) 위험한 고비. ⟨위기 / 절정⟩

(4) 어느 편에도 치우치지 않는 것. ⟨독립 / 중립⟩

5 다음 빈칸에 공통으로 들어갈 낱말을 주제 어휘에서 찾아 쓰세요.

(1)
• 운동을 하면 땀과 노폐물이 [   ]된다.
• 기자는 폐수를 몰래 강으로 [   ]한 공장을 취재했다.
→ [ ]

(2)
• 우리나라 [   ]는 벼농사에 알맞다.
• 긴 가뭄과 잦은 홍수 등 이상 [   ]로 인해 농작물 피해가 심각하다.
→ [ ]

6 다음 밑줄 친 말과 뜻이 반대인 낱말을 주제 어휘에서 찾아 쓰세요.

어린이는 약하기 때문에 사회의 보호가 필요한 존재다. 그러한 어린이의 인권도 성인과 마찬가지로 중요하며, 이해받고 존중받을 필요가 있다. 최근 어린이들이 자유롭게 드나들지 못하게 하는 노키즈존이 늘고 있다. 어린이도 사람으로서의 권리가 보장되어야 할 것이다.

(   )

2개의 글을 연결해 재미있게 읽어요~

망각의 중요성

우리는 기억력이 좋은 사람을 부러워한다. 기억력이 좋으면 시험 볼 때도 유리하고, 지나간 일들도 잘 떠올릴 수 있다. 하지만 모든 것을 **기억***하는 것이 과연 좋은 일일까?

소설 「모든 것을 기억하는 남자」의 주인공 데커는 한 번 보거나 겪은 일을 잊지 못하는 과잉기억 증후군을 앓는다. 미식축구 선수인 데커는 경기 도중 심각한 부상을 입고 난 후 모든 것을 기억할 수 있는 능력을 갖게 된다. 모든 것을 기억한다는 것은 누군가는 부러워할 능력이지만 데커에게는 끔찍한 능력일 뿐이다. 데커는 가족이 살해당한 현장을 보게 되고, 이 모든 것들을 고스란히 기억하게 된다. 그는 잊혀지지 않는 기억 속에서 지옥 같은 시간과 마주하게 된다.

드라마 「도깨비」에서는 몇백 년 동안 죽지 않고 살아오며 겪은 모든 일을 기억하는 도깨비가 등장한다. 죽지 않고 오래오래 살아간다는 것이 좋은 일인 것 같지만, 그 이면에는 괴로웠던 순간, 후회되는 순간까지 모두 잊지 못한다는 고통이 함께한다. 그래서 **불멸***의 존재인 도깨비로 살아간다는 건 신이 그에게 내린 ㉠상이자 ㉡벌이었다.

이처럼 모든 것을 기억한다는 것은 특별한 능력일 수 있지만 한편으로는 괴로운 일이 될 수 있다. 기억이 '신의 선물'이라면, **망각***은 '신의 축복'이라는 말이 있다. 인간의 **뇌*** 용량에는 한계가 있어서 저장할 수 있는 데이터에도 한계가 있다 그래서 시간이 지나면 점차 어떤 사건이나 정보를 잊게 된다. 사람에게는 기억만큼이나 망각도 중요한 것이다. 어쩌면 우리들의 행복한 삶을 위해 뇌는 기억을 지우는 것일지도 모른다.

어휘사전

＊ **기억**(記 기록할 기, 憶 생각할 억) 보고 듣고 느낀 것을 잊지 않고 머릿속에 담아 두는 것.

＊ **불멸**(不 아닐 불, 滅 멸망할 멸) 없어지지 않는 것.

＊ **망각**(忘 잊을 망, 却 물리칠 각) 어떤 일을 잊어버리는 것.

＊ **뇌**(腦 뇌 뇌) 생각, 기억 등을 다스리는 머릿속 기관.

내용요약

글의 중심 내용을 생각하며 빈칸의 낱말을 써 보세요.

모든 것을 기억하고 살아가는 삶의 고통을 생각하면, 무언가를 잊는다는 것은 아쉽기도 하지만 동시에 축복이다. 따라서 기억하는 능력만큼이나 ⬚ㅁ ⬚ㄱ 도 중요하다.

1 이 글에 나오는 '데커'와 '도깨비'의 공통점은 무엇인가요? ( )

내용 이해

① 불멸의 존재이다.

② 신으로부터 벌을 받았다.

③ 살해당한 현장을 목격한다.

④ 많은 것을 기억하며 살아간다.

⑤ 과잉기억 증후군을 가지고 있다.

2 밑줄 친 ㉠과 ㉡이 의미하는 바를 바르게 짝 지은 것은 무엇인가요? ( )

추론 하기

	㉠	㉡
①	모든 것을 기억할 수 있는 능력	슬픔, 분노, 좌절, 고통을 느껴야 한다는 점
②	모든 것을 기억할 수 있는 능력	고통스러운 기억을 안고 살아가야 한다는 점
③	모든 것을 기억할 수 있는 능력	많은 지식과 추억을 간직하며 살아간다는 점
④	죽지 않고 영원히 살 수 있는 존재	고통스러운 기억을 안고 살아가야 한다는 점
⑤	죽지 않고 영원히 살 수 있는 존재	많은 지식과 추억을 간직하며 살아간다는 점

3 다음 보기의 인물이 이 글을 읽은 느낌으로 알맞은 것을 찾아 ○표 하세요.

적용 하기

┤ 보기 ├

드라마 「그 남자의 기억법」에는 모든 것을 기억하는 남자 주인공이 등장한다. 특별한 사고나 계기 없이 태어날 때부터 그랬다. 그는 사랑하는 사람의 죽음을 보게 되고 오랜 세월 괴로워한다.

(1) 나도 언젠가 데커처럼 모든 기억을 잃게 되겠지. ( )

(2) 영원한 삶을 사는 도깨비처럼 나도 영원히 살 수 있으면 좋겠어. ( )

(3) 망각은 신의 축복이라는 말이 와 닿아. 나도 가끔 잊고 싶은 게 있어. ( )

뇌의 기억과 망각

뇌에는 '뉴런'이라고 불리는 수많은 뇌세포가 있다. 우리의 기억은 뇌세포 사이의 소통을 통해 이루어진다. 하지만 우리의 뇌가 기억만 하는 것은 아니다. 알고 있었던 것을 잊어버리기도 한다. 시험 전날 외웠던 내용이 막상 시험 볼 때 생각이 안 날 때가 있다. 이처럼 우리의 뇌는 기억하기도 하지만 망각하기도 한다.

그렇다면 인간의 뇌가 망각하는 이유는 무엇일까? 그 이유는 **효율성***에서 찾을 수 있다. 우리는 살면서 많은 정보들을 접하게 된다. 하루에도 쉴 새 없이 많은 정보들이 뇌 속에서 처리된다. 우리가 새로운 정보들을 접하면 뇌 속에서 **간섭*** 현상이 일어난다. 새롭게 들어온 정보가 다른 정보를 밀어내기도 하고, 기존의 정보가 새로운 정보를 방해하기도 한다. 그리고 중요한 정보가 아닌 것들은 뇌가 알아서 걸러 내 준다. 이런 현상을 '정보 간의 간섭'이라고 한다. 이를 통해 뇌는 효율적으로 정보를 활용할 수 있게 된다.

또한 망각은 창의적인 생각을 가능하게 해 준다. 기존의 정보에 얽매여 있으면 창의적으로 생각하기 어렵다. 기존 정보를 잊고 새롭게 고민할 때 창의적인 생각이 떠오르는 법이다. 망각을 통해 일부 정보를 잊어버리면, 오히려 새로운 생각을 떠올릴 수 있다.

사람들은 평생을 살아가면서 기억과 망각을 **반복***한다. 기억을 못해도 문제기 생기지만 기억을 너무 잘해도 고통스러울 수 있다. 따라서 뇌는 중요하거나 **생존***에 도움이 되는 것은 기억하려고 하고, 사소하거나 도움이 안 되는 것은 잊어버리려고 한다. 이를 위해 뇌세포는 정보의 저장을 막는 물질을 생산한다. 그리고 뇌는 이러한 물질을 통해 들어온 정보 중 핵심만 남기고 불필요한 것들을 망각한다. 잊어버리는 것은 단순히 잊혀지는 것이 아니라, 생존을 위한 뇌의 적극적인 활동이다.

어휘사전

* **효율성**(效 본받을 효, 率 비율 율, 性 성품 성) 들인 노력에 견주어 결과가 좋게 나오는 특성.

* **간섭**(干 방패 간, 涉 건널 섭) 직접 관계가 없는 일에 끼어들어 귀찮게 구는 것.

* **반복**(反 돌이킬 반, 復 돌아올 복) 같은 일을 되풀이하는 것.

* **생존**(生 날 생, 存 있을 존) 살아 있음.

내용요약

글의 중심 내용을 생각하며 빈칸의 낱말을 써 보세요.

망각은 생존을 위한 ⌐ 의 적극적인 과정이다. 뇌의 망각은 효율적으로 정보를 활용하게 하고, 창의적인 생각을 가능하게 해 준다.

1

내용
이해

이 글의 내용과 일치하지 <u>않는</u> 것은 무엇인가요? (   )

① 기억은 뇌 속에 있는 뉴런 사이의 소통을 통해 이루어진다.

② 하루에도 쉴 새 없이 많은 정보들이 우리의 뇌 속에서 처리된다.

③ 인간의 뇌는 새로운 정보가 들어오면 무조건 저장하는 특성이 있다.

④ 인간의 뇌가 망각하는 이유는 정보를 효율적으로 활용하기 위해서다.

⑤ 뇌 속에 정보가 들어오면 기존의 정보가 새로운 정보를 방해하기도 한다.

2

추론
하기

이 글과 **보기**를 읽고 난 반응으로 알맞지 <u>않은</u> 것을 골라 번호를 쓰세요. (   )

┤ **보기** ├

　내가 조금 전에 사용한 리모컨을 어디에 두었는지도 기억이 안 날 때가 있다. 그 이유
는 이전에 소파에 놓았거나 식탁에 놓았거나 바닥 한구석에 놓았던 적도 있기 때문이
다. 이렇게 비슷한 정보들은 서로 섞여 조금 전에 사용한 물건의 위치가 기억나지 않게
하기도 한다.

(1) 마트에서 주차를 어디에 했는지 기억이 안 나는 것과 비슷한 사례인 것 같아.

(2) 리모컨의 위치는 중요한 정보가 아니기 때문에 뇌가 알아서 걸러 내 주는 것 같아.

(3) 만약 리모컨을 식탁에 두었던 경험이 있다면 다음번엔 잊어버리지 않고 기억할 거야.

3

적용
하기

이 글의 내용 중 **보기**의 현상과 가장 관련 있는 것은 무엇인가요? (   )

┤ **보기** ├

　버밍엄대학교 연구팀은 뇌가 어떤 한 가지 일을 의도적으로 회상하려고 노력할 때, 이
미 저장되어 있는 다른 기억을 잊게 된다고 밝혔다.

① 뉴런의 정의

② 정보의 저장

③ 창의적인 생각

④ 정보 간의 간섭

⑤ 생존을 위한 노력

주제
정리

1 생각주제와 관련된 앞의 두 글을 읽고 내용을 정리해 보세요.

망각의 중요성
1 과잉기억 증후군을 앓고 있는 소설 속 주인공 데커는 가족이 죽은 기억을 잊을 수 없다.
2 드라마 주인공 도깨비는 오랜 시간 죽지 않고 지식과 추억을 간직하며 살지만 괴롭거나 후회되는 순간을 잊지 못하는 고통이 있다.
3 기억은 '신의 선물', ㅁㄱ 은 '신의 축복'이라 한다. 모든 것을 잊지 않는 것은 특별한 능력이지만 동시에 괴로운 일이기에 ㄱㅇ 만큼 망각도 중요하다.

뇌의 기억과 망각
1 기억은 뇌의 기능 중 하나로 뇌세포 사이의 소통을 통해 이루어진다.
2 우리의 뇌가 망각하는 첫 번째 이유는 새롭게 들어온 정보를 ㅎ ㅇㅈ 으로 관리하기 위함이다.
3 우리의 뇌가 망각하는 두 번째 이유는 창의적인 생각을 하기 위함이다.
4 망각은 단순히 잊혀지는 것이 아니라, 생존을 위한 뇌의 적극적인 과정이다.

2 기억과 망각에 대한 설명으로 알맞지 <u>않은</u> 것을 찾아 ○표 하세요.

(1) 기억은 뇌세포 사이의 소통을 통해 이루어진다.

(2) 망각은 생존을 위한 뇌의 적극적인 활동이다.

(3) 우리의 뇌는 정보를 잊기보다는 전부 기억하기 위해 노력한다.

(4) 새로운 정보를 접하면 정보 간섭 현상이 일어나 망각하게 된다.

3 뇌가 기억을 지우는 이유에 대해 자신의 생각을 써 보세요.

주제 어휘	기억	망각	뇌	간섭	반복	생존

4 다음 주제 어휘와 뜻을 알맞게 연결하세요.

(1) 망각 •

(2) 뇌 •

(3) 기억 •

(4) 간섭 •

• ㉠ 직접 관계가 없는 일에 끼어들어 귀찮게 구는 것.

• ㉡ 생각, 기억 등을 다스리는 머릿속 기관.

• ㉢ 어떤 일을 잊어버리는 것.

• ㉣ 보고 듣고 느낀 것을 잊지 않고 머릿속에 담아 두는 것.

5 다음 빈칸에 공통으로 들어갈 낱말을 주제 어휘에서 찾아 쓰세요.

(1)
• 이 노래는 비슷한 리듬이 [   ]된다.
• 우리는 동작을 잊지 않으려 [   ]해서 연습했다.

→ [ ][ ]

(2)
• 환경 문제는 인간의 [   ]과 직결된다.
• 구급대원은 건물에 갇힌 실종자의 [   ] 여부를 확인했다.

→ [ ][ ]

6 다음 밑줄 친 말과 바꾸어 쓸 수 있는 낱말을 주제 어휘에서 찾아 쓰세요.

영수에게
　영수야, 안녕? 네가 다른 학교로 전학을 간다니 너무 아쉬워. 같이 공부하고 축구도 하고 즐겁게 지냈는데, 네가 없는 학교 생활을 생각하니 벌써부터 허전해. 나랑 친하게 지내 줘서 정말 고마워. 다른 학교에 가서도 넌 지금처럼 씩씩하게 잘 생활할 거야. 너와의 좋은 <u>추억</u> 잘 간직할게. 항상 건강하고, 우리 또 연락하자.
　너의 친구 수민이가

(　　　　　　　　)

유토피아

유토피아
글 토머스 모어

이것은 내가 유토피아라는 **이상적***인 섬에 방문하여 보고 들은 이야기다. 유토피아의 거리는 편리하면서도 훌륭하게 **설계***되어 있다. 도로변을 따라 조화롭게 세워진 집들은 매우 깨끗하고 아름답다. 모든 집에는 훌륭한 정원이 있는데 누구나 **자유***롭게 드나들 수 있다. 유토피아에는 **사유 재산***이 없어서 어떤 집에 살지는 10년마다 추첨으로 정해진다.

유토피아인들은 하루에 여섯 시간만 일을 한다. 오전에 세 시간 일하고 점심을 먹은 후, 두 시간의 휴식 시간을 가진다. 오후에 세 시간을 일하고 저녁 식사를 한 후 저녁 여덟 시에 잠자리에 들어 여덟 시간을 잔다. 일하는 시간, 잠자는 시간, 밥 먹는 시간 이외의 나머지 시간은 누구나 자유롭게 쓸 수 있다. 각자 자신의 취향에 따라 자유롭게 **여가*** 시간을 즐기는데, 대부분의 유토피아인들은 이 시간에 책을 읽는다. 저녁 식사 후에는 오락 시간을 한 시간 가진다. 여름에는 정원에, 겨울에는 공동 식당에 모두 모여 음악을 연주하거나 이야기를 나눈다.

유토피아인들은 하루에 여섯 시간만 일하므로 어쩌면 생필품 공급이 부족할 것이라 생각될 수 있다. 하지만 그렇지 않다. 다른 나라를 보면 일부 사람들은 아무 일도 안 하고 놀고먹기만 한다. 부자들과 귀족들, 성직자들은 놀기만 하고 빈둥거린다. 이런 나라들과 달리 유토피아에서는 모든 사람이 일을 하므로 여섯 시간만 일하더라도 모두가 사용할 물품을 생산하기에 충분하다. 화폐가 없는 유토피아에서는 이렇게 생산된 물품을 필요한 만큼 자유롭게 시장에서 가져다 쓰면 된다.

유토피아 사람들은 보석을 값지게 생각하지 않는다. 낮에는 하늘에 밝은 태양이 있고 밤에는 밝은 별이 있어 언제든 볼 수 있는데, 반짝거리는 작은 보석이 무슨 소용이냐 말이다. 그리고 단지 돈이 많다는 이유만으로 그 사람을 우러러보거나 공경하지도 않는다.

어휘사전

* **이상적**(理 다스릴 이, 想 생각 상, 的 과녁 적) 가장 완전하다고 느껴지는 것.

* **설계**(設 베풀 설, 計 꾀할 계) 건설이나 공사에 대해 자세하게 그림과 설명으로 나타낸 계획.

* **자유**(自 스스로 자, 由 말미암을 유) 얽매이지 않고 자기가 책임지고 생각대로 행동하는 것.

* **사유 재산**(私 사사로울 사, 有 있을 유, 財 재물 재, 産 낳을 산) 개인이 소유한 재산.

* **여가**(餘 남을 여, 暇 겨를 가) 일이 없어 남는 시간.

내용요약

글의 중심 내용을 생각하며 빈칸의 낱말을 써 보세요.

이상적인 섬나라 [유][토][피][아] 에서는 모두가 하루에 여섯 시간만 일을 하고 남은 시간은 자유롭게 보낸다. 그리고 돈이 많은 사람을 우러러보거나 공경하지 않는다.

1

내용 이해

이 글의 내용과 일치하지 <u>않는</u> 것은 무엇인가요? (   )

① 유토피아에서 집은 사유 재산이 아니다.

② 보석은 유토피아에서 큰 가치를 지니지 못한다.

③ 모든 유토피아인들은 하루에 여섯 시간을 일한다.

④ 대부분의 유토피아인들은 독서를 하며 여가를 보낸다.

⑤ 유토피아에 물품 공급이 부족할 경우 일을 더 할 때도 있다.

2

적용 하기

다음 **보기**의 A를 보고 유토피아인이 할 수 있는 생각은 무엇인가요? (   )

| 보기 |

　A는 아침 5시에 일어나 하루를 시작한다. 매일 할 일이 너무 많아서 아침 일찍 출근하여 밤 늦게까지 야근하는 것이다. A는 새해에는 퇴근 후에 운동을 1시간씩 하기로 다짐했다. 하지만 퇴근하고 집에 오면 너무 피곤한 나머지 운동을 할 힘이 없을 때가 많았다.

① 생필품이 부족하기 때문에 A는 야근을 더 해야 돼.

② 퇴근 후에는 운동하는 것보다 책을 읽는 것이 더 중요해.

③ 밤 늦게까지 일하면 하늘에서 반짝이는 별을 볼 수 있어.

④ 여가 시간을 즐기지 못하면 자신이 원하는 삶을 어떻게 살지?

⑤ 야근을 하면서 열심히 일하면 추첨을 통해 좋은 집에서 살 수 있어.

3

추론 하기

다음 **보기**를 참고하여 토머스 모어가 「유토피아」를 쓴 이유로 알맞지 <u>않은</u> 것은 무엇인가요? (   )

| 보기 |

　「유토피아」를 쓴 토머스 모어(1478-1535)는 영국의 귀족으로, 정치가이자 사상가이다. 그는 귀족이나 부를 가진 지배 계급이 호화로운 삶을 사는 것에 비해 영국 서민들이 힘들게 살아가는 것에 대해 마음 아파하였다.

① 당시 영국의 노동자 문제를 지적하기 위해

② 모두가 인간답게 살아가는 세상을 꿈꾸기 위해

③ 자신이 원하는 이상적인 사회를 보여 주기 위해

④ 호화로운 삶을 사는 지배 계급을 비판하기 위해

⑤ 일을 하지 않고 놀기만 하려는 서민들을 비판하기 위해

사람들이 꿈꾸는 이상 세계

▲ 토머스 모어(1478~1535)

어휘사전

＊**경작**(耕 밭갈 경, 作 지을 작) 땅을 갈아서 농사를 지음.

＊**목축**(牧 칠 목, 畜 가축 축) 소, 말, 돼지, 양 등의 가축을 많이 기르는 일.

＊**격차**(隔 막을 격, 差 어그러질 차) 서로 벌어진 차이.

＊**탐관오리**(貪 탐할 탐, 官 벼슬 관, 汚 더러울 오, 吏 벼슬아치 리) 재물에 대한 욕심이 많고 행실이 깨끗하지 못한 벼슬아치.

누구나 '공부 없는 세상에 살고 싶다.'라는 생각을 해 본 적 있을 것이다. 상상에 그칠 것을 알면서도 현실 세계와 다른 행복한 세상을 꿈꾸는 것이다. 이렇게 누구나 그리는 이상적인 세계를 '㉮유토피아'라고 한다. 유토피아는 그리스어로 '없는(ou-)'과 '장소(toppos)'의 합성어로, 아무 데도 존재하지 않는 이상적인 나라라는 뜻이다.

'유토피아'라는 단어는 토머스 모어가 자신의 책 「유토피아」에서 처음 사용하였다. 그는 가상의 섬인 '유토피아'에서 지내며 이상적인 세계의 모습을 설명해 주는 형식으로 책을 썼다. 토머스 모어가 살던 당시의 ㉯영국은 '㉠양이 사람을 잡아먹는 시대'였다. 비싼 양모가 돈이 되자 유럽의 지배 계급은 자신의 재산을 늘리기 위해 서민들이 농사를 짓던 **경작**＊지에 울타리를 쳐서 막은 후 **목축**＊을 하였다. 이로 인해 농사지을 땅을 빼앗긴 사람들은 일자리와 삶의 터전을 잃었고 빈부 **격차**＊는 더욱 심해졌다. 토머스 모어는 울타리를 쳐서 막는다는 뜻의 '인클로저 운동'이 성행하자 이러한 모습을 비판하고자 했다. 그래서 인간의 존엄성과 자유가 지켜지는 나라를 유토피아에 빗대어 표현했다.

이상적인 세계는 여러 시대에 걸쳐 많은 사람들이 꿈꾸어 왔다. 당시 사람들의 바람이 담긴 상상 속의 행복한 나라는 「홍길동전」과 '㉰무릉도원'에서도 찾아볼 수 있다. 「홍길동전」을 쓴 허균은 자신이 생각하는 이상의 나라를 ㉱율도국으로 표현했다. 율도국은 **탐관오리**＊가 없고 차별 없이 모두가 행복한 나라이다. 중국의 시인 도연명은 한 어부가 계곡에 올라가다 발견한 아름다운 마을인 무릉도원을 이상 사회로 표현하였다. 서자를 차별하고 탐관오리가 백성들을 착취하는 조선 시대에 살던 허균, 중국 진나라의 혼란스러운 시대에 살던 도연명이 꿈꾸었던 유토피아가 바로 율도국과 무릉도원이다.

'공부 없는 세상'처럼 단지 내가 원하는 모습이 아니라, 모든 사람이 인간답고 행복하게 살아갈 수 있는 이상적인 나라는 어디에 있을까? 아마 모든 사람이 행복한 나라는 세상에 존재하지 않기에 사람들이 계속 꿈꾸는 것 아닐까?

내용요약

글의 중심 내용을 생각하며 빈칸의 낱말을 써 보세요.

아무 데도 존재하지 않는 [ㅇ] [ㅅ]적인 세계라는 뜻의 '유토피아'는 토머스 모어가 처음 쓴 표현이다. 이와 마찬가지로 허균은 「홍길동전」의 율도국을 통해, 도연명은 자신의 시 속 무릉도원을 통해 그들이 꿈꾸는 이상 세계를 표현하였다.

1 이 글에 대한 설명으로 알맞은 것은 무엇인가요? (   )

내용
이해

① 구체적인 예시를 통해 유토피아의 변천사를 설명한다.

② 유토피아를 실현시키기 위한 다양한 사람들의 노력을 설명한다.

③ 토머스 모어가 살았던 당시 상황을 통해 그가 꿈꾼 이상 세계를 설명한다.

④ 현대 사회의 문제점을 개선하기 위해 유토피아를 꿈꾸어야 함을 주장한다.

⑤ 예시를 통해 사람들이 원하는 유토피아의 모습은 동일하다는 것을 제시한다.

2 밑줄 친 ㉠의 이유를 알맞게 설명한 것은 무엇인가요? (   )

추론
하기

① 배고픈 양이 사람들을 잡아먹는 경우가 있었기 때문이다.

② 지배 계급을 '양의 탈을 쓴 늑대'라고 빗대어 표현한 것이다.

③ 가난한 사람들이 지배 계급을 억압하는 것을 빗대어 표현한 것이다.

④ 순한 양처럼 모든 사람이 평화롭게 살아가는 사회를 꿈꾸었기 때문이다.

⑤ 목축을 위해 경작지가 사라져 삶의 터전을 잃은 사람들이 많았기 때문이다.

3 밑줄 친 ㉮~㉳ 중 성격이 <u>다른</u> 것을 찾아 기호를 쓰세요. (   )

추론
하기

4 다음 보기에 알맞은 사례를 두 가지 찾아 번호를 쓰세요. (   )

적용
하기

┤ 보기 ├

　　디스토피아란 유토피아의 반대말로, 이상적이지 않은 부정적이고 암울한 세계를 뜻한다. 디스토피아를 배경으로 한 소설이나 영화 작품에서는 자유, 평등, 공정 등의 가치가 지켜지지 않거나 억압과 통제가 심한 부정적인 모습이 그려진다.

(1) 조지 오웰의 소설 「1984」에서 사람들은 '빅 브라더'에게 일상을 감시당하며 생각까지 통제당한다.

(2) 영화 「주토피아」에서 주인공은 다양한 동물들이 함께 평화롭게 살아가는 곳을 만들기 위해 노력한다.

(3) 올더스 헉슬리의 소설 「멋진 신세계」에서 사람들은 과학의 통제를 받으며 인간의 존엄성을 상실한 채 살아간다.

주제 정리

1 생각주제와 관련된 앞의 두 글을 읽고 내용을 정리해 보세요.

유토피아

그리스어로 '없는(ou-)'과 '장소(toppos)'의 합성어로,
아무 데도 존재하지 않는 | ㅇ | ㅅ | ㅈ | 인 나라라는 뜻.

	현실의 모습		이상 세계의 모습
영국	사람들은 농사지을 땅과 일자리를 잃었고, ㅂㅂ ㄱㅊ 가 심해짐.	→	토머스 모어는 「유토피아」에서 인간의 ㅈㅇㅅ 과 자유가 지켜지는 이상적인 나라를 제시함.
조선	탐관오리가 백성들을 착취하고 신분으로 인한 차별이 있었음.	→	「홍길동전」에서 탐관오리와 차별 없이 모두가 행복한 나라로 율도국을 표현함.
진나라	혼란스러운 시대였음.	→	도연명은 무릉도원을 통해 이상적이고 아름다운 마을을 표현함.

2 유토피아와 관련이 <u>없는</u> 것을 찾아 ○표 하세요.

(1) 유토피아는 인권이 지켜지고 자유를 억압받지 않는 곳이야.

(2) 사람들의 바람을 담은 이상 세계로 실제와는 반대되는 모습인 경우가 많아.

(3) 개인의 상황이나 시대에 따라 꿈꾸던 유토피아의 모습이 조금씩 달라.

(4) 옛날에 실제로 존재했던 섬나라로, 역사상 가장 평화로웠던 곳이야.

3 이상적인 세계는 존재하는지에 대해 자신의 생각을 써 보세요.

이상적　　　설계　　　자유　　　사유 재산　　　격차

4 다음 주제 어휘와 뜻을 알맞게 연결하세요.

(1) 설계 •

(2) 격차 •

(3) 이상적 •

(4) 사유 재산 •

• ㉠ 개인이 소유한 재산.

• ㉡ 가장 완전하다고 느껴지는 것.

• ㉢ 서로 벌어진 차이.

• ㉣ 건설이나 공사에 대해 자세하게 그림과 설명으로 나타낸 계획.

5 다음 빈칸에 공통으로 들어갈 낱말을 주제 어휘에서 찾아 쓰세요.

(1)
• 예전에 노비들은 □□□□을 가질 수 없는 신분이었다.
• 개인은 마음대로 사고팔 수 있는 □□□□을 가질 수 있다.

→ □□ □□

(2)
• 그 일을 하고 안 하고는 내 □□□이다.
• 새들은 하늘을 □□□롭게 날아다닌다.

→ □□

6 다음 밑줄 친 말과 뜻이 반대인 낱말을 주제 어휘에서 찾아 쓰세요.

　　초등학생 때는 미래에 대해 꿈을 가져야 한다. 어린이에게는 무엇이든 할 수 있는 잠재력이 있기 때문이다. 하지만 요즘 초등학생들은 점점 <u>현실적</u>으로 되어 가고 있다. 자신이 진정 원하는 꿈을 찾기보다는 안정적인 직업, 사회적으로 인정받는 직업을 찾는 모습을 많이 보인다. 초등학생들이 남의 시선에 얽매이지 않고 자신이 진정 원하는 꿈을 찾기를 바란다.

(　　　　　　　)

톰 아저씨의 오두막집

톰 아저씨의 오두막집
글 해리엇 비처 스토
효리원

어휘사전
* **노예**(奴 종 노, 隸 종 예) 남에게 속한 재산이 되어 시키는 일을 해야 하는 사람.
* **목화**(木 나무 목, 花 꽃 화) 가을에 솜털이 달린 씨가 나오며 이것을 모아 솜을 만들 수 있음.
* **곱절** 두 배.
* **전형적**(典 법 전, 型 거푸집 형, 的 과녁 적) 어떤 부류의 특징을 가장 잘 나타내는 것.
* **절망**(絶 끊을 절, 望 바랄 망) 희망이 없어져 포기한 상태.

다음 날부터 톰 아저씨는 다른 흑인 **노예***들과 함께 **목화*** 밭으로 일하러 나갔습니다.

정직한 톰 아저씨는 악독한 리글리 밑에서도 전과 다름없이 열심히 일했습니다. 그래서 늘 다른 노예들보다 목화를 두 **곱절***이나 많이 땄습니다.

다른 일을 시켜도 재빠르고 성실하게 끝냈습니다.

리글리의 농장은 남부의 **전형적***인 노예 농장이었습니다.

이른 새벽에 밭으로 나가서 자신이 맡은 양만큼 목화를 따 오면 하루의 일과가 끝나는 것이었습니다.

어느 날, 톰 아저씨 옆에서 갑자기 무서운 기세로 채찍을 휘두르는 소리가 들렸습니다.

"야, 루시! 너 지금 뭐 하는 거야! 아직도 이것밖에 따지 못했어?"

상보가 루시라는 여인에게 소리치고 있었습니다. 루시는 서른다섯 살쯤 되어 보이는 여인으로, 기침을 자주 하며 눈빛은 늘 **절망***적이었습니다.

톰 아저씨는 얼른 루시에게 달려가 부축을 해 주었습니다. 그러고는 ㉠자신이 딴 목화를 루시의 바구니에 얼른 넣어 주었습니다.

"아저씨, 이러시면 안 됩니다."

"루시, 괜찮아요. 어서 일어나세요."

"아니, 이것들이! 지금 뭐 하는 거야?"

돌아서서 가던 상보가 톰 아저씨와 루시가 하는 이야기를 듣고는 버럭 소리를 질렀습니다.

그러더니 톰 아저씨에게로 다가와서 채찍으로 등을 사정없이 내리쳤습니다.

리글리는 상보에게 이 이야기를 전해 듣고 저녁이 되기를 기다렸습니다.

"좋아, 오늘 내가 녀석의 나쁜 버릇을 단단히 고쳐 놓고 말겠어."

리글리는 저울을 앞에 놓고 목화밭에 나갔던 노예들이 돌아오기를 기다렸습니다.

이윽고 목화밭에 나갔던 노예들이 돌아왔습니다.

리글리는 상보와 킹보를 옆에 거느리고서 목화를 적게 딴 노예를 때리려고 목화량을 저울에 달기 시작했습니다.

톰 아저씨의 차례가 되었습니다.

무사히 차례가 지나가고 이번에 루시의 차례가 되었습니다.

톰 아저씨가 자기가 딴 목화를 주었기 때문에 목화량이 충분했지만, 리글리는 부족하다며 억지를 부리기 시작했습니다.

"이 게으름뱅이야! ㉡너는 저기서 기다려라. 오늘은 채찍맛을 좀 봐야겠어."

1 이 글의 내용과 일치하지 <u>않는</u> 것은 무엇인가요? (   )

내용
이해

① 톰 아저씨는 성실하고 정의로운 성격이다.

② 루시는 정신적, 신체적으로 많이 지쳐 있다.

③ 리글리의 농장에서는 노예에게 폭력을 쓰는 일이 빈번하다.

④ 리글리는 노예를 학대하는 행동에 대해 죄책감을 가지고 있다.

⑤ 루시는 할당량을 다 채웠지만, 리글리는 루시에게 트집을 잡고 있다.

2 앞뒤 내용으로 미루어 밑줄 친 ㉠과 ㉡이 가리키는 인물의 이름을 쓰세요.

추론
하기

㉠ (   ), ㉡ (   )

3 왜 톰 아저씨는 자신도 노예이면서 루시를 도와주었나요? (   )

추론
하기

① 루시의 게으른 버릇을 고쳐 놓기 위해서

② 남들보다 많이 딴 목화를 자랑하고 싶어서

③ 노예끼리 서로 돕는 것이 농장의 전통이라서

④ 혼나는 루시를 보니 안쓰러운 마음이 들어서

⑤ 루시를 도와줘야 오늘 일이 일찍 끝나기 때문에

4 이 글과 **보기**를 읽고 난 감상으로 알맞지 <u>않은</u> 것은 무엇인가요? (   )

감상
하기

┤ 보기 ├

　노예가 필요했던 미국에서는 아프리카에서 강제로 흑인들을 데려와 사고팔았다. 이들을 옮긴 노예선의 환경은 굉장히 끔찍했는데, 흑인들은 아주 비좁은 창고에서 사슬에 묶인 채 지내야 했다. 이런 비인간적이고 비위생적인 환경 때문에 미국까지 가는 동안 1/3이 사망하였다. 지옥 같은 노예선에서 살아남아 겨우 미국에 도착한 흑인들은 농장에 팔려 가 강제로 힘든 일을 했다. 그리고 농장 주인들의 폭력에 노출되거나 가족과 강제로 헤어지는 등 인권이라고는 없었다.

① 당시 노예들의 인권은 거의 없는 거나 마찬가지였어.

② 노예들은 농장 주인의 기분에 따라 매를 맞기도 했어.

③ 아프리카에서 넘어온 노예들은 강제 노동에 시달렸어.

④ 고향에서 잘 살다가 갑자기 노예가 된 아프리카 사람들이 불쌍해.

⑤ 대규모 목화 농장은 목화 재배의 효율성을 높여 경제를 발전시켰어.

흑인 노예들로부터 나온 대중음악

101가지
세계사
질문사전 2
글 양홍석 외 10명
북멘토

1492년 콜럼버스의 아메리카 대륙 도달 이후 유럽 이주민들은 사탕수수, 면화 등을 재배하는 대규모 농장에서 아메리카 원주민을 노예로 부렸습니다. 그러나 유럽인이 옮긴 전염병 때문에 원주민 수가 급격히 줄자 농장 주인들은 새로운 노동력을 찾아야 했습니다. 이들이 새로운 노동력으로 선택한 사람은 원주민보다 전염병에 잘 견디고, 농장에서 도망칠 염려도 없는 아프리카 사람들이었습니다. 유럽 상인들은 1,000만 명이 넘는 아프리카 사람들을 강제로 노예선에 태워 아메리카로 보냈습니다.

아프리카에서 아메리카로의 이동은 매우 힘든 여정이었습니다. 노예 상인들은 적은 **경비**[*]로 최대한 많은 흑인 노예를 싣고 대서양을 건너는 것에만 관심이 있었습니다. 흑인들은 지하 선실의 일인당 50센티미터도 안 되는 공간에서 **족쇄**[*]를 찬 채 땀과 용변, 토사물과 함께 한 달 이상을 견뎌야 했습니다.

이렇듯 유럽인들에게 아프리카 사람은 많은 이윤을 남기고 팔 수 있는 상품이었을 뿐 그들의 고통과 희생은 안중에도 없었습니다. 긴 항해의 고통을 이겨 내고 아메리카에 도착한 흑인 대부분은 농장주들에게 팔려 평생을 노예로 살았습니다.

아프리카에서 온 흑인 노예들의 삶은 참으로 비참했으나 이들은 현대 대중음악의 **기반**[*]을 다졌습니다. 블루스, 로큰롤, 재즈, 힙합, 레게, 룸바 같은 음악에는 흑인 노예들의 고되고 아픈 삶의 정서가 스며들어 있습니다.

흑인 노예를 거느린 농장주들은 작업 중에 말을 하면 작업 능률이 떨어진다며 서로 이야기를 나누는 것조차 금지했습니다. 이런 상황에서 흑인들은 의사소통의 도구이자 노동의 고단함을 달래기 위해 노래를 불렀고 이 음악은 블루스와 **가스펠 송**[*]으로 발전했습니다.

엘비스 프레슬리가 부른 음악으로 대표되는 로큰롤도 백인 음악으로 아는 사람이 많지만, 이 장르도 흑인 음악에서 출발했습니다. 흑인 음악 특유의 **알앤비**[*]에 백인의 **컨트리 음악**[*] 요소를 곁들인 강한 리듬의 열광적인 음악이 로큰롤입니다.

재즈도 마찬가지입니다. 노예 시장이 열렸던 뉴올리언스에서 흑인들이 답답하고 괴로운 시간을 견디기 위해 냄비 같은 주방 도구를 악기 삼아 리듬을 만들어 낸 것이 재즈의 출발입니다.

어휘사전
* **경비**(經 경서 경, 費 쓸 비) 어떤 일을 하는 데 드는 돈.
* **족쇄**(足 발 족, 鎖 쇠사슬 쇄) 죄인 발목에 채우던 쇠사슬.
* **기반**(基 터 기, 盤 소반 반) 어떤 일을 하는 밑바탕.
* **가스펠 송**(gaspel song) 미국 흑인들 사이에서 불리는 종교적인 노래.
* **알앤비**(R&B) 리듬 앤 블루스의 약칭으로 블루스와 가스펠 음악에 재즈 음악이 더해지면서 시작된 음악.
* **컨트리 음악**(country music) 미국 시골에 살던 백인들의 대중음악.

내용요약

글의 중심 내용을 생각하며 빈칸의 낱말을 써 보세요.

아프리카에서 아메리카로 강제로 팔려 온 노예들의 삶은 참으로 비참했다. 하지만 이들은 블루스, 로큰롤, 재즈 같은 현대 [ㄷ][ㅈ][ㅇ][ㅇ] 의 기반을 다졌다.

1 이 글의 내용과 일치하지 <u>않는</u> 것은 무엇인가요? (   )

내용
이해

① 아프리카에서 온 흑인은 농장으로 팔려 가 노예가 되었다.

② 엘비스 프레슬리가 부른 로큰롤은 백인 음악 장르에서 출발했다.

③ 흑인 노예들로부터 시작된 음악은 널리 퍼져 현대 대중음악의 기반을 다졌다.

④ 흑인 노예들이 노동의 고단함을 달래기 위해 부른 노래가 블루스로 발전하였다.

⑤ 아프리카에서 아메리카 대륙으로 넘어올 때, 노예들은 비위생적인 환경에 노출되었다.

2 이 글을 읽고 답할 수 <u>없는</u> 질문은 무엇인가요? (   )

추론
하기

① 재즈 음악이 탄생한 곳은 어디인가요?

② 흑인 노예들이 자유를 찾을 수 있는 방법은 무엇인가요?

③ 흑인들이 아메리카로 건너갈 때 탄 배의 환경은 어떠했나요?

④ 농장주들은 왜 일을 할 때 노예들이 대화하는 것을 금지했나요?

⑤ 유럽 이주민들이 새로운 노동력을 찾아야 했던 이유는 무엇인가요?

3 이 글에 나온 여러 음악과 그 특징을 알맞게 연결하세요.

추론
하기

(1) 재즈 •

(2) 로큰롤 •

(3) 블루스 •

• ㉠ 노동의 고단함을 달래기 위해 부른 노래로부터 시작됨.

• ㉡ 냄비 같은 주방 도구를 악기 삼아 리듬을 만들어 내면서 시작됨.

• ㉢ 흑인 음악 특유의 알앤비에 컨트리 음악 요소를 곁들인 강한 리듬의 음악.

 1 생각주제와 관련된 앞의 두 글을 읽고 내용을 정리해 보세요.

흑인이 아메리카로 이주한 이유

아메리카 대륙의 원주민 수가 급격히 줄자, 유럽인들이 새로운 노동력을 찾아 전염병에 잘 견디고 도망칠 염려가 없는 아프리카 사람들을 데리고 옴.

아메리카 흑인 노예의 삶

「톰 아저씨의 오두막집」에 나온 것처럼 매일 힘든 ㄴ ㄷ 에 시달렸으며 농장주들의 심한 폭력에 시달리는 생활을 하며 살았다.

흑인이 현대 대중음악에 미친 영향

흑인 노예들은 노동의 고단함을 달래기 위해 노래를 불렀고 이 음악이 블루스로 발전했다. 그 밖에도 주방 도구를 악기 삼아 리듬을 만든 ㅈ ㅈ 와 로큰롤 등 대중음악의 기반을 다졌다.

2 다음 빈칸에 공통으로 들어갈 알맞은 말을 두 글자로 쓰세요.

> 그러므로 미국의 대통령인 나, 에이브러햄 링컨은 특정 주에서 [   ]로 있는 모든 사람은 이제부터 자유의 몸이 될 것임을 선포한다. 그리고 육군과 해군 당국을 포함하여 미국의 행정부는 이 사람들의 자유를 인정하고 유지할 것이다. 나는 자유가 선언된 [   ]에게 자기 방어를 위해 필요한 경우가 아니라면 모든 폭력 행위를 삼갈 것을 명한다. 그리고 그들에게 허용된 모든 경우에 적정한 임금을 벌기 위하여 충실히 노동할 것을 권유하는 바이다.
>
> - 1863년 1월 1일, 링컨의 [   ] 해방 선언 中 일부

(   )

3 아메리카로 건너온 흑인들의 삶에 대해 자신의 생각을 써 보세요.

| 주제 어휘 | 노예 | 전형적 | 절망 | 경비 | 기반 |

4 다음 **주제 어휘**와 뜻을 알맞게 연결하세요.

(1) 경비 •　　　　　　　　• ㉠ 어떤 일을 하는 데 드는 돈.

(2) 기반 •　　　　　　　　• ㉡ 어떤 일을 하는 밑바탕.

(3) 전형적 •　　　　　　　• ㉢ 희망이 없어져 포기한 상태.

(4) 절망 •　　　　　　　　• ㉣ 어떤 부류의 특징을 가장 잘 나타내는 것.

5 다음 빈칸에 들어갈 낱말을 **주제 어휘**에서 찾아 쓰세요.

(1) 전쟁에서 진 사람들은 불행하게도 (　　　　　)로 팔려 갔다.

(2) 우리 팀은 우승에 실패한 후 한동안 (　　　　　)에 빠져 있었다.

(3) 아버지는 시장에서 10년 동안 장사를 하며 (　　　　　)을 다졌다.

(4) 가게를 운영하는 (　　　　　)가 많이 들어서 이번에 폐업하기로 했다.

6 다음 빈칸에 공통으로 쓸 수 있는 낱말을 **주제 어휘**에서 찾아 쓰세요.

• 권선징악은 고전 소설의 [　　　　　]인 주제이다.
• 공룡을 좋아하는 것은 어린이의 [　　　　　]인 모습이다.

(　　　　　　　　　　)

관광객에게 돈을 주는 이유

e바구, 양평통보, 오색전, 탐나는전……. 이것들은 무엇을 뜻하는 단어일까요? 바로 여러 지역에서 **발행**[*]하고 있는 ㉠지역 화폐의 명칭입니다. 재미있는 이름의 '탐나는전'은 제주도에서 발행하는 지역 화폐로, 제주도 내에서 사용하면 다양한 혜택을 줍니다. 이처럼 지역 화폐는 그 지역의 시장이나 상점에서만 사용할 수 있어서 지역 경제 활성화에 큰 도움이 됩니다.

지역 화폐를 발행만 하고 아무도 쓰지 않으면 효과가 없습니다. 그래서 많은 지역에서 지역 화폐와 관광 산업을 **연계**[*]한 행사를 마련하기도 합니다. 2022년 강원도 화천군에서는 DMZ(비무장지대) 랠리 참가자 4천 명 모두에게 지역 상품권 2만 원을 지급했습니다. 춘천시에서는 주요 관광지의 입장료를 내면 지역 화폐로 돌려줍니다. 관광객이 그곳에서 숙박, 식사, 상품 구매 등 추가로 더 많은 **소비**[*]를 하도록 **유도**[*]하기 위한 것입니다.

지역 경제를 활성화하기 위한 또 하나의 방안은 특색 있는 ㉡지역 축제를 개최하는 것입니다. 함평의 나비 축제, 보성의 녹차 축제 등이 그것입니다. 지역의 특산품이나 명물을 활용한 이런 축제는, 그 전에는 잘 모르던 지역이 알려지는 계기가 되기도 합니다.

지역 행사는 관광 **소득**[*] 증가에도 큰 역할을 합니다. 한 뉴스에 따르면, 축제 기간 전후 외지인 평균 소비액을 비교했을 때 40% 이상 증가했다고 합니다. 한탄강 얼음 축제에는 13만여 명이 방문해 40억 원 이상의 지역 경제 **파급**[*] 효과가 발생했습니다.

축제는 지역 경제 활성화에 장기적으로도 도움이 됩니다. 지역 특산품을 알리고 새로운 판로를 개척할 수 있기 때문입니다. 보성 세계 차 엑스포에서는 녹차 가공품 7백만 달러어치의 수출 계약을 맺는 성과를 얻기도 했습니다.

○○일보 김능률 기자

▲ 화천 DMZ 랠리 평화자전거대회

어휘사전

* **발행**(發 필 발, 行 다닐 행) 화폐를 만들어 사회에 내놓는 것.

* **연계**(連 잇닿을 연, 繫 맬 계) 어떤 일이나 사람과 관련하여 관계를 맺는 것.

* **소비**(消 꺼질 소, 費 쓸 비) 시간, 돈 등을 써서 없애는 것.

* **유도**(誘 꾈 유, 導 이끌 도) 어떤 방향으로 나아가도록 이끄는 것.

* **소득**(所 바 소, 得 얻을 득) 경제 활동의 대가로 생기는 돈.

* **파급**(波 물결 파, 及 미칠 급) 어떤 일의 영향이 퍼져서 다른 것에 미치는 것.

내용요약

글의 중심 내용을 생각하며 빈칸의 낱말을 써 보세요.

지역 경제 활성화를 위해 그 지역에서만 쓸 수 있는 ⟨ㅈ⟩⟨ㅇ⟩⟨ㅎ⟩⟨ㅍ⟩를 발행하고 지역 축제를 개최한다. 지역 축제는 장기적으로 지역 경제 활성화에 도움이 된다.

1 이 글의 내용과 일치하지 <u>않는</u> 것은 무엇인가요? (   )

내용
이해

① 양평통보는 지역 화폐의 명칭이다.

② 함평에서는 나비 축제가 개최되었다.

③ 지역 화폐는 발행한 지역의 상점에서만 사용할 수 있다.

④ 지역 화폐를 이용하여 전국에서 숙식이나 상품 구매가 가능하다.

⑤ 관광객에게 지역 화폐를 주는 것은 더 많은 소비를 유도하기 위함이다.

2 이 글의 특징으로 알맞은 것은 무엇인가요? (   )

글의
구조

① 특정 인물의 업적을 중심으로 쓴 글이다.

② 사실과 정보를 전달하기 위해 쓴 글이다.

③ 자신의 의견을 주장하기 위해 쓴 글이다.

④ 여행을 다녀와서 보고 들은 것을 기록한 글이다.

⑤ 연구를 하며 알게 된 내용을 체계적으로 정리한 글이다.

3 ㉠, ㉡의 사례로 알맞은 것을 **보기**에서 각각 찾아 번호를 쓰세요.

적용
하기

┤ **보기** ├

(1) 지호는 백화점에 가서 백화점 상품권으로 신발을 새로 샀다.

(2) 서율이는 동네에 있는 빵집에 가서 지역 화폐인 화전으로 빵을 사 먹었다.

(3) 하린이는 부모님과 마산 국화 축제에 가서 맛있는 것을 먹고 국화 화분도 샀다.

(4) 주원이는 신발을 동네 상점에서 신어 본 후 조금 더 싸게 구입하기 위해 온라인 쇼핑
몰에서 주문했다.

㉠ 지역 화폐	㉡ 지역 축제

지역 간 양극화 현상

강원도 주민 10명 중 1명은 30분 이내에 이용할 수 있는 응급실이 없는 곳에 산다. 그리고 11.5%의 아동은 1시간을 이동해도 소아과에 갈 수 없는 곳에 산다. 도시에 비해 농촌의 병원 수는 터무니없이 부족하다. 왜 이런 현상이 일어나는 것일까?

지방의 인구가 줄어들고 있기 때문이다. 수도권 인구는 2020년 전국 인구 비중의 절반인 50.2%를 차지한 뒤 2022년 50.5%까지 증가했다. 같은 시기 강원도 인구는 156만 172명에서 155만 6,970명까지 줄었다.

지역 사회의 인구가 대도시로 유출*되면 병원, 학교 등의 기반 시설의 서비스 공급이 원활하지 않게 된다. 즉 사람이 없어서 지역 경제가 순환*되지 않고, 거두는 세금이 줄어들어 기반 시설 투자*도 줄어든다. 젊은이들이 도시로 빠져나가면서 어린이 인구가 줄어들고, 학교의 학생 수도 적어진다.

우리나라 도시의 발달 과정을 살펴보면 광복 이후 1950년대까지는 해외 귀국 동포와 피난민들이 정착하면서 도시 인구가 크게 증가하였다. 1960년대 이후에는 국가 주도의 경제 개발 계획으로 인해 공업이 발달한 곳에 도시가 발달하였다. 1970년대에 들면서 산업화는 더욱 가속화되어 신흥 공업 도시들이 성장하였다. 1980년대에는 대도시 주변에 위성 도시*들이 급속하게 성장하였다. 이러한 산업화와 도시화 현상은 사람들이 농촌을 떠나 도시로 이동하는 '이촌향도 현상'을 일으켰다.

도시화는 사회·경제·문화 전반에 걸쳐 지역 간 격차를 유발*하였다. 특히, 도시와 농촌 간의 소득 격차가 심해지자, 농촌의 젊은이들이 도시로 떠나 버렸다. 그러자 농촌의 발전은 더욱 더뎌지고 학교 수는 줄어들고 일할 곳이 없어지는 악순환을 낳았다. 이로 인해 도시와 농촌의 '양극화 현상'이 나타났다. 이는 지역 간 갈등과 불균형을 심화시켜 농촌 지역 사회를 지속적으로 유지하기 어렵게 만든다.

이러한 문제점을 해결하기 위해 각 지방 자치 단체에서는 지역 활성화를 위한 ⊙다양한 정책과 행사를 펼치고 있다. 지역 화폐 발행, 지역 특산물 발굴, 지역색을 살린 축제 개최 등이 그것이다.

어휘사전

* **유출**(流 흐를 유, 出 날 출) 한곳에 모여 있던 것들이 밖으로 흘러 나가는 것.

* **순환**(循 좇을 순, 環 고리 환) 어떤 행동이나 현상이 하나의 과정을 지나 주기적으로 되풀이됨.

* **투자**(投 던질 투, 資 재물 자) 이익을 얻기 위하여 어떤 일에 자본을 대는 것.

* **위성 도시**(衛 지킬 위, 星 별 성, 都 도읍 도, 市 시장 시) 대도시 주변에서 대도시와 가까운 관계가 있는 도시.

* **유발**(誘 꾈 유, 發 필 발) 어떤 사건이나 현상을 일어나게 하는 것.

내용요약

글의 중심 내용을 생각하며 빈칸의 낱말을 써 보세요.

우리나라는 산업화와 도시화로 인해 도시와 농촌의 격차가 심해지는 ㅇ ㄱ ㅎ 현상이 나타났다. 각 지역에서는 이를 해결하고자 다양한 노력을 하고 있다.

1 이 글의 내용과 일치하지 <u>않는</u> 것은 무엇인가요? (   )

내용
이해

① 인구가 감소하면 경제 순환이 되지 않는다.

② 지역 활성화를 위해 지역 화폐 발행 등을 하고 있다.

③ 1960년대에는 공업이 발달한 곳에 도시가 발달했다.

④ 소득 격차가 적은 농촌으로 사람들이 돌아오고 있다.

⑤ 1950년대까지는 해외 귀국 동포가 정착하면서 도시 인구가 증가했다.

2 '이촌향도 현상'으로 볼 수 있는 모습을 **보기**에서 찾아 번호를 쓰세요. (   )

추론
하기

┤ 보기 ├

(1) A씨는 시골에 일자리가 없어서 일자리를 구하러 도시로 갔다.

(2) 주민들 대부분이 농사를 짓는 B군에는 해마다 인구가 늘어난다.

(3) 시골에 사는 C씨 부부는 장을 보기 위해 근처 대도시 마트에 간다.

(4) 도시에 사는 D씨는 부모님과 함께 살기 위해 시골로 다시 돌아갔다.

3 '양극화 현상'으로 발생할 수 있는 문제를 <u>잘못</u> 말한 사람은 누구인가요? (   )

비판
하기

① 수현: 도시와 농촌 간의 갈등을 더욱 심화시킬 수 있어.

② 가은: 일자리를 찾아 시골을 떠나는 젊은 사람들이 더 많아질 거야.

③ 세인: 시골에는 병원이나 쇼핑센터 같은 생활 편의 시설이 부족할 거야.

④ 예준: 시간이 지나면서 도시와 농촌 간의 격차는 자연스럽게 좁혀질 거야.

⑤ 채율: 인구가 줄면서 시골에는 빈집이나 폐교를 하는 학교가 늘어날 수 있어.

4 ㉠의 사례에 해당하지 <u>않는</u> 것을 **보기**에서 찾아 번호를 쓰세요. (   )

적용
하기

┤ 보기 ├

(1) 고흥군의 노력으로 연홍도는 '가고 싶은 섬'으로 선정되어 관광객이 늘고 있다.

(2) 경기도는 미세 먼지를 줄이기 위해 전기차와 수소차 충전소를 확대할 계획이다.

(3) 광명시는 새우젓 저장소로 이용되던 동굴을 테마파크로 조성하여 관광객을 유치하고 있다.

(4) 완도군은 특산물인 전복 소비를 늘리기 위해 기업과 연계하여 전복이 들어간 음식을 개발했다.

자란다 문해력

1 생각주제와 관련된 앞의 두 글을 읽고 내용을 정리해 보세요.

지역 간 양극화

광복 이후 산업화와 도시화로 인해 많은 사람이 농촌을 떠나 도시로 이동하는 ㅇ ㅊ ㅎ ㄷ 현상이 일어났다. 농촌 인구가 감소하면서 지역 경제는 순환되지 않고, 세금이 줄어들어 기반 시설 투자도 어려워졌다. 이로 인해 도시와 농촌의 ㅇ ㄱ ㅎ 현상이 나타났다.

지역 화폐 발행

해당 지역의 시장이나 상점에서만 사용할 수 있기에 지역 경제 ㅎ ㅅ ㅎ 에 큰 도움을 준다.

지역 축제 개최

특색 있는 지역 축제 개최로 관광 소득이 증가하며 잘 모르던 지역이 널리 알려지기도 한다.

2 지역 경제 활성화를 위한 방안으로 알맞은 것 두 가지에 〇표 하세요.

(1) 지역의 특색을 살린 축제를 개최하고 특산품을 판매한다.

(2) 백화점이나 대형 마트에서 신용카드를 더 많이 사용할 수 있게 한다.

(3) 대도시에 공장을 지어 농촌 사람들이 일자리를 찾아 이사하도록 한다.

(4) 지역 내 일자리를 많이 만들어 사람들이 모일 수 있게 한다.

3 지역 경제를 살리기 위한 방법에 대해 자신의 생각을 써 보세요.

| 주제 어휘 | 발행 | 소비 | 소득 | 유출 | 순환 | 유발 |

4 다음 뜻에 알맞은 주제 어휘를 찾아 ○표 하세요.

(1) 한곳에 모여 있던 것들이 밖으로 흘러 나가는 것.   [노출] [유출]

(2) 시간, 돈 등을 써서 없애는 것.   [소비] [소득]

(3) 어떤 행동이나 현상이 하나의 과정을 지나 주기적으로 되풀이됨.   [통행] [순환]

(4) 경제 활동의 대가로 생기는 돈.   [손해] [소득]

5 다음 빈칸에 공통으로 들어갈 낱말을 주제 어휘에서 찾아 쓰세요.

(1)
- 운전 중 핸드폰 사용은 교통 사고를 [   ]한다.
- 잦은 야식과 인스턴트 식품은 비만을 [   ]할 수 있다.

→ [ ][ ]

(2)
- 위조 지폐를 [   ]한 일당이 벌을 받았다.
- 내년부터는 새롭게 [   ]한 지폐를 사용한다.

→ [ ][ ]

6 다음 밑줄 친 말과 뜻이 비슷한 낱말을 주제 어휘에서 찾아 쓰세요.

첨단 의료 로봇 기술을 훔친 중국 국적 연구원이 경찰에 붙잡혔다. A씨는 자신이 근무하던 서울 소재 대형 병원 산하 연구소에서 의료 로봇 기술 자료 만여 개를 빼돌린 혐의를 받고 있다. 경찰은 A씨가 중국으로 돌아가지 못하도록 출금 금지 조치를 했다.

(   )

인류의 뇌와 직립 보행

사피엔스
글 유발 하라리
김영사

어휘사전

⁎**호모 사피엔스**(Homo sapiens) 최초의 인류인 오스트랄로피테쿠스보다 더 우리의 모습에 가까운 인류.

⁎**퇴화**(退 물러날 퇴, 化 될 화) 발전하기 전의 상태로 되돌아가는 것.

⁎**성과**(成 이룰 성, 果 열매 과) 바람직한 결과.

⁎**직립 보행**(直 곧을 직, 立 설 립, 步 걸음 보, 行 다닐 행) 네 다리를 가진 동물이 뒷다리만 사용하여 똑바로 서서 걷는 것.

⁎**진화**(進 나아갈 진, 化 될 화) 생물이 오랜 시간에 걸쳐 점점 발전되어 가는 것.

⁎**도구**(道 길 도, 具 갖출 구) 일을 할 때 쓰는 장비를 이르는 말.

호모 사피엔스⁎의 뇌는 몸무게의 2~3퍼센트를 차지할 뿐이지만, 뇌가 소모하는 에너지는 신체가 휴식 상태일 때 전체의 25퍼센트나 된다. 반면에 다른 유인원의 뇌가 소모하는 에너지는 신체가 휴식 상태일 때 전체의 8퍼센트에 불과하다.

고인류는 뇌가 커지면서 두 가지 대가를 지불했다. 첫째, 식량을 찾아다니는 데 더 많은 시간을 썼다. 둘째, 근육이 **퇴화**⁎했다. 이것이 아프리카의 대초원에서 살아남기 좋은 전략이었다고 성급히 결론을 내려 버릴 수는 없다. 오늘날 우리의 큰 뇌는 좋은 **성과**⁎를 올리고 있고, 덕분에 우리는 자동차와 총을 만들 수 있다. 하지만 차와 총은 최근 등장한 산물이다. 그렇다면 과연 무엇이 지난 2백만 년간 인간의 엄청난 뇌 용량 증가를 일으켰을까? 솔직히 우리는 모른다.

인간의 또 다른 이례적 특징은 **직립 보행**⁎이다. 대초원에서 똑바로 서면 사냥감이나 적을 찾기가 쉬워진다. 그리고 이동에 쓰이지 않게 된 팔은 다른 용도, 예컨대 돌을 던지거나 신호를 보내는 데 사용할 수 있다. 팔이 할 수 있는 일이 늘어날수록 그 주인이 성공할 가능성이 커지므로, **진화**⁎의 압력에 따라 우리는 손바닥과 손가락에 신경이 집중되고 섬세한 근육이 자리 잡게끔 진화하였다. 그 결과 인간은 손으로 매우 복잡한 업무를 수행할 능력을 갖추었다. 특히 복잡한 **도구**⁎를 만들고 쓸 수 있게 되었다.

인간이 도구를 만들었다는 첫 증거가 나타나는 시기는 약 250만 년 전으로 거슬러 올라간다. 도구의 제작과 사용은 고고학자들이 고인류를 인정하는 기준이다. 하지만 직립 보행은 단점이 있다. 지난 수백만 년간 우리 영장류 선조들은 머리가 상대적으로 작고 네 발로 기는 몸을 지탱하는 골격을 진화시켜 왔다. 그러다가 직립 자세에 적응하는 것은 상당한 도전이었다. 인간은 높은 시야와 부지런한 손을 얻은 대가로 오늘날 허리가 아프고 목이 뻣뻣해졌다.

우리는 이렇게 가정한다. '⠀⠀⠀⠀⠀㉠⠀⠀⠀⠀⠀ 학습 능력이 뛰어나고 복잡한 사회적 구조를 갖추면 크게 유리할 것이다.' 인간은 분명 이런 특징 덕분에 지구에서 가장 강력한 동물이 된 것으로 보인다.

내용요약

글의 중심 내용을 생각하며 빈칸의 낱말을 써 보세요.

인류가 동물과 다른 특징 두 가지는 우선 큰 ⌗ㄴ⌗를 통해 학습하며 발전한 점이다. 그리고 직립 보행을 하며 자유로워진 손으로 ⌗ㄷ⌗⌗ㄱ⌗를 만들어 사용한다는 점이다.

1 이 글의 내용과 일치하지 <u>않는</u> 것은 무엇인가요? (   )

내용
이해

① 인류는 큰 뇌 덕분에 자동차와 총을 만들 수 있다.

② 두 발로 걷는 것은 장점도 있지만 단점도 존재한다.

③ 인류의 뇌 용량이 갑자기 증가한 이유는 밝혀지지 않았다.

④ 큰 뇌를 가진 인류는 다른 동물보다 모든 부분에서 강해졌다.

⑤ 인간은 두 발로 서게 되면서 사냥감이나 적을 찾기 쉬워졌다.

2 ㉠에 들어갈 수 있는 내용으로 알맞은 것은 무엇인가요? (   )

추론
하기

① 뇌가 크고 도구를 사용하며

② 다른 동물들과 함께 살아갈 수 있으며

③ 성실하게 사냥하여 많은 음식을 먹으며

④ 체력 단련을 통해 신체를 강하게 만들며

⑤ 에너지 소모를 줄이기 위해 장시간 잠을 자며

3 다음 **보기**를 읽고 빈칸에 들어갈 말을 이 글에서 찾아 두 글자로 쓰세요.

추론
하기

┤ 보기 ├

시간을 거슬러 올라가면 현재 인류의 조상인 호모 사피엔스 외에도 많은 영장류가 살았다. 영장류는 인류의 조상인 오스트랄로피테쿠스를 포함한 원숭이과의 동물을 뜻한다. 인류와 가까운 영장류로 네안데르탈인도 있었다. 네안데르탈인도 호모 사피엔스만큼 정교하게 [   ]를 제작하여 사용할 수 있었다고 한다.

(   )

불의 사용

사피엔스
글 유발 하라리
김영사

인류가 먹이 사슬의 최정점으로 올라서는 핵심 단계는 불을 길들인 것이었다. 이르면 80만 년 전쯤에 일부 인간종은 가끔 불을 사용했을지도 모른다. 이제 인간은 빛과 온기의 믿을 만한 **원천***이자 **배회***하는 사자에 대항할 수 있는 치명적인 무기를 가졌다.

심지어 이후 얼마 뒤부터 인간은 자기 주변에 일부러 불을 놓았을지도 모른다. 불을 조심스럽게 잘 지르면 통행이 불가능하던 잡목 숲을 사냥감이 우글거리는 최고의 초원으로 바꿀 수 있다. 게다가 일단 불이 꺼지면 석기 시대 사업가는 그 잔해 속으로 걸어 들어가 불탄 동물과 견과류, 덩이줄기 등을 얻을 수 있었다.

하지만 무엇보다도 불이 하는 최고의 역할은 음식을 익히는 일이다. **조리*** 덕분에, 인간이 자연 상태 그대로는 **소화***할 수 없는 밀, 쌀, 감자 등이 인간의 주식이 되었다. 불에 익히면 음식을 오염시키는 세균과 기생충이 죽는다. 인간이 원래 좋아하던 과일, 견과류, 벌레, 죽은 고기도 불에 익히면 씹고 소화하기가 훨씬 더 쉬워졌다. 익히는 요리법 덕분에 인간은 더욱 다양한 종류의 음식을 먹을 수 있게 되었고, 식사 시간도 줄일 수 있었다. 더 작은 치아와 더 짧은 창자를 가지고도 그럭저럭 때울 수 있었다.

또한 불은 인간과 다른 동물 사이에 치음으로 **현격한*** 차이를 만들어 냈다. 동물의 힘은 대개 신체에서 나온다. 근육의 힘, 이빨의 크기, 날개의 폭…… 동물이 바람이나 파도를 이용할 수 있을지는 몰라도 자연의 힘을 통제할 수는 없고, 늘 스스로의 신체에 따른 제약을 받는다. 독수리는 지상에서 올라오는 따뜻한 **상승 기류***를 알아채고 커다란 날개를 활짝 펴서 그 기류를 타고 높이 떠오를 수 있지만, 상승 기류의 발생 장소를 통제할 수는 없으며 오직 제 날개 길이만큼만 기류의 덕을 볼 수 있다.

인간은 불을 길들임으로써 무한한 잠재력을 통제할 수 있게 되었다. 독수리와 달리 인간은 불을 일으키는 장소와 시기를 선택할 수 있었으며, 수많은 용도로 불을 이용할 수 있었다. 가장 중요한 점은 불의 힘이 신체의 형태나 구조, 힘의 한계를 뛰어넘는다는 것이었다. 부싯돌이나 불붙은 막대기를 가진 여자 한 명이 몇 시간 만에 숲 전체를 태울 수도 있었다. ㉠불을 길들이는 것은 앞으로 올 일에 대한 신호였다.

어휘사전

* **원천**(源 근원 원, 泉 샘 천) 사물이 비롯되는 근본이나 원인.

* **배회**(徘 노닐 배, 徊 노닐 회) 아무 목적도 없이 어떤 곳을 중심으로 어슬렁거리며 이리저리 돌아다님.

* **조리**(調 고를 조, 理 다스릴 리) 여러 재료를 사용해서 음식을 만드는 것.

* **소화**(消 사라질 소, 化 될 화) 먹은 것을 배 속에서 처리하여 영양분으로 빨아들이는 것.

* **현격**(懸 매달 현, 隔 막을 격)**하다** 차이가 매우 두드러지다.

* **상승 기류**(上 위 상, 昇 오를 승, 氣 기운 기, 流 흐를 류) 위로 올라가는 공기의 흐름.

내용요약

글의 중심 내용을 생각하며 빈칸의 낱말을 써 보세요.

인류는 [ㅂ] 을 사용하면서 음식을 익힐 수 있었고, 소화가 쉬워져 다양한 종류의 음식을 먹을 수 있었다. 불을 길들임으로써 먹이 사슬의 최정점에 있을 수 있었다.

1

중심
내용

이 글의 중심 내용으로 알맞은 것은 무엇인가요?   (   )

① 불의 원리

② 불의 사용

③ 불의 위험성

④ 불을 피우는 방법

⑤ 불을 활용한 요리

2

추론
하기

이 글에서 알 수 있는 내용으로 알맞지 <u>않은</u> 것은 무엇인가요?   (   )

① 80만 년 전부터 인류는 불을 사용했다.

② 인류는 불을 스스로를 지키기 위한 무기로 사용하였다.

③ 음식을 불에 익히는 것이 날로 먹는 것보다 위생적이다.

④ 불을 통해 인간은 신체나 힘의 한계를 뛰어넘을 수 있었다.

⑤ 익힌 음식보다 날것의 음식을 먹는 데에 더 적은 시간이 걸린다.

3

적용
하기

다음 **보기**의 농사법이 가능하게 된 원인을 이 글에서 찾아 한 글자로 쓰세요.

┤ **보기** ├

　비가 많이 내리는 곳은 농사를 짓기 쉽지 않다. 왜냐하면 비 때문에 흙 속의 영양분이 쉽게 녹아 빠져나가기 때문이다. 그래서 이런 지역은 나무를 태워 재를 만들어 농작물에 양분으로 사용하는 농업이 발달하였다. 이 농사법은 현재 아프리카와 동남아시아의 여러 지역에서 실시되고 있다.

(   )

4

추론
하기

㉠은 '인류가 불을 길들임으로써 진화했다'는 뜻을 담고 있습니다. 다음 중 그 내용으로 알맞지 <u>않은</u> 것은 무엇인가요?   (   )

① 불을 이용하여 어두운 밤에도 생활할 수 있게 되었다.

② 자연 상태로 소화할 수 없는 것들을 먹을 수 있게 되었다.

③ 따뜻한 불 덕분에 추운 환경에서도 생활할 수 있게 되었다.

④ 불로 익힌 고기를 먹게 되어 더 강한 이를 가질 수 있게 되었다.

⑤ 강한 동물을 불로 쫓아내어 살아가기에 안전한 환경을 만들 수 있었다.

주제
정리

1 생각주제와 관련된 앞의 두 글을 읽고 내용을 정리해 보세요.

인류가 진화에 유리한 이유

ㄴ의 크기

인류는 뇌가 커지면 서 학습이 가능해졌다. 뇌 용량 증가에 대한 이 유는 아직 알 수 없지만 오늘날 큰 뇌 덕분에 좋 은 성과를 올리고 있다.

ㅈ ㄹ ㅂ ㅎ

두 발로 똑바로 서게 되면서 시야가 넓어져 사냥감과 적을 찾기 쉬 워졌다. 또한 두 손이 자 유로워져서 도구를 만 들고 쓸 수 있게 되었다.

불의 사용

인류는 불을 사용하 여 동물보다 더 강한 존 재가 될 수 있었다. 숲 에 불을 질러 초원으로 바꾸었으며, 음식을 익 혀 먹게 되었다. 결국 불을 길들임으로써 무 한한 잠재력을 통제할 수 있었다.

2 다음 설명을 읽고 짐작할 수 있는 내용으로 알맞은 것을 찾아 ○표 하세요.

 그리스 신화에서 프로메테우스는 신들의 불을 훔쳐 인간에게 주었다. 이로 인해 프로메테우스는 제우스의 노여움을 사, 바위 에 사슬로 묶인 채 독수리에게 간을 쪼아 먹히는 벌을 받았다.

(1) 신들은 인간이 불을 통해 더 발전할 것이라고 생각하여 인간이 불을 가 지는 것을 두려워하였을 것이다.

(2) 신들은 인간이 불 때문에 죽거나 피 해를 입을까 봐 인간이 불을 가지는 것을 걱정하였을 것이다.

3 인류가 왜 진화에 유리하였는지에 대해 자신의 생각을 써 보세요.

주제 어휘	퇴화	성과	진화	도구	조리	소화

4 다음 주제 어휘와 뜻을 알맞게 연결하세요.

(1) 성과 •

(2) 소화 •

(3) 진화 •

(4) 도구 •

• ㉠ 바람직한 결과.

• ㉡ 생물이 오랜 시간에 걸쳐 점점 발전되어 가는 것.

• ㉢ 일을 할 때 쓰는 장비를 이르는 말.

• ㉣ 먹은 것을 배 속에서 처리하여 영양분으로 빨아 들이는 것.

5 다음 빈칸에 들어갈 낱말을 주제 어휘에서 찾아 쓰세요.

(1) 닭은 날개가 (   )하여 잘 날지 못한다.

(2) 밥을 너무 많이 먹어서 (   )가 잘 안 된다.

(3) 그날 산에서 청소 (   )를 찾지 못해서 손으로 쓰레기를 주웠다.

(4) 인류가 동물과 다른 점은 날것의 식재료를 불로 (   )해서 먹는 것이다.

6 다음 밑줄 친 말과 뜻이 비슷한 낱말을 주제 어휘에서 찾아 쓰세요.

찰스 다윈은 갈라파고스 제도에 갔다가 모습이 서로 다른 거북을 발견하고 의문을 품었다. 그는 같은 거북임에도 왜 생김새가 다른지 연구하기 시작하였다. 그 결과, 오랜 시간 동안 살아남기 위해서 유리한 방향으로 발달한 것을 알아내었다. 다윈이 갈라파고스에서 본 서로 다른 모습을 한 거북도 먹이를 더 잘 먹거나 환경에 적응하기 위해 모습을 조금씩 바꾸어 간 것이다.

(   )

달곰한 문해력 기획진 소개

진짜 문해력을
키우는 독해 학습이 필요합니다.

문해력은 책을 읽고 문제를 푸는 기술이 아닙니다.
진짜 문해력은 글을 읽고 이해하는 것을 넘어
세상을 읽고 이해하는, '생각하고 표현하는 힘'입니다.
〈달곰한 문해력 독해〉는 문해력을
키우는 독해 학습이 가능합니다.
하나의 주제로 연결된 2개의 글을 읽으면 세상을 읽고
이해하는 지식과 관점의 변화가 나타날 것입니다.
〈달곰한 문해력 독해〉로 아이들에게 좋은 글을
달달 읽을 '기회'와 곰곰 생각하고 표현하는
'경험'을 선물해 주세요.

서울교육대학교 국어교육과 교수
초등 국어 교과서 기획위원
방은수

독서교육을 지도한 교사로서
최신 문학과 다양한 비문학을 교과와
연계하여 수록했습니다.

인제남초등학교 교사
독서교육 전문가
Yes24 한 학기 한 권 읽기 선정위원
최고봉

생각주제와 연결된 2개의 글을
읽으면 생각이 쌓이고 학습 효과가
두 배 이상입니다.

경희사이버대학교 한국어문화학부 교수
경인교육대학교 유아교육과 강사
전국교사교육마술연구회 스텝매직 대표
(전) 초등학교 교사
김택수

문해력을 완성하기 위해서는
자기 생각을 표현하는 단계까지
학습이 이어져야 합니다.

광명서초등학교 교사
참쌤스쿨 대표
경기실천교육 교사모임 회장
(전) 경기도교육청 장학사
김차명

아이들의 생각이 확장되도록
흥미를 가질 만한 생각주제로 구성하여
몰입할 수 있습니다.

서울시교육청 자문관
(독서토론 분야)
(전) 중학교 국어 교사
정미선

달달 읽고 곰곰 생각하는

NE 능률

주제 X 독해
연결   학습

달 달 읽고 곰 곰 생각하는

달콤한 문해력

초등 독해

5~6학년 추천

5단계 **B**

정답 및 해설

독서의 힘은 얼마나 강력할까?

생각글 1 왕자와 거지

10~11쪽

가난한 소년 톰은 마음씨 좋은 앤드루 신부님이 들려주는 이야기와, 틈틈이 읽은 책을 바탕으로 상상을 키워 나갔습니다. 말투와 몸짓이 상상 속의 왕자와 닮아 가던 톰은 주변 친구들의 우러러보는 시선을 받게 되었습니다.

> 1 ⑤　　2 ①　　3 ⑩, 톰의 친구들(아이들)　　4 ③

1 4문단을 통해 왕자의 생활을 꿈꾸며 자신의 상상에 걸맞은 책만 읽던 톰은 어느새 자기도 모르게 진짜 왕자처럼 행동하기 시작했다는 것을 알 수 있습니다. 따라서 왕자의 생활을 꿈꾸던 톰의 행동이 예전과 같았다는 설명은 적절하지 않습니다.

오답풀이
① 달라진 톰의 모습에 친구들은 톰을 우러러보게 되었습니다.
② 2문단에서 톰이 구걸을 통해 생계를 유지했음을 알 수 있습니다.
③ 톰은 신부님의 책을 읽으며 여러 가지 상상을 하고는 했습니다.
④ 앤드루 신부님은 톰에게 옛날이야기와 전설을 들려주었습니다.

2 ㉮의 바로 앞부분에 톰은 왕자의 생활을 꿈꾸며 상상에 걸맞은 책을 읽었다고 나옵니다. 따라서 톰이 ㉮처럼 변한 이유는 바로 책을 열심히 읽었기 때문입니다.

3 다른 것들은 모두 주인공 톰을 가리키지만, ㉤은 톰의 친구들을 가리킵니다. 따라서 ㉤이 정답이며, 가리키는 대상으로는 톰의 친구들을 의미하는 말이 모두 적절합니다.

4 이 글에서는 책과 다른 현실 때문에 톰이 괴로워하는 모습을 찾아볼 수 없습니다. 따라서 톰이 괴로워하는 모습이 인상 깊다는 감상은 적절하지 않습니다.

작품읽기

왕자와 거지
글 마크 트웨인
시공주니어

책 소개
　이야기의 주인공은 왕자인 에드워드와 거지인 톰입니다. 우연히 친해진 두 소년은 겉모습이 놀랍도록 똑같이 생겼으며, 재미 삼아 서로 옷을 바꾸어 입게 됩니다. 그렇게 에드워드는 뒷골목, 톰은 왕궁에서 생활하게 되었으며, 둘은 여러 사건을 겪은 뒤 대관식에서 각자의 자리로 돌아갑니다.

생각글 2 책 읽기의 힘

12~13쪽

세계적으로 이름이 알려진 많은 성공한 인물들은 독서의 힘을 강조합니다. 우리는 독서를 통해 세상을 보는 눈이 넓어지고, 다른 사람과 소통을 잘할 수 있게 됩니다. 또한 책이 우리 삶에 재미를 불어넣어 주기도 합니다. 이처럼 다른 볼거리와는 달리 책 읽기만이 줄 수 있는 재미와 효용은 우리에게 큰 영향을 줍니다.

> **내용요약** 독서
> 1 ⑤　　2 ③　　3 (1)

1 5문단에서는 휴대폰, 태블릿, 게임기 등 새로운 매체에 익숙한 어린이들이 책 읽기를 낯설어하기도 한다는 설명을 찾아볼 수 있습니다. 하지만 이것을 바탕으로 책을 많이 읽는 어린이들이 새로운 매체에 쉽게 적응한다고 해석하는 것은 적절하지 않습니다.

오답풀이
① 2문단을 통해 알 수 있듯이, 책을 읽으면 사람과 세상을 보는 눈이 넓어지고 깊어집니다.
② 1문단에는 세계적으로 이름이 알려진 많은 성공한 인물들이 독서의 힘을 강조한디는 설명이 있습니다.
③ 4문단에서 책에는 다양한 이야기가 있다고 했기 때문에 우리는 책을 통해 재미있는 이야기를 접할 수 있다는 것을 알 수 있습니다.
④ 3문단에서는 독서를 통해 문해력을 기를 수 있다고 이야기합니다. 이를 통해 이해하는 힘과 표현하는 힘을 기르려면 독서를 해야 함을 알 수 있습니다.

2 이 글에서는 독서가 여러 측면에서 우리에게 도움이 된다는 것을 설명하고 있습니다. 따라서 글쓴이가 이 글을 쓴 목적으로 알맞은 것은 책 읽기를 통해 얻을 수 있는 것을 알리기 위해서임을 알 수 있습니다.

3 **보기**에는 독서를 통해 내가 알고 싶은 것을 모두 알 수 있고, 남이 고생하여 얻은 지식을 쉽게 내 것으로 만들 수 있다는 말이 나와 있습니다. 따라서 이 글을 통해 **보기**를 이해한 것으로는 독서를 통해 얻은 지식으로 내가 성장할 수 있다는 것이 알맞습니다.

자란디 문해력

14~15쪽

1

독서를 통해 얻을 수 있는 것	
왕자와 거지	**책 읽기의 힘**
톰은 책 을 읽고 꿈을 꾸며 꿈속에 나오는 사람들처럼 옷과 몸을 깨끗하게 하게 되었다. 왕자에 대한 책을 읽으면서 말 투 와 몸짓이 예의 바르고 점잖아졌다. 그리고 아는 것이 많아졌고 생각도 넓어졌다.	사람, 세상, 자신을 보는 눈이 깊고 넓어진다. 이해하는 힘과 표현하는 힘을 기를 수 있어서 다른 사람과 소 통 을 잘할 수 있고, 현실에 없는 재미있는 이야기를 접할 수 있다. 책 읽기만이 주는 재미와 효용이 있기에 독 서 는 인생에 큰 도움이 된다.

2 독서

3 예시답안 우리는 독서를 통해 더 나은 사람이 될 수 있다. 세상을 보는 눈이 넓어지고 깊어질 수 있으며, 다른 사람과 소통을 잘할 수 있게 되고, 다양한 이야기를 통해 더 재미있는 삶을 살 수 있게 된다. 이러한 독서의 강력한 힘을 경험하기 위해 앞으로는 다양한 분야의 독서를 해야겠다고 결심했다.

채점 Tip ▶
1) 독서를 통해 기를 수 있는 능력에는 어떤 것들이 있는지 제시해 보아요.
2) 독서가 우리 삶에 가져오는 변화에는 어떤 것들이 있는지 제시해 보아요.
3) 독서의 강력한 힘과 관련된 자신의 경험이나 앞으로의 다짐이 있다면 써 보아요.

4 (1) 전설 (2) 강조 (3) 문해력 (4) 효용

5 (1) 독서 (2) 재미

6 독서

생각주제 02
다문화 사회를 어떻게 받아들일까?

생각글 1 내 이름을 들려줄게

16~17쪽

다문화 가정의 자녀인 강뉴는 아이들에게 매일 놀림을 받는 처지입니다. 심지어 어떤 아이들은 강뉴의 외모나 할아버지의 고향인 나라를 이용해 강뉴에게 나쁜 별명을 붙였습니다. 강뉴는 자기 집의 자랑거리를 신나게 이야기하는 다문화 가정의 채리를 보며, 그리고 엄마를 떠난 아빠를 떠올리며 울적해집니다.

1 ①	2 ④	3 ㉣	4 ⑤

1 글의 후반부를 통해 강뉴의 아빠는 엄마와 할아버지의 외모 때문에 사람들 눈총을 받는 것이 힘들어 결국 엄마를 떠났다는 것을 확인할 수 있습니다. 따라서 강뉴가 엄마, 아빠와 사이가 좋다는 설명은 이 글의 내용과 일치하지 않습니다.

오답풀이
② 강뉴의 속마음을 통해 엄마가 한국에서 태어난 한국 사람임을 알 수 있습니다.
③ 이 글에는 강뉴의 할아버지가 에티오피아 사람이라는 내용이 나옵니다.
④ 이야기의 첫 부분을 통해 강뉴가 가족 이야기에 대한 숙제를 좋아하지 않는다는 것을 알 수 있습니다.
⑤ 채리의 외모에 대한 묘사에서, 채리가 '우유처럼 뽀얀 얼굴'을 가지고 있음을 확인할 수 있습니다.

2 다문화 가정인 강뉴는 외모나 할아버지의 고향인 나라로 놀림을 받는 처지입니다. 그래서 가족과 관련 있는 숙제 때문에 우울하고 답답함을 느낍니다. 이에 반해 채리는 가족 숙제에 대해 자랑거리가 많다고 당당하게 말합니다. 이를 통해 ④가 적절하다고 할 수 있습니다.

3 ㉠와 ㉡은 채리의 외모를 나타내는 표현이며, ㉢은 강뉴의 피부색과 비교하기 위해 제시된 푸들을 묘사하는 표현입니다. ㉣은 엄마와 할아버지의 피부색을 나타내는 것인데, 강뉴는 이러한 까만 피부색을 물려받았기 때문에 ㉣이 강뉴의 특징을 나타낸다고 할 수 있습니다.

4 채리는 '우유처럼 뽀얀 얼굴, 크고 짙은 쌍꺼풀에 밝은 밤색의 빛나는 머릿결'을 가지고 있습니다. 이러한 채리와 달리 강뉴는 외모 등을 이유로 친구들에게 매일 놀림을 받습니다. 따라서 같은 다문화 자녀지만, 채리와 강뉴의 처지가 다른 이유로는 ⑤가 적절하다고 할 수 있습니다.

3

다문화 사회와 다문화 정책

18~19쪽

우리나라는 빠른 속도로 한 나라 안에 다양한 인종과 문화가 공존하는 '다문화 사회'로 진입하고 있습니다. 다문화 사회는 사회 경제적으로 많은 장점이 있지만, 아직 우리나라에서는 여러 갈등이 일어나고 있습니다. 이러한 문제들을 해결하기 위한 다문화 정책 방식에는 동화주의와 다문화주의가 있습니다.

내용요약 다문화 사회

1 ④   2 ⑤   3 ㉮ 다문화주의, ㉯ 동화주의

1 다문화 정책 이론 중 하나인 동화주의는 새로 이주해 온 이주민이 자신의 문화를 포기하고 기존 문화에 동화되어야 한다는 의미를 담고 있습니다. 따라서 동화주의가 이주민의 다양한 문화나 풍습을 인정하는 방향이라는 설명은 적절하지 않습니다.

오답풀이
① 1문단에서 우리나라의 상황을 확인할 수 있습니다.
② 4문단을 통해 동화주의는 용광로에, 다문화주의는 샐러드에 비유할 수 있음을 알 수 있습니다.
③ 3문단에서 이제 우리 사회도 다문화 사회를 자연스럽게 받아들이는 인식의 변화가 필요하다는 것을 확인할 수 있습니다.
⑤ 1문단에 다문화 사회의 정의가 나옵니다.

2 **보기**에서는 우리나라의 이주민 혐오 문제를 지적하고 있으며, '다문화'라는 호칭 자체가 차별의 의미를 담고 있음을 설명하고 있습니다. 따라서 정책만 바꾸겠다는 것은 이 글에 대한 이해로 적절하지 않습니다.

3 이슬람교도들의 종교의 자유를 인정하는 ㉮는 다문화주의로 설명할 수 있습니다. 해외에서 온 여성 이주민을 대상으로 한국 문화에 대해 교육을 하는 ㉯는 새로 이주해 온 이주민이 자신의 문화를 포기하고 한국이라는 기존의 문화에 동화되어야 하는 동화주의로 설명할 수 있습니다.

자란다 문해력

20~21쪽

1

다문화 사회
한 나라 안에 다양한 인종과 문화가 공존하는 사회를 **다 문 화 사 회** 라 한다. 개방화와 세계화로 우리나라도 빠르게 다문화 사회에 진입하고 있다.

내 이름을 들려줄게
에티오피아 혼혈인 강뉴는 피부가 까맣고 머리카락도 꼬불거린다. 뽀얀 얼굴에 밤색 머릿결을 가진 채리도 다문화 자녀지만 처지가 완전히 다르다. 외모 때문에 사람들의 눈총을 받는 강뉴는 슬프지만 눈물을 꾹 참는다.

다문화 사회를 받아들이는 자세
우리나라는 아직 다문화 사회 초기라 갈등이 발생하기도 한다. 그렇기에 다문화 사회를 자연스럽게 받아들이는 인식의 변화가 필요하다. 다문화 정책의 방식에는 크게 동화주의와 다문화주의가 있는데, 두 가지 정책은 모두 이주민이 **차 별** 받는 것을 방지하는 것이 목표이다.

2 (1) ○
왼쪽 그림에서는 피부색과 외모가 다르다는 이유로 놀림을 받는 아이의 모습을 확인할 수 있으며, 오른쪽 그림에서는 서로 다른 문화에 대한 존중이 필요함을 이야기하고 있습니다. 따라서 두 그림에서 공통적으로 설명하고 있는 현상으로는 다문화 사회가 진행 중인 곳에서 겪는 이주민들의 어려움이 적절합니다.

3 **예시답안** 우리나라는 다문화 사회로 진입하고 있지만 아직 준비가 덜 된 것 같다. 다문화 사회를 받아들이기 위해서는 서로 다른 문화나 외모, 가치관을 이해하고 존중하는 태도가 필요하다고 생각한다. 또한 나라에서도 필요한 정책을 정비해야 한다. 나도 앞으로는 주변에서 볼 수 있는 다문화 가정의 친구들이 차별받지 않도록 도와주어야겠다.

채점 Tip
1) 다문화 사회에 대해 올바르게 이해하고 있는지 확인해 보아요.
2) 다문화 사회를 받아들이기 위한 방법을 적절히 제시했는지 확인해 보아요.
3) 다문화 사회를 받아들이는 것에 대한 스스로의 다짐을 적어 보아도 좋아요.

4 (1) ㉣ (2) ㉢ (3) ㉡ (4) ㉠

5 (1) 다문화 (2) 공존 (3) 동화 (4) 정책

6 (1) 처지 (2) 갈등

생각글 1 아르고스 이야기

22~23쪽

헤라의 명령으로 이오를 감시하게 된 아르고스는 백 개의 눈을 가진 괴물입니다. 그래서 평소 잠을 잘 때에는 두 개의 눈만 감고, 나머지 아흔여덟 개의 눈은 뜬 채 이오를 감시했습니다. 하지만 헤르메스의 피리 소리에 잠이 들어 목숨을 잃었고, 아르고스의 백 개의 눈은 공작 깃털의 장식이 되었습니다.

> **내용요약** 눈
> **1** ② **2** ③ **3** ㉠ **4** (1)

1 글의 초반부에는 제우스가 헤라로부터 이오를 지키기 위해 이오를 암소로 변신시켰다는 내용이 나옵니다. 따라서 헤라가 이오를 암소로 변신시켰다는 설명은 적절하지 않습니다.

> **오답풀이**
> ① '아내 헤라'라는 표현을 통해 제우스와 헤라가 부부 사이라는 것을 알 수 있습니다.
> ③ 글의 도입부에서 알 수 있듯이, 이오는 강의 신 이나코스의 딸입니다.
> ④ 이 글에 등장하는 아르고스는 머리에 눈이 백 개나 달린 괴물입니다.
> ⑤ 글의 후반부를 바탕으로 제우스가 헤르메스에게 아르고스를 죽이고 이오를 구해 오라고 명령했다는 것을 확인할 수 있습니다.

2 이 글은 여러 신들이 등장하는 신화입니다. 따라서 ③이 글의 특징으로 알맞습니다.

3 글의 후반부를 통해 알 수 있듯이, 헤라는 목숨을 잃은 아르고스의 백 개의 눈을 수습하여 공작 깃털의 장식으로 만들었습니다. 따라서 그림에서 아르고스와 가장 관련 있는 부분은 눈 모양의 장식에 해당하는 ㉠입니다.

4 아르고스는 헤라의 명령으로 암소를 지키다 잠이 들어 죽임을 당하게 됩니다. 따라서 아르고스가 죽은 이유는 (1)이 알맞습니다.

> **배경지식**
> **그리스 로마 신화**
> 　그리스 로마 신화는 고대 그리스에서부터 로마 제국으로 이어지는 서양 신화입니다. 제우스, 헤라, 헤르메스 등 우리에게는 이미 친숙한 그리스의 신들이 많습니다. 그리스 로마 신화는 고대인의 상상에서 비롯된 이야기이지만, 지금까지 철학과 역사, 그리고 미술과 문학의 중요한 주제가 되어 오며 서양 문화 전반에 큰 영향을 미쳤습니다. 따라서 서양 문화를 더 깊이 이해하기 위해서는 그리스 로마 신화를 읽을 필요가 있습니다.

생각글 2 잠을 자는 이유

24~25쪽

우리가 잠을 자는 이유에 관해서는 몇 가지 이론이 있습니다. 우선 잠은 기억을 정리하는 과정이라는 이론, 그리고 뇌에 쌓인 노폐물을 씻어 내기 위한 필수적인 과정이라는 이론이 있으며, 마지막으로 에너지 소비를 줄이기 위해 뇌가 활동하지 않는 시간을 가진다는 이론이 있습니다.

> **내용요약** 기억, 에너지
> **1** ④ **2** ② **3** ③

1 양쪽 귀 뒤쪽 깊숙한 곳에 있는 '해마'라는 뇌 부위는 바다에 사는 해마를 닮았으며, 기억을 일시적으로 보관하는 곳입니다. 따라서 기억을 장기적으로 보관하는 곳이라는 설명은 해마에 대한 설명으로 적절하지 않습니다.

2 이 글에서는 우리가 잠을 자는 이유 세 가지를 제시하고 있습니다. 이때 인간이 잠을 자는 것이 필수적인 과정이라는 설명도 언급됩니다. 따라서 이 글에서 말하고자 하는 내용으로 가장 알맞은 것은 '사람은 잠을 자야 한다.'는 것입니다.

3 **보기**에서는 우리가 치매로 알고 있는 알츠하이머병이 '아밀로이드 베타'가 과하게 쌓여 발병한다는 것을 설명하며, 그 치료법과 관련된 연구를 언급하고 있습니다. 이 글에서는 잠을 자지 못했을 때 뇌에 쌓이는 노폐물이 바로 '아밀로이드 베타'이며, 수면을 통해 이러한 노폐물을 씻어 낼 수 있다고 설명합니다. 따라서 이 글과 **보기**를 통해 알 수 있는 내용은 충분하게 잠을 자는 것이 치매 예방에 도움이 된다는 것입니다.

> **오답풀이**
> ① 치매에 걸리는 것과 해마의 용량 사이의 관련성은 찾아볼 수 없습니다.
> ② 음악을 듣는 것과 치매 예방 사이의 관련성은 찾아볼 수 없습니다.
> ④ 기억을 분류하는 데 도움을 주는 것은 해마입니다.
> ⑤ 뇌는 잠을 충분히 자지 않을수록 에너지 소비를 많이 합니다. 그리고 잠을 자지 않으면 뇌에 아밀로이드 베타가 더 많이 쌓일 것입니다. 따라서 뇌의 에너지 소비가 많을수록 치매에 걸릴 확률이 오히려 높을 것이라고 추측할 수 있습니다.

1

아르고스 이야기	잠을 자는 이유	
제우스는 아내 헤라의 눈을 피하기 위해 이오를 <u>암</u> <u>소</u> 로 변신시키고, 이를 헤라에게 주었다.	첫 번째	해마는 하루의 기억을 여섯 시간 동안 분류해서 보관이 필요한 기억은 대뇌 신피질로 보내므로 최소 여섯 시간을 자야 한다. 그렇지 않으면 해마는 기억을 <u>삭</u> <u>제</u> 한다.
↓		
헤라는 눈이 백 개가 있는 괴물 아르고스에게 암소를 맡기며 단단히 지키라고 했다.	두 번째	잠은 뇌에 쌓인 노폐물인 아밀로이드 베타를 씻어 내기 위해 필수적이다.
↓		
헤르메스는 피리 소리로 아르고스를 재운 뒤 죽였다. 헤라는 아르고스의 백 개의 눈을 <u>공</u> <u>작</u> 깃털의 장식으로 삼았다.	세 번째	<u>뇌</u> 는 에너지의 20%나 사용하기에 잠을 자면서 에너지 소비를 줄이는 것이 필요하다.

2 (2) ○

3 (예시답안) 우리가 잠을 자는 이유에는 몇 가지가 있다. 우리는 잠을 자면서 기억을 정리할 수 있다. 잠을 자는 동안 불필요한 기억은 해마가 지우기 때문이다. 그리고 뇌에는 노폐물이 쌓이는데, 잠을 자는 동안 이 노폐물이 청소된다. 그리고 뇌는 평소에 우리 몸의 에너지 20%를 사용하는데, 잠을 자면 에너지 소비도 줄일 수 있다. 그렇기 때문에 우리는 건강한 삶을 위해 잠을 꼭 자야 한다.

(채점 Tip)
1) 잠을 자는 이유를 기억과 관련된 부분에서 찾았는지 확인해 보아요.
2) 잠을 자는 것이 우리에게 필수적인 이유에 대해 잘 이해하고 있는지 확인해 보아요.
3) 에너지 효율의 측면에서 잠을 자는 이유에 대해 생각해 보아요.

4 (1) 활동 (2) 필수 (3) 잠 (4) 보관

5 (1) 보관 (2) 활동

6 (1) 에너지 (2) 노폐물

생각주제 **04**
장난감이 사는 세상의 모습은 어떨까?

생각글 **1** 인형의 집

이 글은 인형 집에 사는 인형들 이야기이며, 주인공은 작은 인형 토티입니다. 토티를 비롯한 인형들의 주인인 에밀리와 샬럿이 착한 아이들인 덕분에 수동적인 존재인 인형들이 행복하게 생활할 수 있다는 것을 알 수 있습니다.

1 ④	2 ㉰	3 ㉢	4 ②

1 이 글에 등장하는 인형들의 주인인 에밀리와 샬럿은 착한 아이들이라는 설명이 있습니다. 따라서 에밀리와 샬럿이 인형을 함부로 다루고 망가뜨린다는 설명은 적절하지 않습니다.

(오답풀이)
① 이 글을 통해 토티가 나무 인형이라는 것을 알 수 있습니다.
② 글의 초반부를 통해 토티가 여러 세대에 걸쳐 쓰이던 인형임을 알 수 있습니다.
③ 글의 후반부를 통해 주인을 잘못 만난 인형이 수난을 겪기도 함을 알 수 있습니다.
⑤ 플랜태저넷 부부는 토티의 부모님 역할을 하는 인형입니다.

2 보기는 토티의 생김새를 마치 그림을 그리듯 표현한 부분입니다. 그러므로 토티의 모습을 설명하고 있는 ㉰에 들어가는 것이 적절합니다.

3 ㉢은 인형들의 주인인 에밀리와 샬럿의 증조할머니의 언니인 로라를 가리키고 있습니다. ㉢을 제외한 나머지는 모두 이 이야기의 주인공인 인형 토티를 가리키고 있습니다.

4 이 글의 후반부에서는 인형은 선택될 뿐이며, 주인에 따라 행복이 결정됨을 설명하고 있습니다. 따라서 이 글에 대한 감상으로 알맞은 것은 ②입니다.

작품읽기

책 소개

인형의 집
글 루머 고든
비룡소

에밀리와 샬럿 자매에게는 토티를 비롯한 여러 인형들이 있습니다. 자매의 간절한 바람 끝에 마침내 인형들에게도 집이 생기지만, 그 집에 새로 들어온 마치페인이라는 인형 때문에 여러 문제가 발생합니다. 결국 에밀리와 샬럿 자매는 마치페인을 박물관에 보내 버리고 이야기는 끝이 납니다.

생각글 2

영화 「토이 스토리」의 세계

30~31쪽

 익힘 학습 **자란다 문해력**

32~33쪽

영화 「토이 스토리」의 세계관에서는 인간이 보지 않을 때 장난감들이 사람처럼 살아 움직이며, 대화를 나누고, 모험을 벌입니다. 이 영화는 장난감 '우디'와 '버즈'가 겪는 모험과 둘의 우정을 통해 감동을 선사합니다.

내용요약 장난감

1 ④ **2** ⑤ **3** ⑤

1 영화 「토이 스토리」는 장난감들이 인간 몰래 사람들처럼 행동한다는 상상력에서 만들어진 영화입니다. 이 영화는 장난감들의 모험을 바탕으로 우정과 신뢰의 중요성을 강조합니다. 따라서 「토이 스토리」가 '장난감을 소중히 다루자'라는 교훈을 전하는 영화라는 설명은 적절하지 않습니다.

2 **보기**의 버즈는 자신이 별 볼 일 없는 장난감이라며 우울해합니다. 이때 우디는 자신들의 주인인 앤디는 버즈가 단지 장난감이기 때문에 좋아하는 것이라며 버즈를 위로해 줍니다. 따라서 '버즈'가 진짜 우주특공대원이라 앤디의 사랑을 받았다는 설명은 적절하지 않습니다.

3 2문단을 통해 알 수 있듯이, 「토이 스토리」 속 장난감 세상에서는 인간이 보지 않을 때 장난감들이 살아 움직이다가 주인인 앤디의 발소리가 들리면 원래 위치로 돌아가 무생물인 장난감인 척합니다. 따라서 장난감들이 사람의 행동에 영향을 받지 않는 공간에서 살고 있다는 설명은 적절하지 않습니다.

오답풀이

① 이 글을 통해 장난감 우디와 버즈가 서로 우정을 나누게 된다는 것을 알 수 있습니다.

② 5문단을 바탕으로 처음에는 우디가 버즈를 못마땅하게 여겼다는 것을 알 수 있으며, 따라서 장난감들이 진짜 사람처럼 서로 갈등을 일으키기도 한다는 것을 추측할 수 있습니다.

③ 장난감들이 사람과 함께 있을 때는 무생물인 척한다는 것을 2문단에서 확인할 수 있습니다.

④ 이 글을 통해 「토이 스토리」 속 장난감들은 사람과 다른 점이 없을 정도로 서로 도와주고 용기를 준다는 것을 알 수 있습니다.

1

인형의 집	영화 「토이 스토리」의 세계
1 토티는 작은 인형이지만 오래 살았다.	**1** 영화 「토이 스토리」는 사람처럼 살아 움직이고 모험을 하는 장난감 이야기를 그린 애니메이션이다.
2 함께 사는 에밀리와 샬럿은 착하다. 그래서 토티에게 가족을 만들어 주었다.	**2** 앤디는 우주특공대원 버즈를 새로 선물받고, 카우보이 우디보다 버즈를 더 아낀다.
3 인형은 어떤 사람을 만나느냐가 중요하다. 왜냐하면 인형은 [선택]될 뿐 어떤 일이든 사람이 해 주어야 하기 때문이다.	**3** 실수로 옆집에 갇히게 된 우디와 버즈는 앤디의 집으로 돌아가기 위한 [모험]을 시작한다.
4 인형한테 못되게 굴면 인형이 상처받고 버려진다는 사실을 잊어서는 안 된다.	**4** 우디와 버즈는 모험을 통해 우정을 쌓게 되고 서로에게 진정한 친구가 된다.

2 (2) ○

3 **예시답안** 장난감이 사는 세상의 모습은 「인형의 집」이나 「토이 스토리」와 같은 작품을 통해 접할 수 있다. 나는 장난감도 사람이 만든 것이라 장난감들의 세상도 사람의 세상과 다르지 않을 것이라 생각한다. 어쩌면 사람보다 더 사람처럼 서로를 배려하고 용기를 주고, 간절히 바라는 것이 있을 수 있다. 하지만 현실과 달리 서로 싸움이 없이 늘 행복하면 좋겠다. 그러면 장난감을 가지고 노는 우리도 행복하게 지낼 것 같기 때문이다.

채점 Tip

1) 장난감이 사는 세상의 모습을 찾아볼 수 있는 작품의 예시를 들어 보아요.

2) 장난감이 사는 세상의 모습은 어떠할지 자세히 표현해 보아요.

3) 장난감이 살기 바라는 세상의 모습도 제시해 보아요.

4 (1) 장난감 (2) 인형 (3) 모험 (4) 선택

5 (1) 행복 (2) 선택

6 (1) 일상 (2) 선택했다

메타버스

34~35쪽

메타버스는 가상 공간과 현실 세계가 상호 작용해 서로 연결된 세계를 의미합니다. 이러한 메타버스에는 크게 네 가지 유형이 있으며, 최근에는 유형 간의 경계가 점점 사라지며 과거에 우리가 불가능하다고 생각한 일들이 메타버스를 통해 생생하게 펼쳐지고 있습니다.

내용요약 메타버스
1 ② 2 메타버스 3 ⑤ 4 ㉠ (2), (4) ㉡ (1), (3)

1 3문단에 가상 세계의 설명이 나옵니다. 가상 세계는 현실과 유사하지만 무한한 온라인 세상에서 아바타로 활동합니다. 그러므로 가상 세계의 수는 무한하다고 볼 수 있습니다.

오답풀이
① 2문단을 통해 SNS는 메타버스의 유형 중 라이프 로깅에 해당한다는 것을 알 수 있습니다.
③ 1문단을 통해 메타버스가 1992년에 처음 등장한 용어라는 것을 확인할 수 있습니다.
④ 3문단에서는 아바타를 만들어 활동하는 공간인 가상 세계를 설명하고 있습니다.
⑤ 4문단에서 메타버스의 네 가지 유형을 하나의 프로그램에서 구현할 수 있다고 나옵니다.

2 이 글에서는 메타버스의 의미와 여러 가지 유형에 대해 설명하고 있습니다. 따라서 이 글의 중심 소재는 '메타버스'입니다.

3 이 글에서 특수 장비를 활용한 것이 편한지 불편한지의 여부는 알 수 없습니다. 따라서 특수 장비가 있어야 사용할 수 있는 메타버스는 여전히 사용하기 불편하다는 반응은 적절하지 않습니다.

4 ㉠은 라이프 로깅으로 (2), (4)가 알맞은 사례이며 ㉡은 거울 세계로 (1), (3)이 알맞은 사례입니다.

CG 기술과 가상 현실 구현

36~37쪽

CG는 컴퓨터를 사용해 현실적인 이미지와 영상을 만들어 내는 기술을 말하며, 오늘날에는 CG 기술이 발달하여 실제와 가상의 경계가 모호해졌습니다. 그리고 이러한 CG 기술은 가상 세계에서 실제와 같은 체험을 가능하게 하는 VR과, 현실 세계에 이미지를 겹쳐 보이게 하는 AR을 구현하는 핵심 기술이기도 합니다.

내용요약 CG
1 ④ 2 ③ 3 ㉠ AR, ㉡ VR

1 이 글에서는 CG 기술의 발달을 설명한 뒤, VR과 AR을 자세히 설명하고 있습니다. VR 활용의 예시로 기기를 착용하면 역사 속 장소에 방문해서 실제로 사람들이 나눈 대화를 들을 수 있는 것을 알려 줍니다. 그리고 AR 활용의 예시로 AR 필터 등을 소개합니다. 그러므로 개념에 대해 예시를 통해 설명하고 있다는 것이 적절합니다.

2 이 글에서는 AR과 VR 기술 중 무엇이 더 나은지 비교하고 있지 않습니다. 따라서 AR이 VR보다 사용자에게 현실감과 몰입감을 제공한다는 것은 이 글을 통해 알 수 없습니다.

오답풀이
① 3문단을 통해 알 수 있듯이, CG의 발달로 더욱 정교한 VR과 AR을 구현할 수 있게 되었습니다.
② 4문단을 바탕으로 VR은 실제처럼 여러 체험이 가능하다는 것을 확인할 수 있습니다.
④ 이 글을 통해 VR은 기기를 착용하여 체험하고, AR은 스마트폰 앱을 이용해야 한다는 것을 알 수 있습니다.
⑤ 5문단에서는 AR이 실제 세계와 가상의 요소를 결합하여 상호 작용이 가능한 기술이라고 설명합니다.

3 ㉠의 사례에서는 스마트폰으로 현실 세계에 해당하는 전시장 벽을 비추었더니 3차원의 가상 이미지에 해당하는 공룡이 화면에 등장해 움직이고 있습니다. 따라서 이는 AR에 해당됩니다. 이와 달리 ㉡에서는 특수 장치를 착용한 뒤 공룡이 살고 있는 가상 세계에 들어가 여러 활동을 하고 있습니다. 따라서 이는 VR에 해당됩니다.

자란다 문해력

38~39쪽

1

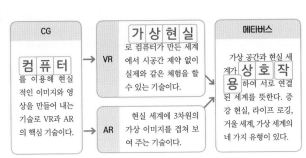

2 (2) ○

3 (예시답안) 가상 현실은 다른 말로 VR이라고 하며, 컴퓨터가 만든 세계에서 실제와 같은 경험을 가능하게 하는 기술이다. 앞으로는 CG를 비롯한 여러 기술의 발전으로 가상 현실이 점점 더 현실과 유사해질 것이라고 생각한다. '레디 플레이어 원'이라는 영화에서 보았던 것처럼, 앞으로는 사람들이 가상 현실에서 다양한 경험을 하며 살아가게 될 것 같다.

(채점 Tip)
1) 가상 현실의 개념에 대해 잘 이해하고 있는지 확인해 보아요.
2) 가상 현실의 발전과 관련한 의견을 적절히 제시했는지 확인해 보아요.
3) 가상 현실과 관련된 자신의 경험이나 적절한 예시가 있다면 제시해 보아요.

4 (1) ㉡ (2) ㉠ (3) ㉣ (4) ㉢

5 (1) CG (2) 창조 (3) 가상 (4) 메타버스

6 (1) 모호하다 (2) 구현하는

생각글 1 좋은 글의 조건

42~43쪽

좋은 글은 몇 가지 조건을 갖추고 있습니다. 우선 좋은 글은 이해하기 쉽습니다. 다음으로, 좋은 글에는 글쓴이가 하고 싶은 말이 명확하게 드러나 있습니다. 마지막으로, 좋은 글은 읽는 이에게 좋은 영향을 줍니다.

(내용요약) 독자, 명확

1 ③   **2** ②   **3** ㉣

1 글쓴이는 좋은 글의 조건 중 하나로 '의도가 명확한 글'을 제시하고 있습니다. 이때 의도가 명확한 글을 쓰기 위해서는 먼저 하나의 주제를 정하고, 어떤 방식으로 글을 구성할지 계획을 세워야 합니다. 따라서 생각나는 대로 쓴 글이 의도를 명확하게 전달한다는 설명은 이 글의 내용과 일치하지 않습니다.

(오답풀이)
① 3문단을 통해 좋은 글은 의도가 명확한 글이라는 것을 확인할 수 있습니다.
② 4문단에서는 좋은 글은 읽는 이에게 좋은 영향을 준다고 이야기하고 있습니다.
④ 2문단에서 일반 독자를 대상으로 하는 글에서는 전문 용어를 쉽게 풀어서 써야 한다고 설명하고 있습니다.
⑤ 하나의 글에 하나의 주제를 담아야 한다는 설명을 3문단에서 찾아볼 수 있습니다.

2 원래 글을 보면 '만유인력', '자전', '원심력' 등 전문 용어가 나옵니다. 반면 고쳐 쓴 글에서는 이런 전문 용어를 쉽게 풀어서 사용합니다. 그러므로 독자의 수준을 고려하기 위해서 고쳐 쓴 것이라 할 수 있습니다.

3 ㉠은 한 문단에 하나의 중심 문장과 그에 맞는 내용만 담는 게 좋다고 말합니다. **보기**는 좋은 글에 대한 글쓴이의 생각을 전달하고 있습니다. 하지만 ㉣는 글의 흐름에 상관없이 글쓴이가 좋아하는 것을 말합니다. 그렇기 때문에 ㉠과 어울리지 않는 것은 ㉣입니다.

2 글을 잘 쓰는 법

44~45쪽

글을 잘 쓰는 친구들의 습관에서 글을 잘 쓰는 비법을 배울 수 있습니다. 우선 좋은 글을 많이 읽어야 하는데, 이때 종류를 가리지 않아야 합니다. 또한 글 속에는 글쓴이의 생각이 담기므로 나만의 생각을 갖는 연습을 해야 합니다. 마지막으로, 글을 거듭 고쳐 가면서 많이 써야 합니다.

내용요약 읽고, 생각

1 ① **2** ⑤ **3** (3) ○ **4** ②

1 2문단에서는 글을 잘 쓸 수 있는 방법 중 하나로 '좋은 글을 많이 읽는 것'을 제시하고 있습니다. 또한 문학과 비문학을 가리지 않고 다양한 종류의 글을 읽는 것이 좋다고 설명하고 있습니다. 따라서 자신이 읽고 싶은 글만 많이 읽는 것이 좋다는 설명은 이 글의 내용과 일치하지 않습니다.

2 글을 잘 쓰기 위한 방법으로 '글 많이 읽기', '나만의 생각 갖기', '고쳐 쓰기'를 제시하고 있습니다. 매일 정해진 시간 동안 다양한 책을 읽는 것은 '글 많이 읽기'에 해당하므로 알맞은 방법입니다.

오답풀이
① 한 번에 완벽한 글을 쓸 수 없기 때문에 많이 쓰고 고쳐 써야 합니다.
② 글을 완성하더라도 쓴 글을 읽어 보고 고쳐 쓰기를 해야 합니다.
③, ④ 책을 읽고 내용을 그대로 받아들이는 것보다 이해한 내용을 바탕으로 나만의 생각을 가지는 연습이 필요합니다.

3 4문단에 따르면 고치고, 다시 생각하고, 또 고치면서 글의 완성도를 높일 수 있다고 합니다. 그러므로 고쳐 쓰기의 효과는 글의 완성도를 높일 수 있다는 것입니다.

4 글을 많이 읽고, 나만의 생각을 갖는 연습을 하고, 많이 쓰다 보면 어느새 글을 잘 쓰는 방법을 터득하게 될 것이라고 나옵니다. 따라서 글쓰기 능력은 타고나는 것이기 때문에 연습을 해도 잘하기 힘들다는 설명은 이 글을 올바르게 이해하지 못한 것입니다.

자란다 문해력

46~47쪽

1

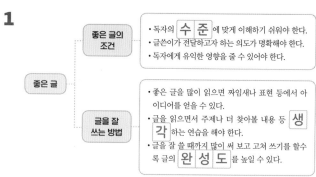

2 (1) ○
왼쪽 그림에서는 글을 쓰기 전에 미리 계획을 세우고 있는 아이의 모습을 확인할 수 있으며, 오른쪽 그림에서는 내용을 더 명확한 방향으로 수정하려는 아이의 모습을 확인할 수 있습니다. 따라서 두 그림이 공통적으로 설명하고 있는 좋은 글의 조건은 글쓴이가 하고 싶은 말이 명확한 글이라고 할 수 있습니다.

3 **예시답안** 좋은 글을 쓰기 위해서는 좋은 글을 많이 읽고, 글을 많이 써 보는 등의 노력을 해야 한다. 나는 평소에 소설책만 읽고 독후 활동을 아무것도 하지 않았다. 앞으로는 다양한 분야의 책을 읽고 그 내용에 대한 나의 생각을 정리해야겠다.

채점 Tip
1) 좋은 글을 쓰기 위한 방법에 대해 잘 이해하고 있는지 확인해 보아요.
2) 자신의 독서 경험을 활용해서 글을 써도 좋아요.
3) 좋은 글을 쓰기 위한 방법과 관련하여 다른 의견이 있다면 제시해 보아도 좋아요.

4 (1) ⓒ (2) ⓒ (3) ⓔ (4) ⊙

5 (1) 의도 (2) 연습 (3) 완성도 (4) 명확

6 (1) 의도 (2) 명확

인구가 줄어들면 어떻게 될까?

생각글 1   우리 학교가 사라진대요!

48~49쪽

　15년 전, 호랑초등학교는 학생 수가 줄어서 신도시로 이사를 왔습니다. 하지만 몇 년 전부터 신도시의 아이들 수도 급격하게 줄어 폐교 이야기가 나오게 되었습니다. 호랑초등학교 6학년 아이들은 학교가 사라지지 않기를 바라며 희망을 놓지 않았지만, 결국 선생님으로부터 폐교 결정 소식을 듣게 됩니다.

> 1 ④　2 ②　3 ⑤　4 ⑤

1 철현이는 자신의 사촌 형이 다니는 중학교는 도심 한가운데 있는데도 폐교됐다고 말합니다. 따라서 수도권이나 도심에 있는 학교들은 폐교하지 않는다는 것은 이 글의 내용과 일치하지 않습니다.

2 ㉠은 어린이 인구의 감소로 발생하는 현상입니다. 이와 비슷한 이유로 일어나는 현상으로 적절한 것은 B시에서 아이 수가 줄어들어 문을 닫는 소아과가 늘어나고 있는 현상이라고 보는 것이 적절합니다.

> **오답풀이**
> ① 관광 기능이 발달한 도시에서 볼 수 있는 현상입니다.
> ③ 다문화 사회에서 갈등이 생기는 상황에 해당합니다.
> ④ 농촌 인구의 고령화 현상으로 설명할 수 있습니다.
> ⑤ 어린이 인구가 감소하는 ㉠의 이유와 정반대의 상황을 보여 주고 있습니다.

3 ㉡에서는 학생 수가 적어서 폐교하는 것을 이야기합니다. 하지만 이는 학교에 다니는 학생이 전혀 없다는 의미는 아닙니다. 따라서 아이들 입장에서 ㉡에 반대할 때 한 명의 학생이라도 가까운 곳에서 교육을 받을 권리를 보장해야 한다고 주장할 수 있습니다.

4 호랑초등학교의 전체 정원은 500명이지만, 현재 전교생 수는 62명에 불과합니다. 또한 올해 신입생 수는 겨우 다섯 명뿐입니다. 따라서 아이들이 ㉢처럼 말한 이유는 학교 정원보다 학생 수가 너무 적기 때문으로 추측할 수 있습니다.

생각글 2   인구 감소

50~51쪽

　우리나라의 인구는 계속 감소하는 추세이며, 그 이유로는 매우 낮은 출생률이 꼽힙니다. 저출생 정책을 펼칠 정도였던 과거와는 달리, 최근에는 결혼을 하지 않거나 결혼을 하더라도 아이를 낳지 않는 사람들이 늘고 있습니다. 이러한 인구 감소로 인해 우리 사회는 고령화되고 있으며, 여러 문제로 이어지고 있습니다.

> **내용요약** 출생률, 고령화
> 1 ⑤　2 ③　3 (1)

1 저출생으로 인해 사회가 고령화되어 간다는 것을 요약한 것이며, ㉮에는 사회의 고령화로 발생할 수 있는 문제가 들어가는 것이 적절합니다. 이때 가전 제품의 판매율 증가는 고령화와 관련이 없기 때문에 ㉮에 들어갈 내용으로 알맞지 않습니다.

2 이 글에서는 우리나라의 인구 감소와 낮은 출생률을 설명하기 위해 통계청의 발표 자료를 활용하고 있습니다. 따라서 이 글의 내용 전개 방식으로 알맞은 것은 권위 있는 기관의 통계 자료를 인용하며 대상을 설명하고 있다는 것이 적절합니다.

3 **보기**에서는 과거에 인구가 급속도로 증가하여 정부가 저출생 정책을 펼쳤음을 확인할 수 있습니다. 따라서 이 글과 **보기**를 통해 알맞게 추론한 것은 인구의 급격한 증가나 감소가 일어나면 사회에 문제가 생긴다는 점입니다.

> **오답풀이**
> (2) **보기**가 설명하는 시기에는 정부 주도로 저출생 정책이 펼쳐졌음을 알 수 있습니다. 따라서 이 시기에 인구를 줄이려고 노력하지는 않았다는 설명은 적절하지 않습니다.
> (3) 지금 우리나라 인구가 감소하고 있지만, **보기**에서 설명하는 시기와 현재의 총 인구 수는 비교할 수 없습니다

> **배경지식**
> **인구 피라미드**
> 　인구 피라미드란 한 국가 또는 지역의 연령별 인구 구성 비율을 피라미드 모양으로 나타낸 표를 말합니다. 우리는 두 개 이상의 인구 피라미드를 비교하여 차이점을 한눈에 확인할 수 있습니다. 우리나라의 경우, 과거에는 유소년층이 넓게 나타나고 노년층이 좁게 나타나는 정석적인 피라미드 형태였습니다. 하지만 전문가들은 이러한 모양이 미래에는 역피라미드 형태가 될 가능성이 높다고 보고 있습니다.

자란다 문해력

52~53쪽

1

우리 학교가 사라진대요!
1 호랑초등학교의 6학년 열한 명의 학생들은 학교가 **폐교** 될지 말지 소식을 기다리고 있었다. 왜냐하면 전교생 수가 매년 줄어들고 있었기 때문이다.
2 다들 모여서 기다렸지만, 선생님께서 학생 수가 너무 적어 학교가 없어지게 되었다는 소식을 전해 주셨다.

인구 감소
1 **인구** 가 줄어들면 여러 가지 문제점이 발생하기에, 인구 감소에 대해 많은 나라들이 고민하고 있다.
2 우리나라 인구는 앞으로 빠르게 감소할 것으로 예측된다. 그 이유로 꼽는 것이 바로 낮은 **출생률** 이다.
3 아이들이 태어나지 않아 젊은 층 비율이 줄어들면서 사회가 고령화되고 있다.

2 (1) ○

3 (예시답안) 우리나라는 출생률 감소로 인해 인구가 급격히 줄어들고 있다. 이처럼 태어나는 아이들 수가 적어지면 많은 지역에서 아이들을 위한 병원이나 교육 시설이 사라질 것이며, 그렇게 소외된 지역에서는 아이들이 행복하게 살기 어려워진다. 그리고 사회가 고령화되어 간다는 문제도 발생하는데, 이는 여러 경제적인 문제로 이어지기 때문에 사회에 악영향을 미친다.

(채점 Tip)
1) 인구 감소의 원인에 대해 잘 이해하고 있는지 확인해 보아요.
2) 고령화에 대해 잘 이해하고 있는지 확인해 보아요.
3) 인구가 줄어들면 발생할 수 있는 문제의 예시로 적절한 것이 있다면 제시해 보아요.

4 (1) 폐교 (2) 도심 (3) 침체 (4) 감당

5 (1) 유지 (2) 인구

6 (1) 감당 (2) 유지

생각주제 **08**
하늘에서 왜 돌이 떨어질까?

생각글 **1** **새들은 지붕을 짓지 않는다**

54~55쪽

이 시에서는 새들이 지붕을 짓지 않는 모습에 집중하고 있습니다. 새들은 외롭게 떨어지는 별똥별과 낮달, 민들레 꽃씨를 보듬어 주며, 하느님의 눈물까지 받아들입니다. 이러한 모습을 통해 새들이 자연과 함께 살아가기 위해 새집에 지붕을 짓지 않는다고 이해할 수 있습니다.

1 ③ **2** ① **3** ⑤ **4** ②

1 이 시에 등장하는 새들은 지붕을 짓지 않음으로써 외롭게 떨어지는 별똥별과 외로운 낮달, 민들레 꽃씨 등이 쉬어갈 수 있도록 하고 있습니다. 이외에도 새들이 어린 나뭇가지들을 배려하고 하느님의 눈물까지 포용하는 모습을 확인할 수 있습니다. 이러한 내용으로 이 시의 분위기가 포근하고 아늑하다는 것을 알 수 있습니다.

2 '눈', '별똥별', '낮달', '꽃씨'는 모두 새집으로 찾아가는 소재들입니다. 이와 달리 '지붕'은 새들이 짓지 않은 부분입니다. 새들이 '지붕'을 짓지 않은 덕분에 다른 네 개의 소재들이 새집으로 찾아갈 수 있는 것이기 때문에, ㉠이 다른 소재들과 구별된다고 할 수 있습니다.

3 이 시에서는 새들이 새집에 지붕을 짓지 않는 모습을 통해 '자연과 함께 있길 원하는 삶의 태도'라는 주제 의식을 나타내고 있습니다. 이러한 주제는 시에 등장하는 새들이 자연의 다양한 존재들과 가까이 지내고, 그들을 포용한다는 점에서 확인할 수 있습니다.

(오답풀이)
① 이 시에 '인간을 위해 우시는 하느님의 눈물'이라는 구절이 등장하지만, 이 시에서는 그러한 하느님의 눈물마저 새들이 받아들였다는 점에 초점이 맞추어져 있습니다.
② 이 시의 새들은 '잠이 든 채로 그대로 눈을 맞기 위하여' 지붕을 짓지 않았습니다. 따라서 비를 피하지 못하는 새가 슬픔을 느낀다는 것은 적절하지 않습니다.
③ 새들이 집을 짓고 있는 모습을 표현한 부분은 존재하지 않습니다.
④ 별똥별의 아름다움을 표현한 부분은 존재하지 않습니다.

4 이 시에서는 '~위하여', '가끔은~', '~쉬어가게 하고'와 같은 구절이 반복해서 사용되고 있습니다. 이렇게 같은 낱말과 구절이 반복되면 시를 읽을 때 운율이 느껴지기 때문에 이 시가 노래하는 느낌을 주는 것입니다.

천문학에서 '유성'이라고 불리는 별똥별은 우주에서 떠돌던 먼지나 암석이 지구의 대기와 마찰하여 불타며 생기는 것입니다. 이러한 유성이 비 오듯 쏟아지는 현상을 '유성우'라고 합니다. 유성 중 덩어리가 큰 것이 지표면까지 도달하면 이를 '운석'이라고 부르며, 이러한 운석은 매우 중요한 연구 자료로 활용됩니다.

내용요약 유성, 운석

1 ④　　**2** ④　　**3** ㉣　　**4** ①

1 이 글의 5문단에서 운석에 대해 설명하고 있지만 운석이 잘 발견되는 장소에 대한 내용을 다루고 있지는 않습니다.

오답풀이

① 5문단에서는 운석이 태양계와 우주의 신비를 밝히는 데 매우 중요한 연구 자료로 활용된다며 운석의 가치를 설명하고 있습니다.

② 이 글에서는 유성의 개념에 대해 설명한 뒤, 일반적인 유성과 운석의 차이점을 밝히며 운석의 개념 또한 설명하고 있습니다.

③ 4문단에서는 혜성과의 관계를 바탕으로 유성우 현상에 대해 설명하고 있습니다.

⑤ 3문단에 따르면, 유성을 관측하기 가장 좋은 시간은 새벽 한 시부터 해가 뜨기 전까지임을 알 수 있습니다.

2 유성은 우주를 돌아다니는 작은 먼지(㉮)나 암석이 지구 대기(㉯)와 마찰하면서 불타는 것입니다. 대부분의 유성은 지표면(㉰)에 도달하기 전에 모두 타서 사라지지만, 그중 덩어리가 큰 것들은 다 타 버리지 않고 지표면(㉱)까지 도달합니다. 이렇게 지표면까지 도달하는 것을 운석이라고 합니다.

3 ㉠~㉢은 유성을 가리키는 말입니다. '얼음 알갱이'는 혜성의 구성물을 설명하기 위해 등장했기 때문에 ㉣이 가리키는 대상은 다릅니다.

4 유성 중에서 덩어리가 큰 것들이 다 타 버리지 않고 지표면까지 도달한 것을 운석이라고 합니다. 따라서 유성과 운석은 비슷합니다. 혜성은 유성우 현상을 설명하기 위해 등장한 것으로, '도현'의 이해는 적절하지 않습니다.

1

천문학에서 보는 별똥별	유성	운석
	별똥별을 유성이라 부른다. 우주에서 떠돌던 먼지나 암석이 지구 **중력**에 이끌려 대기와 마찰하여 불타면서 생기는 것이다.	덩어리가 커서 타 버리지 않고 지표면에 도달하는 유성을 운석이라 한다. 운석은 태양계와 우주의 신비를 밝히는 연구 자료로 활용된다.

사람들이 보는 별똥별	별똥별에 대한 생각	새들은 지붕을 짓지 않는다
	별똥별을 보면서 소원을 빌면 이루어진다는 이야기가 있다. 이것은 우주에 대한 인간의 호기심과 신비감을 표현한 것으로 보인다.	별똥별 아래에서 쉬고 있는 새들의 모습을 통해 **자연**과 함께하고 싶은 마음을 나타낸 작품이다.

2 (4) ○

유성은 우주에서 떠돌던 먼지나 암석이 지구의 대기와 마찰하면서 불타면서 생기는 것입니다. 그리고 대부분의 유성은 지표면에 도달하기 전에 모두 타서 사라집니다.

3 **예시답안** 우주에서 떠돌던 먼지나 암석이 지구의 대기에서 불타면서 떨어지는 것을 유성이라고 한다. 보통의 유성은 크기가 작기 때문에 불타서 사라지지만, 가끔씩 크기가 큰 유성이 다 타버리지 않고 지표면까지 도달하기 때문에 하늘에서 운석이 떨어지는 현상이 발생하게 된다.

채점 Tip

1) 유성의 개념에 대해 잘 이해하고 있는지 확인해 보아요.

2) 운석이 지표면에 도달할 수 있는 이유를 올바르게 설명했는지 확인해 보아요.

3) 유성과 운석의 차이점에 대해 이해하고 있는지 확인해 보아요.

4 (1) ㉡ (2) ㉢ (3) ㉣ (4) ㉠

5 (1) 마찰 (2) 유성

6 마찰

생각글 1 종이의 발명

60~61쪽

인간은 아주 옛날부터 기록을 해 왔습니다. 세계 최초의 문자가 생겨났던 메소포타미아 문명에서는 점토판에 기록을 했습니다. 이후 이집트에서는 파피루스를, 페르가몬에서는 양피지를 사용하여 책을 만들었습니다. 하지만 여러 단점이 있었고 중국의 채륜이 현재 우리가 사용하는 종이를 만들었습니다.

내용요약 파피루스
1 ④ **2** ③ **3** ③

1 5문단에서 중국의 채륜이 만든 종이가 실크 로드를 통해 전 세계로 퍼져 나갔다는 것을 알 수 있습니다.

오답풀이

① 4문단을 통해 이집트와 페르가몬에는 도서관이 있음을 알 수 있습니다.

② 파피루스는 점토판보다 훨씬 가볍다는 장점을 가졌습니다.

③ 종이가 발명되기 전의 중국에서는 대나무나 비단을 활용해 기록했습니다.

⑤ 페르가몬 왕은 파피루스보다 더 부드럽고 오래 보관할 수 있는 양피지를 만들었습니다.

2 ㉠은 메소포타미아 문명에서 사용하던 진흙으로 만든 점토판, ㉡은 중국에서 사용했던 대나무를 쪼개서 엮어 만든 것을 의미합니다. 이 두 가지의 특징을 생각해 보면 모두 무겁다는 공통점이 있습니다. 그러므로 ㉠, ㉡을 사용하지 않은 이유로 알맞은 것은 ③입니다.

3 5문단에서 알 수 있듯이, 중국의 채륜은 기존의 것들보다 더 저렴하고 가벼운 재료를 활용하여 종이를 만들었습니다. 따라서 종이의 발명은 저렴하고 휴대하기 편한 책을 만들 수 있게 되었다는 의미를 가집니다.

배경지식

한지

한지는 '한국의 종이'라는 뜻으로, 닥나무를 사용해 만든 우리나라의 전통 종이입니다. 삼국 시대에 중국과의 교류를 통해 우리나라로 들어온 종이는 우리만의 독자적인 기술 개량을 통해 만들어지기 시작했습니다. 이러한 한지는 질기고 내구성이 뛰어나 오래 보존되며, 자연 친화적이라는 점에서 매우 우수합니다. 한지는 글을 쓰거나 그림을 그리는 용도는 물론, 여러 생활용품과 공예품의 제작에도 활용되었습니다.

생각글 2 인쇄술의 발전

62~63쪽

인쇄술이 등장하기 이전에는 사람이 손으로 직접 글을 쓰는 필사의 방식으로 책을 만들었습니다. 이후 시간이 지나 목판과 금속 활자를 활용해 책을 빠르게 만들 수 있게 되었습니다. 이러한 인쇄 기술은 점차 발전해 이제는 디지털 인쇄 기술로 맞춤형 인쇄가 가능해졌습니다.

내용요약 금속 활자
1 ② **2** ① **3** (2) **4** ㉣

1 3문단에 목판 인쇄에 대한 설명이 나오지만 목판 인쇄를 언제부터 시작했는지에 대한 기록은 이 글을 통해 알 수 없는 내용입니다.

오답풀이

① 5문단을 통해 맞춤형 인쇄를 저렴한 가격으로 할 수 있다는 장점이 나옵니다.

③, ⑤ 2문단에서는 인쇄술 등장 전 필사를 통해 책을 만드는 방법을 설명하고 있습니다.

④ 4문단을 통해 우리나라가 세계 최초로 금속 활자를 만들었다는 것을 알 수 있습니다.

2 이 글은 인쇄술의 발전 과정을 따라가며 책을 만드는 과정을 설명하고 있습니다. 따라서 이 글의 내용 전개 방식으로 적절한 것은 ①입니다.

3 ㉠에서는 종이와 인쇄술의 발달로 책을 대량으로 만들기 시작하면서 인류의 역사에도 큰 영향을 주었음을 이야기하고 있습니다. 따라서 성경책이 대중에게 널리 보급되면서 종교 개혁이 빠르게 확산될 수 있었다는 것이 ㉠의 예시로 적절합니다.

4 **보기**의 세 가지 모두 개별적인 요구에 따라 맞춤형 인쇄가 가능해졌음을 알 수 있습니다. 따라서 **보기**에 나오는 일을 가능하게 한 것은 ㉣에 해당하는 '디지털 인쇄 방식'입니다.

익힘학습 자란다 문해력

64~65쪽

1

책의 발명
인간은 벽화를 그렸고 문자가 발명되면서 기록하는 형식이 점차 발전했다. 책이라는 도구를 통해 후세에 기록을 전달하게 되었다.

종이의 발명	인쇄술의 발전
메소포타미아 문명에서는 **문자** 를 점토판에 기록했고, 이집트에서는 파피루스, 페르가몬에서는 양피지에 기록했다. 현재와 같은 종이는 중국의 채륜이 만든 것이다.	처음에는 사람이 직접 글을 쓰는 필사를 통해 책을 만들었다. 이후 목판 인쇄를 했고, 이보다 더 유용한 **금속** 활자가 발명되어 대량으로 책을 만들 수 있었다. 이제는 디지털 인쇄 기술로 맞춤형 인쇄가 가능해졌다.

2 (1) ○

3 (예시답안) 가장 인상 깊은 부분은 필사를 통해서 책을 만든다는 것이다. 한 쪽을 거의 다 썼더라도 한 글자만 실수하면 결국 처음부터 다시 써야 하고, 그림 그리다가 실수를 해도 처음부터 다시 써야 하는 것이다. 인쇄술이 발전하기 전에는 책 한 권 만드는 것이 굉장히 어려웠다. 그럼에도 불구하고 많은 책을 남긴 인류는 대단한 것 같다. 인쇄술이 발달하기 전 시기로 돌아간다면 필사하는 분들에게 박수를 보낼 것이다.

(채점 Tip)
1) 종이와 인쇄술의 발전 과정 중에서 인상 깊은 부분을 제시해 보아요.
2) 어떤 점에서 인상 깊은지 이유나 근거를 설명해 보아요.
3) 현재의 시점에서 하고 싶은 말이 있다면 써 보아요.

4 (1) 기록 (2) 인쇄 (3) 발명 (4) 출력

5 (1) 전달 (2) 배치

6 (2)

생각글 1 베니스의 상인

66~67쪽

샤일록의 돈을 빌린 안토니오는 돈을 갚지 못해 가슴에서 살 한 근을 베어 내야 할 처지에 놓입니다. 안토니오와 샤일록은 결국 재판을 벌였으며, 재판장은 샤일록에게 안토니오의 가슴살을 베어 낼 권리가 있지만 살을 베어 낼 때 안토니오의 피를 흘리게 할 수 없다는 현명한 판결을 내립니다.

1 ④ **2** ③ **3** ①

1 이 글에 등장하는 재판장은 샤일록에게 안토니오의 가슴살을 베어 낼 권리가 있지만, 살을 베어 낼 때 안토니오의 피를 흘리게 할 수 없다는 판결을 내립니다. 살을 베면서 피를 흘리지 않게 할 방법이 없었던 샤일록은 결국 안토니오에게 원금만 받겠다고 이야기합니다. 따라서 재판장의 현명한 판결 덕에 안토니오가 목숨을 구할 수 있었다는 설명이 적절합니다.

(오답풀이)
① 샤일록은 계약한 내용에 따라 안토니오의 살을 베고 싶어 합니다.
② 안토니오가 죽을 위기에 처한 상황에서도 바사니오를 원망했다는 내용은 나오지 않습니다.
③ 샤일록은 안토니오의 피를 흘리지 않고 살을 베는 것을 포기했습니다.
⑤ 안토니오는 가라앉은 배 때문에 샤일록에게 빌린 돈을 갚지 못했습니다.

2 재판장은 이자를 받지 않고 돈을 빌려주는 착한 안토니오는 살리고 고리대금업자인 나쁜 샤일록의 재산을 몰수하겠다는 판결을 내립니다. 이 판결을 나타낼 수 있는 사자성어로 알맞은 것은 '권선징악'입니다.

3 **보기**의 판사는 노인을 모르지만 사정을 잘 헤아려 현명한 판결을 내렸습니다. 자신이 아는 사람이어서 죄를 묻지 않았다는 것은 둘의 공통점으로 적절하지 않습니다.

(작품읽기)

베니스의 상인
글 셰익스피어

책 소개
샤일록에게 돈을 빌린 안토니오는 돈을 갚지 못해 가슴살 한 근을 베어 낼 처지에 놓입니다. 하지만 포셔가 재판장으로 변장해 현명하게 판결을 내렸고, 샤일록은 안토니오에게 원금만을 받고자 합니다. 하지만 샤일록은 베니스 사람을 위협한 죄로 재산을 몰수당합니다.

68~69쪽

재판은 법을 따르는 동시에 사회 정의를 구현해야 합니다. 그렇기에 재판은 공정해야 합니다. 우리나라는 공정한 재판을 위해 특별한 경우를 제외하고 모든 재판의 과정과 결과를 공개하며, 3심 제도, 국민 참여 재판 제도를 시행하고 있습니다.

내용요약 법, 3심
1 ②　　**2** 3심 제도　　**3** (2)

1 4문단에서 찾아볼 수 있는 국민 참여 재판 제도는 일반 국민도 재판에 참여할 수 있는 제도라고 설명되어 있습니다. 따라서 법을 잘 아는 사람만이 국민 참여 재판에 참여할 수 있다는 설명은 적절하지 않습니다.

2 **보기**의 A씨는 지방 법원에서 유죄를 선고받은 것을 억울해하며 고등 법원에서 다시 한 번 재판을 받기로 했습니다. 이는 한 사건에 대하여 세 번의 재판을 받을 수 있도록 한 '3심 제도'에 해당한다고 볼 수 있습니다.

3 **보기**의 기사에는 AI 판사 도입과 관련하여 기대되는 점과 우려되는 점이 언급되고 있습니다. 그렇기 때문에 AI 판사가 무조건 공정하기에 3심 제도와 같은 제도들은 사라질 것이라는 반응은 적절하지 않습니다.

오답풀이
⑴ 같은 죄여도 판사마다 판결이 다르다는 기사 내용으로 보아 사람이 판결을 내릴 때에는, 그 사람의 생각이 반영될 수 있다고 생각할 수 있습니다.
⑶ AI가 이해할 수 없는 상황에 대한 우려가 있다고 기사에 나옵니다. 그래서 사람을 구하기 위해 옆집 창문을 깬 사람의 경우, AI 판사는 사람을 구하려는 상황에 대한 이해보다 창문을 깬 것에만 집중할 수 있습니다. 그래서 사람을 구하려 했어도 창문을 깬 것에 대해 벌을 줄 수 있을 것 같다고 생각할 수 있습니다.

70~71쪽

1

베니스의 상인	공정한 재판
1 안토니오는 친구인 바사니오를 위해 돈을 갚지 못하면 가슴에서 살 한 근을 베겠다는 조건으로 샤일록에게 돈을 빌렸다. 그러나 돈을 갚지 못하게 되어 **법 정**에 가게 된다.	**1** 재판이란 소송 사건을 해결하기 위하여 법관이 법에 따라 판단을 내리는 것이다.
2 재판장으로 변장한 포셔는 샤일록에게 자비를 베풀 것을 제안했지만, 샤일록은 계약대로 안토니오의 가슴살을 베겠다고 한다.	**2** 재판에는 개인 간의 다툼을 해결하는 민사 재판, 법을 어긴 사람을 처벌하기 위한 형사 재판, 국가 기관이 국민의 권리를 침해했는지 판단하는 행정 재판이 있다.
3 재판장은 계약서대로 하되 **피** 한 방울이라도 흘리면 안 된다는 판결을 내려 안토니오 목숨을 구한다.	**3** **공 정**한 재판을 위하여 재판의 과정과 결과를 공개하고, 3심 제도, 국민 참여 재판 제도 등을 실시하고 있다.
	4 정의의 여신상이 들고 있는 저울과 칼은 공정한 **재 판**의 상징과 같다.

2 ⑷ ○

3 **예시답안** 공정한 재판을 위해 필요한 것은 법관이 법에 따라 판단을 내리는 것이다. 하지만 사람의 판단은 공정이 잘 지켜지지 않을 수 있다. 그래서 이런 문제를 보완하기 위해 재판의 과정과 결과를 모두 공개하고, 재판을 3번 받을 수 있는 기회를 제공하며, 일반 국민도 재판에 참여할 수 있는 제도를 운영한다.

채점 Tip
1) 공정한 재판을 위한 조건에 대해 잘 이해하고 있는지 확인해 보아요.
2) 공정한 재판을 위해 시행되는 제도에는 어떤 것들이 있는지 제시해 보아요.
3) 공정한 재판과 관련된 적절한 예시가 있다면 제시해 보아요.

4 ⑴ ⓒ ⑵ ⓑ ⑶ ⓐ ⑷ ⓓ

5 ⑴ 공정 ⑵ 판결

6 침해

변신

74~75쪽

어느 날 아침 잠을 자고 일어난 그레고르는 흉측한 벌레로 변한 자신의 모습을 발견하고 깜짝 놀랍니다. 그는 옷감 외판원으로 일하면서 출장을 자주 가고 불규칙한 식사를 하는 것에 대해 불만스러운 생각을 합니다. 그리고 일을 그만둘 수 없는 자신의 입장에 대해 한탄합니다.

---

1 ⑤　　**2** ⑤　　**3** (1) ㉠ (2) ㉢ (3) ㉡　　**4** (2)

---

1 이 글은 그레고르가 어느 날 아침 갑자기 벌레로 변한 비현실적인 상황을 제시한 후 그의 마음 속 생각에 대해 보여 주고 있습니다.

오답풀이
① 그레고르가 출장을 자주 다니고 오늘도 출장을 가야 한다는 것은 알 수 있으나 중심 내용으로 보기는 어렵습니다.
② 그레고르는 출장 가는 기차를 놓칠 만큼 늦잠을 잤지만, 그보다 더 중요한 사건은 벌레로 변한 것입니다.
③ 그레고르가 벌레로 변한 것은 꿈이 아니라 실제로 일어난 사건입니다.
④ 그레고르가 마음 속 생각을 통해 사장에게 사표를 내고 싶다고 생각하지만, 그것이 중심 사건은 아닙니다.

2 글의 끝부분에 벌써 여섯 시 반이었다는 내용이 나옵니다. 따라서 자명종 시계를 쳐다보았을 때 시간은 아침 6시 30분임을 짐작할 수 있습니다.

3 소설의 3요소는 인물, 배경, 사건입니다. 이 글에서 인물은 주인공인 그레고르 잠자이며, 배경은 그레고르의 방이며 아침 여섯 시 반입니다. 주요 사건은 그레고르가 흉측한 벌레로 변한 것입니다.

4 문학 작품에서는 상징을 통해 작가가 말하고자 하는 바를 표현합니다. 이 작품에서는 현대인의 절망적인 세계(㉡)를 표현하기 위해 문학적 상징(㉢)의 방법으로 그레고르가 벌레로 변신한 것(㉮)으로 표현했습니다.

 카프카의 작품과 문학적 상징

76~77쪽

프란츠 카프카는 어릴 적부터 병약했고 독서를 즐겼습니다. 그의 대표 작품으로 「성」, 「소송」, 「변신」 등이 있습니다. 그중 「변신」은 벌레로 변한 남자의 비참한 삶을 통해 현대인의 절망을 그렸습니다. 이러한 문학적 상징을 알레고리라 합니다.

내용요약 상징
1 ②　　**2** (1) ○, (2) ○, (3) ○　　**3** 알레고리

---

1 작가 프란츠 카프카는 유대인 상인의 아들로 태어났으며, 어릴 적에 병약하고 독서를 좋아하는 소년이었습니다. 그는 친구에게 자신의 원고를 불태워 달라는 유언을 남겼습니다. 그의 대표 작품으로는 「성」, 「소송」, 「변신」 등이 있습니다. '아버지가 사업에 실패하고 집에서 지냈다.'는 내용은 이 글에 나오지 않습니다.

2 그레고르가 비참하고 희망 없는 삶을 살아간 이유는 그가 갑자기 흉측한 벌레로 변했고, 이로 인해 방 안에 갇혀서 먹이를 받아먹으며 생활했기 때문입니다. 그리고 이러한 그레고르를 보는 가족의 시선은 차가워졌고 의사소통도 할 수 없었기 때문입니다.

오답풀이
(4) 이 부분은 그레고르가 벌레로 변하기 전에 해당하는 내용입니다.

3 「별주부전」 속에서 별주부(자라)는 토끼를 속여 용궁에 데려가 토끼의 간을 빼서 용왕에게 바치려고 합니다. 이러한 내용은 조선 시대 후기의 권력에 대한 아부를 풍자한 것입니다. 이러한 문학적 상징 기법을 알레고리라고 합니다.

작품읽기

변신
글 프란츠 카프카
푸른숲주니어

책 소개
　외판원 그레고르 잠자는 어느 날 아침 자신이 거대한 벌레로 변한 것을 알게 됩니다. 가족들은 점점 벌레로 변한 그레고르를 방치하고 그는 외로움과 배고픔 속에서 죽게 됩니다. 벌레로 변했다는 문학적 상징을 통해 현대인의 소외를 그려 낸 작품입니다.

익힘학습 자란다 문해력

78~79쪽

1

변신
1 어느 날 아침, 그레고르는 자신이 **벌레**가 되어 있는 것을 발견하고 충격에 빠진다.
2 그레고르는 자신이 출장을 다니느라 끼니를 제때 먹지 못하고, 진실한 관계를 맺지 못함을 한탄한다.
3 배가 고려워진 그레고르는 몸을 움직이다가 흰색 반점을 보고 놀란다. 그리고 자신의 발이 배에 닿자 소름이 끼친다.
4 그레고르는 회사에 사표를 내고 싶지만 부모님이 진 빚 때문에 어쩔 수 없다는 생각을 한다. 다섯 시 기차를 타야 하는데 시간은 이미 지나 있었다.

카프카의 작품과 문학적 상징
1 프란츠 카프카는 자수성가한 상인의 아들로 태어났는데, 어릴 적부터 병약하고 독서를 좋아했다.
2 카프카는 직장 생활과 창작 활동을 병행하였다. 그는 작품을 모두 태워 달라고 유언을 남겼지만, 친구가 작품을 출간한다.
3 「변신」은 어느 날 벌레로 변한 그레고르의 이야기를 그린 작품이다.
4 그레고르는 방 안에 갇혀 비참하게 살다가 아버지가 던진 사과에 맞은 상처가 악화되어 쓸쓸히 죽는다.
5 이 작품에는 은유법과 비슷하지만 작품 전체에 적용되는 기법인 **알레고리**가 사용되었다.

2 (2) ○

3 예시답안1 문학은 사람들이 읽으면서 머릿속으로 자유로운 상상을 펼칠 수 있게 하는 글이다. 문학적 상징인 알레고리가 사용된 글을 읽으면 문학 자체의 즐거움뿐만 아니라 작가가 전하고 싶은 의미를 알아 가는 즐거움도 있다. 독자에게 다양한 즐거움을 줄 수 있기에 문학적 상징은 필요하다고 생각한다.

예시답안2 작가 입장에서도 전하고 싶은 내용을 그대로 쓰게 되면 재미없는 글이 되어 독자들이 글을 읽지 않을 수 있다. 그래서 독자와 작가를 위해 문학적 상징은 꼭 필요하다고 생각한다.

채점 Tip
1) 문학적 상징이 사용된 글을 읽었을 때 느낀 점을 써 보아요.
2) 문학적 상징이 사용된 글과 사용되지 않은 글을 비교해 보아요.
3) 작가의 입장에서 문학적 상징을 왜 사용하는지 의견을 제시해 보아도 좋아요.

4 (1) ㄹ (2) ㄱ (3) ㄴ (4) ㄷ

5 (1) 상징 (2) 반점 (3) 흉측 (4) 견본

6 유사성

생각글 1 여자는 분홍색, 남자는 파란색

80~81쪽

우리는 흔히 여자아이는 분홍색, 남자아이는 파란색을 좋아한다고 생각합니다. 하지만 여러 실험과 연구의 결과, 색깔에 대해 성별에 따른 취향 차이가 나타나는 것은 후천적이라고 보는 것이 더 적절합니다. 즉, 여자는 분홍색, 남자는 파란색을 좋아한다는 것은 편견에 불과한 것입니다.

내용요약 **후천적**
1 ③ **2** ③ **3** ㉠ (1) ㉡ (2)

1 6문단에서는 구석기 시대에 남성은 사냥, 여성은 채집을 담당했다는 것이 현대 남성 학자들의 편견이 낳은 결과일 가능성이 크다고 말합니다. 따라서 구석기 시대 남성이 사냥을 하고, 여성이 채집만 한 것은 사실이라는 설명은 적절하지 않습니다.

오답풀이
① 4문단을 통해 남자와 여자의 색깔에 대한 취향이 분명히 다르다는 사실을 알 수 있습니다.
② 이 글을 통해 성별에 따른 색깔 취향의 차이는 후천적일 가능성이 더 크다는 것을 알 수 있습니다.
④ 6문단에서 알 수 있듯이, 1920년대 사진을 보면 남자는 핑크, 여자는 블루였습니다.
⑤ 영국 신경과학자의 실험에서 남녀 모두 푸른색 계열을 더 좋아한다는 결과가 나타났음을 3문단에서 확인할 수 있습니다.

2 ㉮는 영국의 신경과학자들이 색상에 대한 남녀의 취향의 차이를 알아보기 위해 실험에 참여한 사람들입니다. 그러므로 알맞은 것은 '성별에 따라 선호하는 색을 알아보기 위한 실험'입니다.

3 ㉠은 유전적인 원인과 관련된 것입니다. 따라서 자녀의 얼굴이 부모의 유전을 이어받는 (1)이 ㉠의 사례로 적절합니다. 이와 달리 ㉡은 교육과 문화의 결과로 나타나는 것입니다. 따라서 성별에 따른 직업 선택의 차이를 보여 주는 (2)가 ㉡의 사례로 적절합니다.

'성 역할'은 사회적으로 특정 성별에 대해 예상되는 행동을 말합니다. 성 역할은 고정 관념 때문에 여러 문제가 되며, 과거에는 이것이 여성에 대한 차별과 억압으로 이어지기도 했습니다. 하지만 현대 사회에서는 성 역할에 대한 인식이 바뀌었고, 개인의 능력에 따라 역량을 발휘하는 것이 중요한 사회가 되었습니다.

> **내용요약** 성 역할, 개인
>
> **1** ④　**2** (3)　**3** ⑤　**4** ③

1 4문단에서는 최근 남자는 남자답게, 여자는 여자답게 행동해야 한다는 생각보다 '나'다운 것이 무엇인지가 더 중요해졌다고 이야기합니다.

오답풀이

① 2문단에서는 성 역할에 대한 고정 관념은 여러 가지 경로로 생겨났다고 나옵니다.

② 4문단을 통해 현대 사회에서는 성 역할에 대한 인식이 과거와 달라졌다는 것을 알 수 있습니다.

③ 3문단을 통해 조선 시대에는 성 역할이 여성에 대한 억압으로 이루어졌다는 것을 확인할 수 있습니다.

⑤ 4문단에서 알 수 있듯이, 이제는 개인의 능력에 따라 역량을 발휘하는 것이 중요합니다.

2 성 역할 고정 관념으로 알맞은 사례는 남자가 기본적으로 일을 해서 생계를 유지해야 한다는 것입니다. 왜냐하면 능력이나 적성에 따라 남자가 가사일을 하고 여자가 생계를 유지할 수도 있기 때문입니다.

3 ㉠~㉣은 성 역할에 대한 고정 관념에 해당됩니다. ㉤은 성 역할에 대한 인식이 바뀐 것이기에 성격이 다른 것은 ㉤입니다.

4 ㉮는 현대 사회에서 성 역할에 대한 인식이 바뀌었으며, 개인의 능력에 따라 역량을 발휘하는 것이 중요한 사회가 되었다는 것을 가리킵니다. 이때 제사 음식은 섬세함이 필요하기에 여성이 만들어야 한다는 것은 기존의 성 역할 고정 관념에 해당하므로 ㉮와 관련이 적습니다.

1

성 역할
성 역할은 사회적으로 특정 성별에 대해 예상되는 행동으로, 성 역할에 대한 **고 정 관 념** 이 문제가 되고 있다.

여자는 분홍색, 남자는 파란색
여자는 분홍색을 좋아하고 남자는 파란색을 좋아한다는 편견이 있다. 이러한 취향의 차이는 후천적으로 형성되는 것이다.

성 역할의 변화
성 역할에 대한 고정 관념은 여러 가지 경로로 생겨나며 미디어 속에서 은연중에 전달된다. 여자는 이래야 하고 남자는 이래야 한다는 고정 관념은 오랫동안 있어 왔다. 하지만 이제 이런 인식이 바뀌고 있으며 성별과 관계없이 개인의 능력과 관심사에 따라 **역 량** 을 발휘하는 것이 더 중요한 사회가 되었다.

2 (1) ○

3 **예시답안** 남자와 여자는 신체적 차이가 있다. 하지만 남자답거나 여자다운 것은 사람들의 고정 관념이 반영된 것이다. 따라서 우리 사회에서는 성 역할을 구분하는 것보다 각자를 개인으로 인정하는 것이 필요하다. 나 또한 남자답거나 여자다운 것이 아닌, '나'다운 것이 무엇인지 생각하며 나의 능력을 발휘할 것이다.

채점 Tip

1) 성 역할 고정 관념의 개념에 대해 잘 이해하고 있는지 확인해 보아요.

2) 성 역할 고정 관념의 문제를 해결하기 위한 방법으로는 어떤 것이 있는지 제시해 보아요.

3) 남자답고 여자답다는 것과 관련하여 자신의 경험이나 앞으로의 다짐이 있다면 제시해 보아요.

4 (1) ㉠ (2) ㉡ (3) ㉣ (4) ㉢

5 (1) 역할 (2) 선천적 (3) 후천적 (4) 강요

6 은연중

파브르 곤충기

86~87쪽

왕소똥구리는 커다란 소똥경단을 만들어 편히 먹을 수 있는 장소까지 옮깁니다. 소똥구리는 비탈길이라는 고난을 마주쳐도 끝내 극복하는 모습을 보여 줍니다. 간혹 다른 친구가 찾아와 도와주는 척하다가 주인의 구슬을 가로채기도 합니다.

> **내용요약** 습성, 친구
> **1** ③   **2** ①   **3** ⑤   **4** (2)

1 4문단을 통해 소똥구리가 친구와 한패가 되어 소똥구슬을 나르는 것은 대개 친구가 구슬을 훔칠 음모를 가지고 가담한 것으로, 공동체로 일하는 것이 아님을 확인할 수 있습니다. 따라서 소똥구리가 무리를 지어 생활하기에 늘 서로 돕는다는 것은 이 글의 내용과 일치하지 않습니다.

> **오답풀이**
> ① 2문단에서는 소똥구리가 물구나무 자세로 소똥을 옮긴다고 설명합니다.
> ② 3문단을 통해 소똥구리는 비탈길과 같은 힘든 길이 나와도 포기하지 않고 성공할 때까지 도전함을 알 수 있습니다.
> ④ 2문단에서 알 수 있듯이, 소똥구리는 소똥을 두 개의 긴 뒷다리로 부둥켜안은 뒤 굴립니다.
> ⑤ 2문단을 바탕으로 소똥구리가 구슬을 굴리기 위해 땅바닥을 떠밀 때 톱니 달린 앞다리를 번갈아 지렛대로 이용하여 땅바닥을 떠민다는 것을 확인할 수 있습니다.

2 이 글에서 설명하는 대상은 왕소똥구리 하나입니다. 따라서 대상을 일정한 기준에 따라 분류하여 설명하고 있는 설명 방법은 찾아볼 수 없습니다.

3 ㉤은 왕소똥구리가 정성껏 만든 소똥구슬을 의미하며, 나머지는 모두 왕소똥구리를 가리킵니다.

4 **보기**에서는 두 마리의 소똥구리가 구슬을 굴리고 있습니다. 마지막 문단을 통해 이것이 틈이 나면 소똥을 훔치려고 다른 소똥구리를 돕는 척하는 모습임을 알 수 있습니다.

곤충의 시인 파브르

88~89쪽

파브르는 「파브르 곤충기」를 집필한 곤충학자입니다. 곤충의 행동과 습성을 관찰하여 30여 년에 걸쳐 곤충과 관련된 10권의 책을 집필했습니다. 또한 파브르는 해부학적인 연구가 주가 되던 당시의 분위기 속에서 관찰을 바탕으로 곤충 세계를 이해하고자 했습니다.

> **내용요약** 행동, 관찰
> **1** ④   **2** ③   **3** ③   **4** 관찰

1 이 글에서는 곤충학자 파브르가 어떻게 곤충을 관찰하고 책을 집필했는지, 그리고 그것의 의의는 무엇인지에 대해 이야기합니다. 따라서 글쓴이가 이 글을 쓴 목적은 파브르가 곤충의 행동을 탐구한 방법의 의미를 알려 주기 위해서임을 알 수 있습니다.

2 3문단을 통해 파브르가 살던 19세기는 곤충이나 동물도 해부학적으로 연구하였다는 것을 알 수 있습니다. 하지만 이러한 분위기 속에서 파브르는 곤충의 행동을 관찰하여 그 의미를 해석하고 탐구하며, 곤충의 세계를 이해하려 했다고 했습니다. 따라서 파브르의 연구 방식에 과학계에서 크게 유행하였다는 설명은 적절하지 않습니다.

> **오답풀이**
> ① 2문단에서 알 수 있듯이, 파브르는 노래기벌의 독침이 비단벌레를 마비시킨다는 것을 알아냈습니다.
> ② 이 글을 통해 파브르가 곤충의 행동을 관찰하여 곤충을 이해했음을 알 수 있습니다.
> ④ 3문단에서는 파브르가 과학적 사실을 문학적으로도 아름답게 풀어내어 노벨 문학상 후보에까지 올랐다고 설명합니다.
> ⑤ 2문단을 통해 파브르가 직접 두 눈으로 확인해야 만족하는 사람이었음을 확인할 수 있습니다.

3 ㉠은 곤충 관찰에 몰두하며 살아간 파브르의 삶을 묘사하는 말입니다. 따라서 ㉠을 가장 잘 표현한 사자성어로는 어떤 일에 몹시 열중하여 밤낮을 가리지 않고 열심히 하는 모습을 의미하는 '불철주야'가 적절합니다.

4 사물이나 현상을 주의 깊게 자세히 살펴본다는 뜻을 가지며, 파브르가 활용했던 과학적 탐구 방법에 해당하는 것은 '관찰'입니다.

90~91쪽

1

파브르 곤충기
파브르는 곤충의 행동을 관 찰 하여 그들의 습성을 알아내려고 노력하였다. 다양한 곤충을 탐구한 내용을 담아 책으로 펴낸 것이 「파브르 곤충기」이다.

소똥구리	비단벌레와 노래기벌
소똥구리가 친구를 도와 똥을 굴린다고 여겨졌지만 소똥구리는 사실 똥 조각을 훔치기 위해 같이 똥을 굴리는 척하는 것이다.	노래기벌의 침이 비단벌레를 죽인다고 여겨졌지만, 사실은 비단벌레를 마 비 시키는 것이다.

「파브르 곤충기」의 의의
과학이 발전하며 곤충과 동물을 해부학적으로 탐구하던 기존의 연구 방법과는 달리 곤충의 행 동 에 초점을 맞춘 관찰 결과를 기록하여 곤충의 습성과 곤충 세계에 대해 알렸다.

2 (1) ○

3 [예시답안] 파브르는 곤충의 행동을 관찰하여 그들의 세계를 이해하고자 하였다. 이러한 파브르가 집필한 「파브르 곤충기」가 특별한 이유는 곤충을 이해하는 데 해부학적인 방식이 아닌 관찰의 방식을 활용했기 때문이다. 그리고 노벨 문학상 후보에 오를 정도로 아름답게 내용을 썼기 때문이다. 나도 곤충의 습성과 문학의 아름다움을 엿볼 수 있는 「파브르 곤충기」를 읽어 보고 싶다는 생각이 들었다.

[채점 Tip]
1) 파브르가 곤충을 관찰한 방식을 제시해 보아요.
2) 「파브르 곤충기」가 특별한 이유를 적절히 제시했는지 확인해 보아요.
3) 곤충을 관찰해 본 경험이 있다면 제시해 보아요.

4 (1) 마비 (2) 관찰 (3) 해부 (4) 가담

5 (1) 습성 (2) 곤충

6 관찰

생각글 **1** **비밀 작전 말모이**

92~93쪽

이 글에 등장하는 아이들은 주시경 선생님이 시작하신 '말모이 대작전'에 참여합니다. 수현이 형은 '나'와 친구들에게 말모이 대작전이 우리말을 모으는 비밀 작전이며, 이를 통해 우리말을 지킬 수 있다고 설명합니다.

1 ① **2** ② **3** ⑤

1 이 글을 통해 주시경 선생님이 이십 년도 전에 처음 말모이를 시작했지만, 선생님이 세상을 떠나시는 바람에 흐지부지됐다는 것을 알 수 있습니다. 또한 말모이를 다시 이어 가자는 사람들 덕에 말모이가 멈췄다가 다시 시작된 작전임을 추측할 수 있습니다. 따라서 말모이가 20년 넘게 지속되어 왔다는 설명은 적절하지 않습니다.

2 ㉠은 '일할 사람'을 가리킵니다. '손이 많으면 일도 쉽다.'에서 '손'은 '일을 하는 사람'이라는 의미로 사용되었기 때문에 밑줄 친 '손'이 ㉠과 같은 의미로 쓰인 것은 ②입니다.

[오답풀이]
① 이 문장에서 '손'은 사람의 팔목 끝에 달린 신체 부위를 의미합니다. '손 안 대고 코 풀기'는 일을 아주 쉽게 처리함을 뜻합니다.
③ 이 문장에서 '손'은 어떤 사람의 영향력이나 권한이 미치는 범위라는 의미로 사용되었습니다.
④ 이 문장에서 '손을 들어주다'는 어느 한 쪽의 편을 들어준다는 의미로 사용되었습니다.
⑤ 이 문장에서 '손'은 어떤 일을 하는 데 드는 사람의 힘이나 노력, 기술의 의미로 사용되었습니다.

3 **보기**에 등장하는 전형필은 민족 문화의 결정체인 미술품을 보호해야 한다는 각오로 문화재를 수집하여 우리나라 최초의 사립 박물관을 설립하였습니다. 그리고 말모이는 우리말을 모아서 지키기 위한 활동을 의미합니다. 그러므로 전형필과 말모이의 공통점은 민족의 정신이 담긴 문화유산을 보호하고 유지하기 위한 문화적 독립운동이라는 것입니다.

조선말 큰사전

94~95쪽

조선어 학회는 3·1운동을 계기로 주시경의 제자였던 인물들을 중심으로 창립된 단체입니다. 조선어 학회는 말모이를 통해 우리말 사전을 만들어 민족정신을 수호하고자 하였지만 '조선어 학회 사건'을 빌미로 사전 원고가 압수되었습니다. 하지만 해방 이후 다행히 사전 원고를 찾아 『조선말 큰사전』이 나올 수 있었습니다.

> **내용요약** 조선어 학회, 말모이
>
> **1** ③ **2** 말모이 **3** ④ **4** ⑤

1 3문단을 통해 조선어 학회가 우리말 사전을 만들어 민족정신을 수호하고자 했다는 것을 알 수 있습니다. 따라서 우리말 사전을 만드는 것이 민족정신과는 관련이 없다는 설명은 적절하지 않습니다.

> **오답풀이**
> ① 글의 도입부를 통해 1942년에는 조선이 일본어를 국어로 사용했다는 것을 확인할 수 있습니다.
> ② 4문단에서 알 수 있듯이, 조선어 학회 회원들은 14년간 전국을 돌면서 우리말을 모았습니다.
> ④ 4문단에서는 일본 경찰이 한글 운동을 벌인 조선어 학회 사람들을 모두 붙잡아 조선어 학회를 없애려고 했습니다.
> ⑤ 2문단을 통해 주시경 선생이 훈민정음을 '한글'이라는 새로운 이름으로 부를 것을 제안하였다는 것을 알 수 있습니다.

2 ㉠은 조선어사전 편찬회의 회원들이 사전 편찬을 위해 전국을 돌면서 우리말과 글을 모아 정리하고자 했던 운동을 가리킵니다. 이렇게 말을 모으는 운동은 '말모이'라 합니다.

3 **보기**를 통해 말과 글은 그 나라 사람의 뜻과 일에 밀접한 관련이 있다는 것을 알 수 있습니다. 따라서 이 글과 **보기**를 통해 알 수 있는 내용으로 알맞은 것은 말과 글을 바르게 써야 나라가 바르게 설 수 있다는 점입니다.

4 이 글을 통해 과거 일제는 우리말과 글을 없애려고 하였으며, 이는 조선의 민족정신을 말살하려는 의도로 이루어졌다는 것을 알 수 있습니다. 따라서 일본이 조선의 말과 글을 말살시키려고 한 것은 한글이 우수하기 때문인 것 같다는 '지혜'의 비판은 적절하지 않습니다.

익힘학습 **자란다 문해력**

96~97쪽

1

> **조선어 학회**
>
> 조선어 학회는 1929년 조선어사전 편찬회를 조직해 우리말 사전을 만들어 민족정신을 수호하고자 했다. 전국의 백성들도 사투리와 우리말 자료를 모으면서 말모이는 전 국민적 움직임이 되었다.

> **우리말 모으기 대작전 말모이**
>
> 주시경 선생이 세상을 떠난 뒤 흐지부지된 말모이 작전을 다시 하게 되었다. 형은 말모이를 해야 [우][리][말]을 지킬 수 있다고 했다.

> **조선말 큰사전**
>
> 조선어 학회 사람들이 14년간 모은 원고가 일본에 압수되었다. 해방되고 나서 원고를 찾을 수 없었는데, 서울역 창고에서 원고가 발견되었다. 1929년 조선어사전 편찬회를 조직한 지 28년 만에 『조선말 큰사전』이 모두 나올 수 있었다.

2 (2) ○, (3) ○

3 **예시답안** 우리말을 지킬 수 있었던 것은 일부 사람만이 아닌 전국의 많은 백성이 우리말을 지키고 모으기 위해 노력한 덕분이다. 비록 일본 때문에 큰 위기가 있었지만, 다행히 그런 위기를 극복하고 우리말을 지켜 낼 수 있었다. 이를 통해 우리말을 지키는 것은 우리 스스로 해야 하며, 다른 나라나 다른 민족이 대신할 수 없다는 것을 알 수 있다. 나도 앞으로 소중한 우리말을 잘 지키며 생활해야겠다.

> **채점 Tip**
> 1) 우리말을 지킨 사람들이 누구인지 제시해 보아요.
> 2) 우리말을 지키는 과정에서 있었던 위기에 대해 이야기해 보아요.
> 3) 우리말을 지키는 것과 관련하여 스스로의 경험이나 앞으로의 다짐이 있다면 제시해 보아요.

4 (1) ㉣ (2) ㉠ (3) ㉢ (4) ㉡

5 (1) 사전 (2) 편찬

6 (1) 폐지 (2) 수호

지구를 지키는 실천 방안은?

생각글 1 급격한 기후 변화
98~99쪽

지구 곳곳에 급격한 기후 변화가 나타나고 있습니다. 극심한 더위와 추위, 초강력 태풍, 집중 호우, 가뭄과 같은 이상 현상들로 인해 지구 생태계의 근본적인 질서와 균형이 무너지고 있습니다.

> **내용요약** 기후 변화
> 1 ⑤   2 ②   3 ⑤

1 이 글을 통해 극심한 기후 변화로 기록적인 폭우가 쏟아지거나, 고온 현상과 오랜 가뭄으로 초대형 산불이 발생하는 등의 문제가 생긴다는 것을 알 수 있습니다. 하지만 이 글에서는 산불과 장마의 피해를 비교하고 있지 않기 때문에, 기후 변화로 인해 산불보다 장마로 인한 피해가 더 크다는 설명은 찾을 수 없습니다.

> **오답풀이**
> ① 이 글에서는 최근 기후 변화 사태가 심각하다는 것을 여러 측면에서 설명하고 있습니다.
> ② 1문단에서 현재의 기후 변화는 과거와 다르며, 이제는 지구 생태계를 유지해 오던 질서와 균형이 무너져 내리고 있다는 것을 확인할 수 있습니다.
> ③ 3문단에서 알 수 있듯이, 미국 서부, 유럽 남부 등 세계 곳곳에서 매년 대규모 산불이 발생하고 있습니다.
> ④ 2문단에서는 2020년 우리나라의 장마가 길어지며 길이 물에 잠기고 산사태가 일어나는 등 큰 피해가 발생했던 것을 설명합니다.

2 ㉠은 기후 변화로 인한 여러 이상 현상을 가리킵니다. 이를 통해 추론할 수 있는 내용으로 알맞은 것은 기후 변화 사태가 극단적인 모습으로 나타난다는 점입니다.

3 **보기**는 기후 변화의 원인을 지구 온난화로 봅니다. **보기**와 이 글을 통해, 20세기 이후 지구 온도가 빠르게 올라가고 있기에 기후 변화가 급격하게 발생하고 있음을 추론할 수 있습니다. 그래서 이 글과 **보기**의 관계를 정리한 것은 '지구 온난화가 심해질수록 더 급격한 기후 변화가 나타날 것이다.'라고 볼 수 있습니다.

생각글 2 탄소 중립과 탄소 발자국
100~101쪽

국제 사회는 기후 위기를 막으려는 다양한 노력을 해 왔습니다. 기후 위기의 가장 확실한 해결책은 탄소 중립으로, 이산화 탄소 배출량을 최소한으로 줄이고 이미 배출된 이산화 탄소는 흡수하거나 제거하는 것을 의미합니다. 또한 우리는 일상생활에서 탄소 발자국을 계산하여 탄소 배출을 줄이는 실천할 수 있습니다.

> **내용요약** 탄소 중립
> 1 ④   2 (2)   3 ③   4 ㉠(2) ㉡(1)

1 4문단에서 알 수 있듯이, 이산화 탄소는 대표적인 온실가스입니다. 따라서 온실가스가 이미 배출된 이산화 탄소를 흡수한다는 설명은 알맞지 않습니다.

2 **보기**에서는 탄소 배출권 시장과 관련된 내용을 설명하고 있습니다. 이 글과 **보기**를 읽었을 때, 탄소 배출권 시장이 생긴 과정에 대한 내용은 찾아볼 수 없습니다. 따라서 교토 의정서를 채택하면서 탄소 배출권 시장이 생겼다는 것은 이 글과 **보기**를 알맞게 이해하지 못한 것이라고 볼 수 있습니다.

> **오답풀이**
> (1) 탄소 중립이 실현되면 배출되는 이산화 탄소가 실질적으로 '0'이므로 탄소 배출권도 사라질 것입니다.
> (3) 기업은 탄소 배출권을 팔아 이익을 볼 수 있기 때문에 탄소 배출을 줄이려고 할 것입니다.

3 탄소 중립을 일상생활에서 실천하기 위해서는 무엇보다도 이산화 탄소 배출량을 최소한으로 줄이는 것이 중요합니다. 따라서 비닐 사용을 줄이기 위해 시장에 갈 때마다 매번 에코백을 사는 것은 적절하지 않은 실천 방안이며, 한 번 구매한 에코백을 오래도록 쓰는 것이 적절하다고 할 수 있습니다.

4 ㉠은 이산화 탄소 배출을 최소한으로 줄이는 것이므로, ㉠에 해당하는 사례로 적절한 것은 물건을 구매하고 전자 영수증을 받은 (2)입니다. 그리고 ㉡은 배출된 이산화 탄소를 제거하는 것이므로, ㉡에 해당하는 사례로 적절한 것은 배출된 이산화 탄소가 갯벌에 저장되는 (1)입니다.

자란다 문해력

102~103쪽

1

급격한 기후 변화
극심한 더위, 추위, 태풍, 장마, 가뭄 등이 세계적으로 발생하여 지구 생 태 계 를 유지하던 질서와 균형이 무너지고 있다.

↓

지구를 지키기 위한 방법

탄소 중 립	탄소 발 자 국
대표적인 온실가스인 이 산 화 탄 소 배출을 최소한으로 줄이고, 기존에 배출된 것은 흡수하거나 제거한다.	사람이 활동하거나 생산, 소비하는 과정에서 발생하는 모든 이산화 탄소 양을 수치로 나타낸 것으로, 일상생활에서 줄이려는 노력이 필요하다.

2 (1) ○

3 (예시답안) 오늘날의 기후 변화는 극심한 양상으로 나타나고 있다. 이렇듯 기후 변화로 몸살을 앓고 있는 지구를 지키기 위해서는 탄소 중립을 실현해야 한다. 이를 위해 우리는 일상생활에서 탄소 발자국을 계산하여 탄소 배출을 줄이기 위한 실천을 할 수 있다. 앞으로는 나도 탄소 발자국을 활용하여 지구를 지키기 위해 노력해야겠다.

(채점 Tip)
1) 급격한 기후 변화에 대해 잘 이해하고 있는지 확인해 보아요.
2) 지구를 지키기 위한 방법으로 탄소 중립을 제시했는지 확인해 보아요.
3) 지구를 지키기 위한 개인적 실천 방안을 적절히 제시해 보아요.

4 (1) 의무 (2) 대응 (3) 위기 (4) 중립

5 (1) 배출 (2) 기후

6 의무

생각글 **1**

망각의 중요성

106~107쪽

망각은 인간의 뇌 용량의 한계로 인해 시간이 지나면 점차 어떤 사건이나 정보를 잊는 것이며, 우리는 망각 덕에 마음이 상했던 일이나 괴로웠던 일들도 시간이 지남에 따라 잊을 수 있습니다. 모든 것을 기억한다는 것은 특별한 능력인 동시에 괴로운 일입니다. 따라서 기억하는 능력만큼 망각도 중요하다 할 수 있습니다.

내용요약 망각

1 ④ **2** ④ **3** (3) ○

1 '데커'는 과잉기억 증후군을 가진 인물로, 한 번 보거나 겪은 일을 잊지 못하고 살아갑니다. 그리고 '도깨비'는 오랜 시간 살아가며 괴롭거나 후회되는 순간까지도 모두 기억하며 살아갑니다. 따라서 이 글에 등장하는 '데커'와 '도깨비'는 많은 것을 기억하며 살아간다는 공통점을 가졌다고 보는 것이 적절합니다.

(오답풀이)
① 3문단을 통해 '도깨비'는 불멸의 존재라는 것을 알 수 있지만 '데커'는 아닙니다.
② '데커'는 신에게 벌을 받지 않았습니다.
③ 2문단에 '데커'는 가족이 살해당한 현장을 목격했다는 내용이 나오지만 '도깨비'에 대한 내용은 알 수 없습니다.
⑤ '데커'는 과잉기억 증후군을 앓는다고 2문단에 나옵니다. 하지만 '도깨비'가 과잉기억 증후군을 가지고 있다는 내용은 이 글에서 알 수 없습니다.

2 ㉠은 '도깨비'가 오랜 시간 살아가는 것을 의미하며, ㉡은 괴로웠던 순간들이나 후회되는 순간까지 모두 잊지 못한다는 고통을 의미합니다. 따라서 ㉠과 ㉡이 의미하는 바를 바르게 짝 지은 것은 ④입니다.

3 주인공은 고통스러운 기억조차 잊지 못하고 평생 그 기억을 가진 채 살아가야 합니다. 이 모습을 통해 모든 것을 기억하는 것이 괴로운 일이 될 수 있으며, 기억하는 능력만큼 망각도 중요하다는 것을 알 수 있습니다. 따라서 **보기**의 주인공의 관점에서 이 글을 읽은 느낌으로 알맞은 것은 (3)입니다.

우리의 뇌는 망각을 통해 정보를 효율적으로 활용할 수 있게 하며, 창의적인 생각을 가능하게 해 줍니다. 이처럼 잊어버리는 것은 생존을 위한 뇌의 적극적인 활동이라고 할 수 있습니다.

내용요약 뇌

1 ③   **2** (3)   **3** ④

1 2문단을 통해 새로운 정보가 들어오면 간섭 현상이 일어난다고 나옵니다. 이는 새로운 정보가 다른 정보를 밀어내거나, 기존 정보가 새로운 정보를 방해하는 것입니다. 그러므로 인간의 뇌가 새로운 정보를 무조건 저장한다는 것은 적절하지 않습니다.

오답풀이
① 1문단을 통해 뇌세포 사이의 소통을 통해 기억이 이루어짐을 알 수 있습니다.
② 2문단에서 뇌는 하루에도 많은 정보를 처리한다는 것을 알 수 있습니다.
④ 뇌가 망각하는 이유는 효율성에 있다는 내용은 2문단에 나옵니다.
⑤ 기존의 정보가 새로운 정보를 방해하는 '정보 간의 간섭'은 2문단에서 설명하고 있습니다.

2 **보기**에서는 서로 비슷한 정보끼리 섞이고, 방해가 되는 현상을 보여 주고 있습니다. 이는 뇌가 효율성을 이유로 어떤 정보를 잊어버리는 것과 연관이 있습니다. 따라서 리모컨을 식탁에 두었던 경험을 다음번에도 잘 기억할 것이라는 반응은 망각이 아닌 기억과 관련된 것이기 때문에 적절하지 않습니다.

3 **보기**에서는 뇌가 어떤 한 가지 일을 의도적으로 회상하려고 할 때, 기존의 정보를 잊게 된다는 것을 보여 주고 있습니다. 이러한 현상은 '정보 간의 간섭'과 가장 관련이 있습니다.

1

망각의 중요성	뇌의 기억과 망각
1 과잉기억 증후군을 앓고 있는 소설 속 주인공 데커는 가족이 죽은 기억을 잊을 수 없다.	**1** 기억은 뇌의 기능 중 하나로 뇌세포 사이의 소통을 통해 이루어진다.
2 드라마 주인공 도깨비는 오랜 시간 죽지 않고 지식과 추억을 간직하며 살지만 괴롭거나 후회되는 순간을 잊지 못하는 고통이 있다.	**2** 우리의 뇌가 망각하는 1이유는 새롭게 들어온 정보를 **효율적**으로 관리하기 위함이다.
3 기억은 '신의 선물', **망각**은 '신의 축복'이라 한다. 모든 것을 잊지 않는 것은 특별한 능력이지만 동시에 괴로운 일이기에 **기억**만큼 망각도 중요하다.	**3** 우리의 뇌가 망각하는 2이유는 창의적인 생각을 하기 위함이다.
	4 망각은 단순히 잊혀지는 것이 아니라, 생존을 위한 뇌의 적극적인 과정이다.

2 (3) ○

3 **예시답안** 뇌는 기억을 담당하지만 기억을 지우기도 한다. 우리의 뇌는 망각을 통해 정보를 효율적으로 활용할 수 있게 하며, 창의적인 생각을 가능하게 해 준다. 다른 관점에서는, 망각이 없다면 슬프거나 괴로운 기억 때문에 사람들이 우울하게 지낼 것이다. 그래서 사람들이 행복하게 살 수 있게 도와주려고 뇌가 기억을 지운다고 볼 수도 있다.

채점 Tip
1) 망각의 개념에 대해 잘 이해하고 있는지 확인해 보아요.
2) 망각이 일어나는 이유를 적절히 제시했는지 확인해 보아요.
3) 망각과 관련된 적절한 예시나 경험이 있다면 제시해 보아요.

4 (1) © (2) ⓒ (3) ② (4) ⊙

5 (1) 반복 (2) 생존

6 기억

이상적인 세계는 존재할까?

생각글 1 유토피아

112~113쪽

유토피아라는 이상적인 섬은 편리하고 깨끗한 환경을 가지고 있으며, 구성원들의 여가 시간과 노동 시간이 조화를 이루고 있는 곳입니다. 하루에 여섯 시간만 일하는 유토피아 사람들은 모두가 함께 생산에 참여하고, 그 생산품을 함께 누리며 자유롭고 행복한 삶을 살아갑니다.

내용요약 유토피아
1 ⑤　　2 ④　　3 ⑤

1 이 글에 따르면 유토피아인들은 하루에 여섯 시간만 일을 하지만, 필요한 물건을 생산하는 데에는 문제가 생기지 않습니다. 즉, 애초에 물품이 부족한 경우가 존재하지 않기 때문에 ⑤는 적절하지 않습니다.

오답풀이
① 1문단에 따르면, 유토피아에는 사유 재산이 없고 어떤 집에 살지는 10년마다 추첨으로 정해집니다.
② 4문단을 통해 유토피아 사람들에게 보석은 큰 가치를 지니지 못한다는 것을 확인할 수 있습니다.
③ 2문단에 유토피아인들은 하루에 여섯 시간만 일을 한다고 나옵니다.
④ 2문단에서는 대부분의 유토피아인들이 자유로운 여가 시간에 책을 읽는다고 설명하고 있습니다.

2 A는 매일 야근을 하고 집에 오면 피곤해서 여가를 보내지 못합니다. 이런 A를 보면 유토피아인들은 '여가 시간을 즐기지 못하면 자신이 원하는 삶을 어떻게 살지?'라고 생각할 수 있기에 적절한 것은 ④입니다.

3 **보기**에 따르면 토머스 모어는 당시 영국 서민들이 힘들게 살아가는 것에 연민을 느꼈습니다. 따라서 일을 하지 않고 놀기만 하려는 서민들을 비판하기 위해 「유토피아」를 썼다는 설명은 적절하지 않습니다.

작품읽기

책 소개
탐험가 라파엘이 자신이 경험한 이상적인 섬나라인 '유토피아'에 대해 소개하는 형식으로 내용이 전개됩니다. 유토피아의 정치 및 경제 제도, 환경, 사람들의 가치관 등에 대한 설명을 통해 구성원들이 행복하게 살아가는 이상적인 국가의 모습을 확인할 수 있습니다.

생각글 2 사람들이 꿈꾸는 이상 세계

114~115쪽

누구나 바라는, 그러나 현실에는 존재하지 않는 행복하고 이상적인 세계를 '유토피아'라고 합니다. 토머스 모어는 당시 영국 사회를 비판하기 위해 인간의 존엄성과 자유가 지켜지는 나라를 '유토피아'에 빗대어 표현하였으며, 「홍길동전」과 '무릉도원'에서도 이러한 이상적인 세계의 모습을 찾아볼 수 있습니다.

내용요약 이상
1 ③　　2 ⑤　　3 ④　　4 (1), (3)

1 2문단에서 알 수 있듯이 토머스 모어가 살던 당시의 영국에서는 빈부 격차가 더욱 심해지는 등의 사회 문제가 발생했으며, '인클로저 운동'이 성행하고 있었습니다. 따라서 토머스 모어는 그가 생각한 인간의 존엄성과 자유가 지켜지는 나라를 '유토피아'에 빗대어 표현했습니다.

2 이 글에 따르면, 토머스 모어가 살았던 때는 양모로 돈을 벌 수 있었습니다. 그래서 유럽의 지배 계급은 경작지에 울타리를 쳐서 막은 후 목축을 하였으며, 농사지을 땅을 빼앗긴 서민들은 일자리와 삶의 터전을 잃게 되었습니다. 이러한 이유로 '양이 사람을 잡아먹는' 시대라는 표현이 등장했기 때문에 ㉠의 이유로 ⑤가 적절합니다.

오답풀이
③ 가난한 사람들이 지배 계급을 억압한 것이 아니라 지배 계급이 서민들을 억압한 것이 사실입니다.

3 ㉮, ㉰, ㉱는 모두 상상 속의 이상적인 나라를 나타낸다는 공통점을 가집니다. 이와 달리 ㉯는 현실에 존재하는 국가이기 때문에 성격이 다릅니다.

4 (2)는 다양한 동물들이 함께 평화롭게 살아가는 이상적인 나라를 원한다는 점에서 디스토피아와 거리가 멉니다. 이와 달리 (1), (3)은 통제를 받으며 존엄성을 상실한 채 살아가기에 디스토피아의 사례에 해당합니다.

익힘학습 자란다 문해력

116~117쪽

1

```
                    유토피아
   그리스어로 '없는(ou-)'과 '장소(toppos)'의 합성어로,
   아무 데도 존재하지 않는  이 상 적  인 나라라는 뜻.
```

현실의 모습		이상 세계의 모습
영국	사람들은 농사지을 땅과 일자리를 잃었고, 빈부 격차 가 심해짐.	→ 토머스 모어는 「유토피아」에서 인간의 존엄성 과 자유가 지켜지는 이상적인 나라를 제시함.
조선	탐관오리가 백성들을 착취하고 신분으로 인한 차별이 있었음.	→ 「홍길동전」에서 탐관오리와 차별 없이 모두가 행복한 나라로 율도국을 표현함.
진나라	혼란스러운 시대였음.	→ 도연명은 무릉도원을 통해 이상적이고 아름다운 마을을 표현함.

2 (4) ○

유토피아는 누구나 그리는 행복하고 이상적인 세계를 뜻하며, 아무 데도 존재하지 않는다는 뜻을 내포합니다. 따라서 역사 속에 실제로 존재했던 섬나라라는 설명은 적절하지 않습니다.

3 (예시답안) 토머스 모어의 유토피아에서 적게 일하고 자유롭게 여가 시간을 보내며 행복한 삶을 살아가는 사람들이 부러웠다. 하지만 이러한 유토피아가 되기 위해서는 모든 구성원이 보석이나 좋은 집에 욕심을 내지 않아야 하는데, 이것이 현실에서는 불가능하다고 생각한다. 따라서 이런 이상적인 세계는 실제로 존재하지 않을 것이다.

(채점 Tip)
1) 유토피아에 대해 올바르게 이해하고 있는지 확인해 보아요.
2) 이상적인 세계와 현실 세계의 차이점에 대해 잘 이해하고 있는지 확인해 보아요.
3) 자신의 의견을 제시하는 과정에서 적절한 이유를 들었는지 확인해 보아요.

4 (1) ㉣ (2) ㉢ (3) ㉡ (4) ㉠

5 (1) 사유 재산 (2) 자유

6 이상적

생각주제 18
아메리카에 원래 흑인이 살았을까?

생각글 1 톰 아저씨의 오두막집

118~119쪽

리글리의 농장에서 일하는 톰 아저씨는 정직하고 성실한 사람입니다. 하루는 톰 아저씨가 채찍을 맞는 루시를 도와주는데, 악독한 리글리는 이것을 달가워하지 않습니다. 그리고는 루시와 톰 아저씨를 괴롭히기 위해 억지를 부리기 시작합니다.

1 ④　　**2** ㉠ 톰(아저씨), ㉡ 루시　　**3** ④　　**4** ⑤

1 톰 아저씨가 루시를 도와주었다는 이야기를 전해 들은 리글리는 톰 아저씨에 대해 나쁜 버릇을 단단히 고쳐 놓고 말겠다고 반응합니다. 그리고 목화밭에 나갔던 노예들이 돌아와 목화 수확량을 검사받을 때 루시의 수확량이 충분하지 않다며 억지를 부리기 시작합니다. 이를 통해 리글리는 노예를 학대하는 행동에 대해 전혀 죄책감을 가지고 있지 않다는 것을 알 수 있습니다.

2 루시의 바구니에 자신이 딴 목화를 넣어 주었습니다. 따라서 ㉠은 톰 아저씨를 가리킵니다. 리글리는 루시가 목화 수확량을 검사받을 차례가 되자, 루시의 수확량이 부족하다며 억지를 부리기 시작합니다. 이때 리글리가 루시를 향해 말하고 있는 것이기 때문에 ㉡이 가리키는 인물은 루시입니다.

3 이 이야기에서 묘사된 톰 아저씨는 정직하고 이타적인 사람입니다. 따라서 톰 아저씨는 혼나는 루시를 보니 안쓰러운 마음이 들어서 루시를 도와주었다는 것을 유추할 수 있습니다.

4 **보기**를 통해서는 흑인 노예들이 비참한 삶을 살았으며, 이들의 권리는 찾아볼 수 없었다는 사실을 알 수 있습니다. 따라서 **보기**를 바탕으로 이 글을 읽었을 때, 대규모 목화 농장의 효율성에 대해서는 알 수 없습니다.

작품읽기

톰 아저씨의 오두막집
글 헤리엇 비처 스토
효리원

책 소개
톰 아저씨는 마음씨가 매우 착한 흑인 노예입니다. 착한 주인 가족과 함께 살던 톰 아저씨는, 주인 가족이 경제적으로 어려워지자 여기저기로 팔려 다닙니다. 마지막으로는 리글리의 농장에 가게 되었는데, 엄청난 학대를 받아 숨이 꺼져 가는 순간까지도 리글리를 원망하지 않습니다.

27

생각글 2 흑인 노예들로부터 나온 대중음악

120~121쪽

아프리카 사람들은 원주민의 노동력을 대체하기 위해 강제로 아메리카로 보내졌습니다. 이렇게 아프리카에서 온 흑인 노예들은 매우 비참한 삶을 살았으나, 이들의 삶과 함께했던 음악들은 다양한 장르를 포함하는 현대 대중음악의 발전으로 이어지기도 했습니다.

내용요약 대중음악

1 ②   **2** ②   **3** (1) ㉡ (2) ㉢ (3) ㉠

1 6문단에서 알 수 있듯이, 엘비스 프레슬리가 부른 음악으로 대표되는 로큰롤은 흑인 음악에서 출발했습니다.

2 이 글을 통해서는 흑인 노예들의 자유가 없던 삶에 대해 알 수 있습니다. 하지만 흑인 노예들이 자유를 찾을 수 있는 방법에 대한 설명은 없습니다.

오답풀이
① 7문단에서 재즈가 뉴올리언스에서 탄생했음을 확인할 수 있습니다.
③ 2문단에서 열악한 배의 환경을 알 수 있습니다.
④ 5문단에 따르면, 작업 능률이 떨어지기 때문에 흑인 노예들이 대화하는 것을 금지했습니다.
⑤ 1문단에서 유럽인이 옮긴 전염병 때문에 아메리카 원주민의 수가 급격히 줄었으며, 이로 인해 농장 주인들은 새로운 노동력을 찾아야 했음을 알 수 있습니다.

3 재즈는 흑인들이 답답하고 괴로운 시간을 견디기 위해 주방 도구를 악기 삼아 리듬을 만들어 낸 것에서 시작했습니다. 로큰롤은 흑인 특유의 알앤비에 백인의 컨트리 음악 요소를 곁들인 음악입니다. 블루스는 노동의 고단함을 달래기 위해 부른 노래로부터 시작했습니다.

122~123쪽

1

흑인이 아메리카로 이주한 이유
아메리카 대륙의 원주민 수가 급격히 줄자, 유럽인들이 새로운 노동력을 찾아 전염병에 잘 견디고 도망칠 염려가 없는 아프리카 사람들을 데리고 옴.

아메리카 흑인 노예의 삶
「톰 아저씨의 오두막집」에 나온 것처럼 매일 힘든 **노 동** 에 시달렸으며 농장주들의 심한 폭력에 시달리는 생활을 하며 살았다.

흑인이 현대 대중음악에 미친 영향
흑인 노예들은 노동의 고단함을 달래기 위해 노래를 불렀고 이 음악이 블루스로 발전했다. 그 밖에도 주방 도구를 악기 삼아 리듬을 만든 **재 즈** 와 로큰롤 등 대중음악의 기반을 다졌다.

2 노예

3 **예시답안** 아메리카로 건너온 흑인들은 모두 강제로 가족과 헤어지고, 고향을 떠나 노예선에 타게 된 것이었다. 심지어 그 배의 환경은 매우 열악했으며, 살아서 아메리카에 도착한 경우에도 노예로 팔려나가 평생 동안 힘든 일을 하며 살아야 했다. 이러한 흑인들의 삶은 매우 비참했으리라 예상할 수 있으며, 노예 제도는 정말 옳지 않은 것이었다고 생각한다.

채점 Tip
1) 흑인들이 아메리카로 건너와야 했던 이유를 올바르게 이해하고 있는지 확인해 보아요.
2) 아메리카로 건너온 흑인들의 삶의 모습을 잘 이해하고 있는지 확인해 보아요.
3) 아메리카로 건너온 흑인들의 삶에 대한 자신의 생각을 적절히 제시했는지 확인해 보아요.

4 (1) ㉠ (2) ㉡ (3) ㉣ (4) ㉢

5 (1) 노예 (2) 절망 (3) 기반 (4) 경비

6 전형적

생각글 1 관광객에게 돈을 주는 이유

124~125쪽

지역 화폐는 발행한 지역의 시장이나 상점에서만 사용할 수 있어서 지역 경제 활성화에 큰 도움이 됩니다. 관광객에게 지역 화폐를 지급하는 이유는 해당 지역에서 더 많은 소비를 하도록 유도하기 위함입니다. 또한 특색 있는 지역 축제를 개최하는 것은 장기적으로 지역 경제 활성화에 도움이 됩니다.

내용요약 지역 화폐
1 ④   **2** ②   **3** ㉠ (2) ㉡ (3)

1 1문단을 통해 지역 화폐는 그 지역의 시장이나 상점에서만 사용할 수 있습니다. 따라서 지역 화폐를 이용하면 전국에서 숙식이나 상품 구매가 가능하다는 설명은 적절하지 않습니다.

오답풀이
① 여러 지역의 지역 화폐가 나열된 1문단에서 알 수 있듯이, 양평통보는 지역 화폐의 일종입니다.
② 3문단을 통해 함평에서는 나비 축제가 개최된다는 것을 알 수 있습니다.
③ 지역 화폐는 그 지역의 시장이나 상점에서만 사용할 수 있다는 것을 1문단에서 확인할 수 있습니다.
⑤ 2문단의 화천군, 춘천시의 사례를 바탕으로 관광객에게 지역 화폐를 주는 것은 더 많은 소비를 유도하기 위함이라는 것을 알 수 있습니다.

2 이 글은 지역 경제 활성화를 위한 방안을 전달하는 신문 기사입니다. 기사의 목적은 사실과 정보를 전달하기 위함으로 ②가 알맞습니다. ①은 위인전, ③은 주장하는 글, ④는 기행문, ⑤는 보고서의 특징입니다.

3 ㉠의 사례로 (2)가 적절합니다. 그리고 ㉡의 사례로 적절한 것은 (3)입니다.

생각글 2 지역 간 양극화 현상

126~127쪽

우리나라는 지방의 인구가 줄어듦에 따라 지역 경제가 순환되지 않고 있습니다. 이런 현상이 생긴 이유는 산업화와 도시화가 일으킨 '이촌향도 현상' 때문입니다. 그 결과 도시와 농촌의 '양극화 현상'이 나타났으며, 이러한 문제점을 해결하기 위해 각 지역에서는 여러 정책을 펼치고 있습니다.

내용요약 양극화
1 ④   **2** (1)   **3** ④   **4** (2)

1 5문단에서는 도시화로 인해 도시와 농촌 간의 소득 격차가 심해지자, 농촌의 젊은이들이 도시로 떠나 버렸다고 설명하고 있습니다. 따라서 소득 격차가 적은 농촌으로 사람들이 돌아오고 있다는 설명은 적절하지 않습니다.

2 '이촌향도 현상'은 농촌을 떠나 도시로 향한다는 의미이며, 이때 도시로 향하는 이유는 일자리를 구하기 위해서입니다. 따라서 (1)에서 A씨가 일자리를 구하기 위해 도시로 갔다는 것은 이촌향도 현상으로 볼 수 있습니다.

오답풀이
(2) 주민 대부분이 농사를 짓는 B군은 농촌입니다. 따라서 B군의 인구가 증가하는 것은 이촌향도 현상의 반대의 경우입니다.
(3) C씨 부부가 장을 보기 위해 근처 대도시 마트로 간 것으로 인구가 유출되었다고 볼 수 없습니다.
(4) D씨가 부모님과 함께 살기 위해 시골로 다시 돌아간 것은 이촌향도 현상의 정반대의 모습을 보여 준다고 할 수 있습니다.

3 '양극화 현상'은 지역 간 갈등과 불균형을 심화시켜 농촌 지역 사회를 지속적으로 유지하기 어려워집니다. 따라서 시간이 지나면서 도시와 농촌 간의 격차가 자연스럽게 좁혀질 것이라고 예측한 것은 적절하지 않습니다.

4 경기도가 미세 먼지를 줄이기 위해 전기차와 수소차 충전소를 확대할 계획이라는 것은 환경 보호와 관련된 정책이므로 ㉠의 사례라고 보기 어렵습니다.

자란다 문해력

128~129쪽

1

지역 간 양극화
광복 이후 산업화와 도시화로 인해 많은 사람이 농촌을 떠나 도시로 이동하는 **이** **촌** **향** **도** 현상이 일어났다. 농촌 인구가 감소하면서 지역 경제는 순환되지 않고, 세금이 줄어들어 기반 시설 투자도 어려워졌다. 이로 인해 도시와 농촌의 **양** **극** **화** 현상이 나타났다.

지역 화폐 발행	지역 축제 개최
해당 지역의 시장이나 상점에서만 사용할 수 있기에 지역 경제 **활** **성** **화** 에 큰 도움을 준다.	특색 있는 지역 축제 개최로 관광 소득이 증가하며 잘 모르던 지역이 널리 알려지기도 한다.

2 (1) ○, (4) ○

3 (예시답안) 지역 간 양극화로 인해 수도권이 아닌 지역의 경제는 무너지고 있다. 사람이 없어서 경제 순환이 되지 않아 투자도 되지 않는다. 이런 문제를 해결하고자 각 지역에서는 지역 화폐를 발행하여 경제 순환을 돕고, 관광객을 유치할 수 있는 축제를 개최하고 있다. 이와 더불어 지역 인구가 증가할 수 있도록 좋은 일자리가 많이 생겨야 지역 경제를 살릴 수 있을 것이다.

(채점 Tip)
1) 지역 간 양극화에 대해 잘 이해하고 있는지 확인해 보아요.
2) 지역 경제를 살리기 위한 방법의 예시를 들어 보아요.
3) 지역 경제를 살리기 위한 방법으로 타당한 의견을 제시했는지 확인해 보아요.

4 (1) 유출 (2) 소비 (3) 순환 (4) 소득

5 (1) 유발 (2) 발행

6 유출

인류의 뇌와 직립 보행

130~131쪽

인류만이 가지는 특징 두 가지는 큰 뇌를 가지게 된 뒤에 이를 바탕으로 비약적인 발전을 이루었다는 점과, 직립 보행으로 자유로워진 손이 다양한 도구를 사용하게 되었다는 점입니다. 우리는 인류가 이러한 특징 덕분에 지구에서 가장 강력한 동물이 되었다고 추측할 수 있습니다.

(내용요약) 뇌, 도구
1 ④   2 ①   3 도구

1 2문단을 통해 고인류는 뇌가 커지면서 근육이 퇴화했다는 것을 알 수 있습니다. 따라서 인류가 동물보다 모든 부분에서 강하게 되었다는 설명은 이 글의 내용과 일치하지 않습니다.

(오답풀이)
① 2문단에서 알 수 있듯이, 오늘날 우리는 큰 뇌 덕에 자동차와 총을 만드는 것이 가능합니다.
② 4문단을 통해 두 발로 걸으면서 오늘날 허리가 아프고 목이 뻣뻣해졌다는 단점이 있다는 것을 알 수 있습니다.
③ 인간의 뇌 용량이 엄청나게 증가한 이유는 알 수 없음을 2문단에서 확인할 수 있습니다.
⑤ 3문단에서는 인류가 직립 보행을 하게 되며 대초원에서 사냥감이나 적을 찾기 쉬워졌다고 설명합니다.

2 이 글에서는 인류가 큰 뇌를 통해 학습하며 발전했고, 직립 보행이 가능해진 이후로 다양한 도구를 사용하게 되었다는 점이 인류만이 가지는 가장 큰 특징이라고 설명합니다. 그리고 이러한 특징들 덕분에 인류가 지구에서 가장 강력한 동물이 되었다는 것을 알 수 있습니다. 따라서 ㉠에 들어갈 수 있는 내용으로 가장 알맞은 것은 '뇌가 크고 도구를 사용하며'임을 추측할 수 있습니다.

3 **보기**에서 네안데르탈인도 호모 사피엔스만큼 정교하게 제작된 무언가를 사용할 수 있었다고 나옵니다. '정교한', '제작' 등과 어울리는 말은 도구입니다. 따라서 빈칸에 들어갈 말로 적절한 것은 '도구'임을 유추할 수 있습니다.

2 불의 사용

132~133쪽

인류가 먹이 사슬의 최정점으로 올라설 수 있었던 것은 불을 길들인 덕분입니다. 인류는 불을 통해 음식을 조리할 수 있게 되었는데, 이로써 인간이 먹고 소화시킬 수 있는 음식이 늘어났습니다. 또한 인류가 불을 강한 힘으로써 활용할 수 있게 되며 다른 동물과는 다른 큰 차이를 만들어 냈습니다.

내용요약 불

1 ②   2 ⑤   3 불   4 ④

1 이 글에서는 인류가 불을 길들인 뒤 음식을 조리해 먹을 수 있었고, 이외에도 수많은 용도로 불을 이용할 수 있었음을 설명합니다. 따라서 이 글의 중심 내용으로 알맞은 것은 '불의 사용'이라고 볼 수 있습니다.

2 3문단에서 익히는 요리법으로 식사 시간을 줄일 수 있었다고 나옵니다. 따라서 익힌 음식보다 날것의 음식을 먹는 데에 더 적은 시간이 걸린다는 설명은 알맞지 않습니다.

오답풀이

① 1문단에는 80만 년 전쯤에 일부 인간종이 가끔 불을 사용했을지도 모른다고 나옵니다.

② 사자에 대응할 수 있었다는 내용을 통해 불을 무기로 사용했음을 알 수 있습니다.

③ 3문단을 통해 알 수 있듯이, 불에 익히면 음식을 오염시키는 세균과 기생충이 죽기 때문에 날로 먹는 것보다 위생적입니다.

④ 5문단을 바탕으로 인간이 불을 통해 신체나 힘의 한계를 뛰어넘을 수 있었음을 확인할 수 있습니다.

3 **보기**를 통해 비가 많이 내리는 곳에서는 나무를 태운 재를 사용해 농사를 짓는다는 것을 알 수 있습니다. 이러한 농업이 가능하게 된 원인은 나무를 태울 수 있는 '불'이 있었기 때문이라고 보는 것이 적절합니다.

4 3문단에서는 날것보다 불에 익힌 것을 씹고 소화하는 것이 더 쉽다고 설명합니다. 따라서 불로 익힌 고기를 먹게 되어 더 강한 이를 가질 수 있게 되었다는 내용은 ㉠과 관련이 적습니다.

익힘학습 자란다 문해력

134~135쪽

1

인류가 진화에 유리한 이유		
뇌의 크기	**직립보행**	**불의 사용**
인류는 뇌가 커지면서 학습이 가능해졌다. 뇌 용량 증가에 대한 이유는 아직 알 수 없지만 오늘날 큰 뇌 덕분에 좋은 성과를 올리고 있다.	두 발로 똑바로 서게 되면서 시야가 넓어져 사냥감과 적을 찾기 쉬워졌다. 또한 두 손이 자유로워져서 도구를 만들고 쓸 수 있게 되었다.	인류는 불을 사용하여 동물보다 더 강한 존재가 될 수 있었다. 숲에 불을 질러 초원으로 바꾸었으며, 음식을 익혀 먹게 되었다. 결국 불을 길들임으로써 무한한 잠재력을 통제할 수 있었다.

2 (1) ○

3 (예시답안) 인류가 진화에 유리했던 이유에는 세 가지가 있다. 우선 큰 뇌를 가지게 되면서 학습이 가능해졌으며, 직립 보행이 가능해진 이후에 두 손으로 다양한 도구를 사용하게 되었다. 마지막으로 인류는 불을 길들임으로써 신체적 능력의 한계를 뛰어 넘어 먹이 사슬의 최정점에 설 수 있게 되었다.

채점 Tip

1) 인류의 진화를 뇌와 관련 지어서 설명해 보아요.
2) 인류의 직립 보행과 도구의 사용에 대해 잘 이해하고 있는지 확인해 보아요.
3) 불의 사용이 인류에게 어떤 장점을 가져다 주었는지 적어 보아요.

4 (1) ㉠ (2) ㉣ (3) ㉡ (4) ㉢

5 (1) 퇴화 (2) 소화 (3) 도구 (4) 조리

6 진화

달곰한 문해력 초등독해

학년별 시리즈 안내

추천 학년	단계	생각주제 영역
초 1~2학년	1단계	생활, 언어, 사회, 역사, 과학, 예술, 매체
	2단계	
초 3~4학년	3단계 Ⓐ	인문, 사회, 역사, 경제, 과학, 환경, 예술, 미디어
	3단계 Ⓑ	
	4단계 Ⓐ	
	4단계 Ⓑ	
초 5~6학년	5단계 Ⓐ	인문, 사회, 역사, 경제, 과학, 예술, 고전, IT
	5단계 Ⓑ	
	6단계 Ⓐ	
	6단계 Ⓑ